山东青年文学名家文库
山东省作家协会 编

WULI DE REN

王月鹏 作品

雾里的人

山东文艺出版社

图书在版编目（CIP）数据

雾里的人 / 王月鹏著 . -- 济南：山东文艺出版社，2020.3

（山东青年文学名家文库）

ISBN 978-7-5329-5997-6

Ⅰ . ①雾… Ⅱ . ①王… Ⅲ . ①散文集—中国—当代 Ⅳ . ① I267

中国版本图书馆 CIP 数据核字 (2019) 第 259375 号

雾里的人

王月鹏　作品　　山东省作家协会　编

主管单位	山东出版传媒股份有限公司
出版发行	山东文艺出版社
社　　址	山东省济南市英雄山路 189 号
邮　　编	250002
网　　址	www.sdwypress.com
读者服务	0531-82098776（总编室） 0531-82098775（市场营销部）
电子邮箱	sdwy@sdpress.com.cn
印　　刷	山东临沂新华印刷物流集团有限责任公司
开　　本	700 毫米 ×1000 毫米 1/16
印　　张	13.75
字　　数	208 千
版　　次	2020 年 3 月第 1 版
印　　次	2020 年 3 月第 1 次印刷
书　　号	ISBN 978-7-5329-5997-6
定　　价	48.00 元

版权专有，侵权必究。如有图书质量问题，请与出版社联系调换。

《山东青年文学名家文库》
编辑委员会

主　　　任：王红勇
常务副主任：程守田　姬德君　黄发有
副　主　任：李　军　葛长伟　陈文东　李运才
委　　　员（以姓氏笔画为序）：
　　　　　　　王　伟　王方晨　王秀梅　东　紫
　　　　　　　刘玉栋　孙书文　铁　流　张　继
　　　　　　　张海珊　张晓楠

目 录

季节之外 1
旧站台 9
近在咫尺的异乡 12
切　口 21
失败的寻访 33
老人与海及其他 38
另一种桥 48
在广场 54
声音的态度 59
一个人的方式 70
海　事 82
心愿树 89
渔村记 96
雾里的人 111
空　间 117
洗　尘 128
童话书 131
然　后 170
何处是归程 179
点灯的人 189
怀念烨园老师 197

季节之外

那年夏天我是在故乡的小县城里度过的。遭遇了一些事之后，我在手腕上刻下一道细小伤痕，作为对那段时光的纪念。若干年过去了，疤痕清晰如昨，在所有的公众场合，我都会戴一只手表，为的是恰好把那道疤痕遮住。每天夜里，我把手表从手腕上摘下来，都会有意或无意地看到那个藏在时间背面的秘密。一道早已痊愈的伤口，留存了关于那个夏天的记忆，在茫然无措的青春岁月，我曾以这样决绝的方式主宰过自己的肉身。那个夏天炎热多雨，县城郊外的道路就像溃疡的伤口，我日复一日地徘徊，却总也走不到想去的地方。那时我已从乡下跻身县城工厂一年多了，一直在努力融入城里人的生活。

后来，我爱上了散步，不是为了健身，也不是因为无聊，很多看不清的问题，我是在散步中想明白的。有些时候，我分不清我是在散步还是在徘徊。树林里有两只流浪猫，它们几乎每天与我不期而遇。我年轻时经常写到"流浪"这个词，如今却整天宅在屋里，不愿出门，除了到海边树林走一走，哪怕去机关餐厅吃饭，下班乘电梯，对我来说都是一件困难的事，因为要见一些人，要言不由衷地寒暄。关于现实，我的心里总有隐隐的恐惧，我不想给别人添麻烦，也不希望被别人打扰，更愿一个人躲在书房里，过一种面壁的生活，如果可能，我希望放下手机，减少与外界的联系，简单且心安。人到中年，总算可以不见那些不想见的人，不说装模作样的话，只管把手头的事做好，至于达到什么效果，被如何评价，是否获得理解和认同，则并非我所关心的。我也曾热心于此，那时还年轻，觉得人生的意义是在别处。如今我终于明白，"此在"的生活，才是真正属于我的。我常问自己，你对脚下的土地是否深爱过，是否真的有融入它的意愿？

　　这么多年来，我一直在凝视和思考脚下的土地，我希望我的每一个脚印都是一道留在大地上的烙印。然而对于"此在"，我并未融入。

　　在季节交替处，传来了哐当的声响，就像火车在固执地叩问路轨。夏天又到了。

　　进入夏天，我们都要被安排到山上护林防火。这座城市的这座山曾经起过一把大火，护林防火成了当地政府的重大任务，"见烟就罚，见火就抓"，宣传标语在漫山遍野像旗帜一样飘扬。这座山太脆弱了，漫山的草木正在蓬勃生长，经不住一粒火星，一触即燃。我总觉得这里面有一种难以言喻的虚空。机关事业单位的人被排了班，划了责任区，每天轮流上山值勤。特别是周末，踏青的人明显多了，他们在山的入口处增设关卡，专人检查，打火机之类的一律没收。记不清这是第几个防火年头了，我和同事戴着红袖章，在山路上来回走动，打量每一个进山的人。在不同的路段，可以邂逅同样前来值勤的同事。有几处被圈起来的园子，外面挂了"私家园地不得入内"的字样。抬头，能看到我所寄身的那座城市，一派模糊。几个女同事提前准备了形形色色的零食，也准备了遮阳伞，她们在树荫下撑起伞，在伞下吃零食。天是阴沉的，云越来越密，居然飘起了雨。我给护林防火指挥部打电话，咨询下雨了是否可以撤离，他们的答复是，谁敢说雨天就不可能起火？万一起火了谁负责？

　　下雨的日子，我们曾在山上护林防火。

　　海在不远处，涌起巨大的浪。对于一座山的燃烧，海更像是一个徒然的存在。

　　是在去年，当地政府投巨资把海边防护林改造成了市民公园，我对此举是持质疑态度的，觉得他们并未把钱花在刀刃上。后来，看到很多人去公园里散步，我也去了，觉得还不错。散步时经常遇到施工场面，路被堵了，却没啥不适感，调转头，再向别处走去，这林子太大了，四周皆是可去之处。我竟然对这个改造的公园日渐宽容甚至认同起来。再后来，我选定了一段最安静最适合自己的林间小径，每天晨昏都去到那里散步，俨然一条专属于自己的路。我觉得这里面颇有一些隐喻意味，人生以及人生中的诸多事，大抵如此。

住宅小区里,一枚石榴高悬枝头,接受人们的观望和赞赏,直到坠落,腐烂。小区里的孩子们,并不以为这颗果实是与己有关的。

这些年来,我改变了许多,但是不管怎么变,我始终相信种瓜得瓜种豆得豆,这是一个农民后代永远揣在怀里的信仰。我知道,在我的成长道路上,在勤恳一贯的劳作中,似乎总是错过了一些触手可及的事物。我把这种遭遇归结为机遇,归结为一个人的运气,这世上有些所谓成功并不取决于自身的努力,它们与一些看不见也说不清的力有关。

我们不再谈论什么收获,已经没啥值得骄傲的了,付出的学费太昂贵。原本在秋天才能成熟的果实,如今在别的季节随时可见。秋天不再让我们激动。秋天的意义已经被平均到了其他季节的每一个日子里。

在秋天,我两手空空。两手空空的我,才开始反思被错过的其他季节,才恍然明白那些被虚度的时光。秋天是不需要梦的。秋天本身即是其他季节的梦。关于故乡,关于土地,关于逃离和固守,都在秋天被我们重新谈起。再贫瘠的土地,也会供养劳动者的生活,只要耕耘,就会有收获,而且,在人与土地的这种相互依存的关系中,人获得了一种健康地面对生活的东西。我把最高的尊敬,献给那些面朝土地,并且听得懂土地语言的人,他们是土地最忠实的倾听者、最默契的跟随者、最坚定的贯彻者。

有些收获,是与秋天无关的;有些成长,是与季节无关的……它们在别人看不到的地方暗自葳蕤,疯长,它们自己就是自己的阳光和雨露。看着身边的有些人,每天都在装腔作势,可怜又可悲。他们貌似强大,其实每天都活在恐惧里,不知道对手究竟藏在哪里,不知道哪一刻将会身陷囹圄,稍有风吹草动就彻夜难眠。秋风,在他们看来是肃杀的。曾经,他们不劳而获,省略了播种和耕耘,成为季节规则的最直接的破坏者。种瓜得瓜,种豆得豆,这个朴素的道理对于他们也是有效的。他们在秋天,终将收获属于自己的命运。

我所认为的成功,关键在于一个人对自己的肉身和精神的主导程度。无力闯出一条新路,却又不愿走别人走过的路,是我曾在原地徘徊了这么多年的原因。以后的路,还要这样走下去吗?我问自己。

一个虚度了春天的人,是该独自面对秋天的。

一抬头,雪就下了起来。于是众人一片惊呼。众人惊奇的不是雪,而是雪的降临方式。它太突然，没有预约，也没有丝毫的迹象，在阳光中突然就降临了，而且越下越大，直到阳光渐渐地淡去，整个天空中全是弥漫的雪，像是被撕碎的心绪。

我把窗户打开，让雪片飞进屋里来。飞进屋里的雪，随即就融化了。雪落大地，迟早是要融化的，这是雪难以摆脱的宿命。我站在窗前，看着雪后的大地，白茫茫一片，我知道接下来当我走出房间，就要面对大雪融化之后的满路泥泞。这世界不会因为一场雪的降临而变得洁净，很多人在感慨雪的潇洒，却忽略了雪即将融化的命运——人到中年，命运成为我看待一些物事的窗口，很多以前说不清的东西，被"命运"这个词轻易就解释了。可是，我仍在警惕，有些东西是不能轻易被"打包"的，它们注定只能永远孤独地存在，不屑与他们为伍。

我有时在这里，有时在那里。所谓诗和远方，其实抵不过故乡的一缕炊烟。那年冬天我在火车站附近租住了一间不足十平米的小屋，时常在半夜里去敲开小卖部的门，只为了买一盒纸烟。那些孤寒的夜晚，是靠书籍和纸烟度过的。后来，我戒掉了纸烟，不抽烟的日子很快就习以为常了，生活并没有变得像我曾经无数次想象得那么煎熬和难过。

我不喜欢众声喧哗，这并不意味着我喜欢那些单一的声音。对于所有的豪言或壮语，我都是不太信任的，我更相信人的内心的幽光，更愿意理解那些"似非而是"的生活。当下的太多失误，不是因为蒙昧，不是因为非理性，反而恰恰是因为看得清楚，是高度理性的结果。这是更为可怕的自私。漩涡中，有一股巨大的力。要想让自己停下来，必须具有更为强大的内力。当我们以变化的大小和快慢为尺度来评价事物，有些东西理应是永远都不变的。在变中，如何守住这些不变的东西，这是一个问题。

拒绝谜底。太多的阐释，其实已经与我所关注的那个谜没有了任何关系。也许对我和我们来说，那个谜本身才是重要的，它并不企图彰显关于这个世界的什么，也不是想要遮掩一些什么，它只是一个谜，存在于某个地方。可以解开它的，唯有漫长的时光之手。

连日来的雾霾，已经改变了季节的颜色，那些热切的，那些美好的，那些被书写与被赞美的，此刻都陷入巨大的灰暗，并且成为灰暗的一部分。甚至连我们自己，也成为那灰暗的一部分。

一切仍在继续。路上行人匆匆，广告招牌在雾霾中闪着隐约的光……当太阳出来，人们发出一片欢呼声，全然忘记了在这个寒冷的冬天，雾霾曾经来过。

生活在暖气房间里，我常常忘记了这是冬天。

我一直记得，在火车站附近租住的小屋里靠着焚烧手稿取暖的那个冬天。当年的现实问题，二十年后在我眼里成为一个巨大的隐喻。

在春天，有些东西已经永远无法复苏。

我渐渐地确信，春天变得越来越不真实了。他们在操持一些大词，谈论未来，谈论梦想，眼睁睁错过了播种的最佳时机。在春天，他们不再抱有期待，只相信眼前触手可及的利益，凡事追求"立竿见影"，放弃了播种、耕耘和收获的耐心。他们把种子磨成了粉，用来解决眼前的"饥饿"。

时代像一列火车，呼啸而过。作为具体的人，需要追逐火车吗？那些打动我的，常常是一些更为缓慢和细微的事物。这些年来，我一直活在大词构筑的语境中，自己也常常成为某些大词的制造者和组合者，我每天忙碌于此，可是我从来就不曾确信它们，我对所有的大词都有一种本能的抵制。面对那些等待被堆砌的词语，我只是一个手工劳动者。我对自己，还有另外的要求。我愿意在季节之外迎接自己的阴晴冷暖。

那个在广场上摆摊唱卡拉OK的人，因为噪音太大被附近的居民举报，然后城管介入，依法取缔。他开始到处投诉，到处追问唱歌有什么不可？起初我是有些不解的，在广场上娱乐一下，唱个卡拉OK而已。后来听说他是收费的，唱歌其实只是幌子，里面穿插了很多东西，赚了不少的钱。他在谋利，但是他给自己也给了别人一个冠冕堂皇的理由。他到不同的单位去投诉，我也接访过几次，很不可爱。他喋喋不休，从古到今，从上到下，从国际到国内，讲了一大堆道理，只为了阐明卡拉OK的必要性和可行性，以及被取缔的不合理性。我觉得有些荒唐了，这世间的很多事，其实并不需要那么高尚的理由。他的"似是而非"，他的"一本正经"，正是我所警惕和质疑的……

因为长期紧张闭抑地生活，因为想要抢时间，我突然感觉到了心脏的难受。因为难受，我才意识到了心脏的存在。四十二年了。我几乎忽略了心脏这个最重要的器官，一直觉得一个人可以靠意志靠修辞靠理想而活着。我忽略了心脏。我希望自己的心脏健康有力地跳动，我也希望我的家和国的心脏健康有力地跳动。活着，是一件既复杂又简单的事。我开始调整作息习惯，遵循自然规律，不熬夜，少上网，每天早晨和黄昏去树林里散步，像个老年人一样，走自己的路，不再追逐什么。

"那么我们就走吧 ／ 踏着满路落寞的尘埃 ／ 踏着那一抹从喧嚣中 ／ 沉淀而出的静谧……"这是写于二十世纪九十年代的诗。面对泛黄的诗稿，我时常想象青春的样子。因为有诗歌在，那年夏天的县城生活是值得回忆的。被写下的，只是一些句子，最真实的生活，其实隐匿在诗句背后。后来，我的生活态度的转变，是从拒绝诗歌开始的。诗性从生活中被剥离，被放弃，我遁入另一种生活，别人所以为的正确生活。我一直在期待那样的生活，我没有更多的力气去走一条独自的路；我不害怕孤独，我只是害怕被别人说成是一个孤独的人。曾经有段时期，面对现实，我不相信诗歌所发现和呈现的。我的文学起步，是从诗歌开始的，在疯狂写诗十几年之后，我对诗歌的这份热爱戛然而止，以至于时至今日我时常反思，诗性的丧失，被拒绝的审美，这究竟是什么导致的？不是因为误解，是因为对生活的另类理解，既然做不到专心专注于诗歌，我就选择了放弃。在很多年里，我几乎不再谈论诗歌的话题。又过去了若干年，我才发现，诗性的丧失，乃是生命中最重大的损失。其实我在现实中的所有努力，不就是为了捍卫一点一滴的诗性？我的拒绝和远离诗歌，本质上亦是一种浮躁和随波逐流。我放弃了对自我的坚持。现在回头看，才发觉这是一个错误的选择。诗歌作为一种拯救方式，我错过了。

再严酷的现实，也不必拒绝诗性。

无助中的精神稻草，居然是诗歌。这些年我远离诗歌，但对真正的诗人一直都深怀敬意，这种敬意同样致以那些不懂所谓诗歌，却以素朴的方式表达自己的人。

四季轮回。我试图以季节的方式划分出人世间的阴晴冷暖，然而这是徒劳的，已经没有什么可以划分这个世界，所有的标准都不过是一种假象。包括我个人对季节的感知方式也早已发生改变，我按照自己的逻辑，在心里构筑了一个春天，以及春天之外的其他季节，我为它们命名，以别人并不懂得的方式。在这世上，我没有太多奢望，不想支配更多的事物，我的奢望仅仅是成为我自己，获得作为一个人的体面和尊严。我对季节的理解，是从自身的冷暖开始的。那些花朵，那些流萤，那些收获，那些冰雪，都不是我的唯一参照，我更相信我的身体。身体是一种语言。身体语言有时候是一种最真实的语言。我的身体所感受到的冷暖，比我所看到的和想到的，更值得信任。身体是当下的。正如生命是具体的。面对那些具体的现实物事，我不想简单地转过身去。

在季节轮回之外，在所谓常规之外，我期待有一种不被外力更改的成长逻辑。

比如此刻，见证从太阳到星月再到太阳的时刻，究竟是白昼还是黑夜？为什么亲历了，居然会变得令人无语？季节之外，依然是季节；就像时光之外，依然是时光。可是在自我的深处，却早已不是那个简单的自我。我总是试图对这个世界敞开一些什么，但我的敞开，最后变成了一个滴血的伤口。这寂寞，这虚无，这些被我厌弃之后才开始深爱的时光，在很多人都选择了离去的时候，它们依然留在我的身边。

结绳记事。我喜欢这个词语，它与灵性无关，与所谓智慧无关。我喜欢它传达出来的笨拙感和真实感。

我以这样的方式写下它们，写下这样的一份被塑造被展览的生活，更多的是为了给自己的心灵减压，寻求一份解脱。

心灵是不该遭遇漠视和忽视的。

然而它遭遇了。

我之所以选择书写，是因为不想淡忘那些已经发生和正要发生的生活细节。是它们，组成了这个人的生命；也是它们，记着这个人的来时路，在这个人的身后闪烁成万家灯火，让这个人在蓦然回首时，可以感受到丝缕的温暖。

发现那些被遮蔽被掩饰被涂改的现实，不仅仅要有一双洞察事物的眼睛，更需要一颗勇敢的心。

那支歌，我已经听过无数遍了。有一次在KTV，想要独唱一下，才发觉平日烂熟于心的那支歌，我竟无法完整地将它唱出。它无数次地打动了我，可我只是把自己当成了一个旁听者。我觉得一首好歌，与心灵有关，与舞台无关，它在一个人的心里一次次地响起。一如我所向往的生活，是活在日常里，随时又能侧身日常之外，与日常保持一段必要的距离。我做不到足够的理智与清醒，我只想自己在内心时刻守住一根反省的弦，它所奏出的声音，并不以大合唱的标准为标准。倘若做不到这些，我宁肯保持沉默。

春种，夏长，秋收，冬藏……这似乎是很遥远的事了。在一个四季不够分明的年代，我固执地相信四季是轮回的，我试图区分它们，坚持在不同的季节做应该做的事。然而，这是徒劳的。我没有改变别人的生活，我甚至连自己的生活也无力改变太多。我所能做到的，仅仅是没有把那些违背自然生长规律的粮食视作生活的恩惠。在这些无处不在的巨大便利里，有着不为人知的秘密。我只相信四季轮回，相信真实的阳光雨露。

不同的日子，有着相似的东西。每一个日子的来处和去处，并不是每个人都关心的。

我们曾经来过。不要辜负了自己，不能白白到这世上走一遭。我们来过，连一句真实的话都不曾说过，我们会看得起自己吗？

我也试图相信逐步地改善，相信明天总会更美好。这让我陷入更深的怀疑。我越来越感觉到了自己的无力和无奈。生命被蚕食。那些无所事事的人，他们一直以为生命里有太多时光是可以挥霍的。

一个爱好摄影的朋友，常年拍摄晨曦，每天天还没亮，他就到了海边，在一个固定的地方架起相机，等待拍摄太阳从海面升起的那一刻，一年三百六十五天，天天如此，寒暑不误。他拍下的片子，大同小异，很多摄影同行不以为意，有人甚至据此判断他缺乏艺术天赋，太笨拙了。他不做任何解释，仍然坚持每天早晨天亮之前就赶到海边，在一个固定的地方架起相机，等待日出。等到晨练的人渐渐多了，他收起相机，回家，然后用早餐，然后上班，泯然众人矣。

我曾专门向他求证此事，他不置可否。他说他觉得早晨的太阳是最干净的，他的摄影，只想把最干净的太阳留存下来。

最干净的太阳。这个说法，让我想到了很多。

（原载《散文》2016年第10期）

旧站台

　　火车汽笛声是令人心安的。在火车站，萨特与波伏娃一次次重逢或告别。这两个叛逆的人，他们蔑视所有散发陈旧气息的事物。旧站台是一个例外。

　　在萨特的众多女人中，波伏娃是不可替代的。他们既没有共同的房子，也没有共同的子女，他们只是分享旅店、书籍和计划，火车站成为他们生活中的一个焦点。自由不仅需要勇气，更需要付出现实的代价。波伏娃一生中的大多数时间是住在旅馆里的。这个被称为海狸的女人，早在二十一岁的时候就曾说过："我发觉，即使跟他一直聊到世界末日，我也会嫌时间太短。"将近半个世纪以后，萨特接受采访时曾被问及，跟女人在一起是否会有意识地表现出男子气概？萨特沉思了良久，答道："跟海狸在一起时不一定。"

　　这是一个可以让男人不必掩饰脆弱的女人。两个个性极强的人，如何拥有彼此的感情？他们没有分享对方全部的内心世界，但是他们最大限度地理解了彼此的内心世界。当然，也曾有过疑惑。波伏娃说："我问过自己很多次，我所有的幸福是不是一个弥天大谎？"晚年的波伏娃在回忆与萨特的交往时，深情地做了这样的总结："不管怎么说，我们有过美好的人生。"这里面，有着她对世事和情感的一份释然。

　　波伏娃透过萨特的外表，感受到了他强大的精神。一颗心与另一颗心相遇，并且擦燃火花，照亮彼此的路。他们共同走过。

　　在萨特和波伏娃之间，一份没有被正式化的情感绵延了整整一生。无论何时，无论在何处，两人的心都紧紧地系在一起。写作是他们的共同梦想。这是他和她的情人都难以懂得的。他们彼此懂得和珍惜。波伏娃的心灵自由，与她年轻时的密友扎扎的死不无关系。扎扎是为爱而死的。家人不让她与深爱的男人结婚，她忧郁而死。这给了波伏娃极大的震撼，她亲见了禁锢所造成的毁灭性结果。正如她后来在《一个规矩女孩的回忆录》中所写到的："我们曾在一起同这窥伺着我们的卑贱命运搏斗过，我一直在想，我是以她的死换取了我的自由。"那一年波伏瓦二十一岁，她深切地明白了，自由是需要自我赋予和捍卫的。

萨特渴望行动。他是一个失去挑战就失去了生活勇气的人。他无法忍耐没有情感的日子，但他又不能容忍情感成为一种束缚。他的写作离不开情感，情感必须懂得为写作让路。萨特在给波伏娃的信中，曾经表达过这样的意思，只有通过过激行为，他才能焕发出激情。女人满足了他的欲望——身体的欲望，以及征服的欲望；而写作，让他意识到了自身的价值。一个并不把情感放在心上的人，对写作却是如此严苛与认真。为了完成一篇文章，他宁愿吃下大量的兴奋药物。他说过，写一本重要的书，远比健康的身体更为重要。写下去，这是活着的理由，是这个名叫萨特的人的命运。

对于萨特的滥情，波伏娃当然在乎。她以自己的方式，接受了这份现实。他们的情事被后人美化为"爱情神话"。事业上的光芒，遮蔽了他们情感中最真实的那一部分。因为萨特的创造性太强大，所有非常态的世俗瑕疵最终得以宽宥，并且被赋予了所谓的正当理由。一份真实的爱，是不可能没有焦虑、犹疑、矛盾和苦痛的。即使萨特的哲学成就再大，也不能掩盖最基本的伦理问题。我并不认为他们的生活方式是伟大的。他们追求内心的自由，以及爱的最大可能性，不剪断也不理清，只是纠结着。他们纠结着，并不想要一个确切的结果，都在努力地避免让情感成为彼此的打扰。他们都在爱和被爱，像一棵树的枝杈，又分出了若干的枝杈。他们的爱恋抵挡得住一切，包括对爱恋的背叛。他们相互约定，以写作的方式告诉对方"所有的事情"，分享最微小的细节。这是多么动人。很多关注人类思想和精神去向的宏大命题，在他们之间恰恰是以这种最具体最私人化的方式展现。

萨特是为写作而生的。他说，"我拿起笔，我叫萨特。"后来当他几乎失明，再也拿不起笔的时候，波伏娃成为他的最后的"笔"——波伏娃为萨特录了音。那个夏天，她把全部的时间都用来陪伴萨特，从罗马旅游归来，她用行李箱带回一批录音磁带。这些录音，接续了《词语》中没有记录的萨特十岁以后的生活，那些原本可以写进《词语》第二部分的内容，在波伏娃的帮助下，以口语录音的形式留存下来。他们以这样的方式，透过《词语》，向对方告别。

我依然记得在大学图书馆初读《词语》时难以掩饰的激动，还有读《存在与虚无》时内心的寂静。它们给予我的不仅仅是理性认知，更有对于事物的专注与耐力。萨特存在主义的核心在于，既然上帝并不存在，那么人类可以自己创造自己。"人类应该为他自己的存在负责……我们生来是孤独的，没有任何理由。这就是我所说的人类注定是自由的真正含义。"萨特去世前，在秘书维克托别有用心的蛊惑下，在《新观察家》上发表了长达三十页的谈话，亲自否认了他的自由哲学，阐述了某种救世主信仰。批评从四面八方涌来。在生命的最后关头，萨特以背叛自己的方式埋葬自己，他否认了为之奋斗一生的自由哲学，这让我想起卡夫卡在临终前要求朋友将自己的全部作品销毁的故事。"如果萨特就这么走了，而没能纠正他最后一篇东西所造成的灾难后果，那就太可怕了。"真正为萨特的"文化自杀"而担忧的，是波伏娃。一个月后，萨特辞世。一年之后，波伏娃最重要的作品之一《告别仪式》出版。在这本书里，她向她深爱的萨特发出了最后一封情书。他们之间相互通了五十一年的书信，那些书信曾经穿越多么遥远的路程，带给彼此怎样的牵挂。同样是在这本书中，针对萨特去世前发表的否认自由哲学的谈话，波伏娃以六百页的稿纸做了回应。萨特死了，她还活着，活着的她要拼力捍卫萨特的尊严和真实。这是她对爱情的最后表达。

一个不喜欢抱怨的女人。

一个丑陋的情人。一个决绝的战士。一个凌驾于所谓道德与伦理之上的人。一个以全部生命践行自由理念的人。一个从来就有着写作野心的男人。一个彻头彻尾的理想主义者。一个人类精神荒漠上的浪漫诗人。一个把时间留给自己，把激情留给创作，把冷峻留给别人的人。

这是素朴的爱情，也是惊心动魄的爱情。巨大的理解，在他们之间成为可能。

萨特与波伏娃一次次从旧站台上车，挥手作别。他们最终安息于巴黎蒙帕那斯公墓的同一座墓穴，再也没有什么能把他们分开。

(原载 2013 年 9 月 12 日《文学报》)

近在咫尺的异乡

在路的拐弯处，一个村庄闪现出来。村碑倒在路边。再往里走，迎面巨石上刻有"身居山沟，放眼世界"八个字，旁边摆放着一个偌大的地球仪。许是因为风吹日晒，木质的地球仪有些腐朽，凑近了细看，球体上除了蓝色海洋隐约可辨，其他地方都已模糊不清。站在伤痕斑驳的地球仪前，想起刚才遇见的那块倒在路边的村碑，我长叹一声。

村中央有一条沟，是曾经的河道。生活垃圾在河道里绵延起伏，异味浮动，与袅袅炊烟融到一起，汇成一种说不出的气息，笼罩了这个村庄。当年村庄沿河而建，以河道为界，分成东西两半。问河边晒太阳的村民，这条河叫什么名字，皆答不知。被河水冲刷过的石头，沿河砌成一道墙，房子就建在墙的后面。河道里长起一棵树，树干已枯，倚仗着半截枯枝，村人顺势搭起草垛，覆上一层塑料布，再压几截枯枝，刮风下雨也就无所谓了。雨后的河道积了些水，它们已经没有力气继续流动，被河道里的垃圾分割成若干的坑洼，三五只鸭子在戏水，几分有趣，几分无聊。河两岸是疯长的树。两个农妇站在河边石阶上洗拖把，似乎并不嫌弃眼前的脏水。鸭子在浅水里发出不满的咕咕声，与农妇隔岸的家常话交织在一起，这个村庄的角落里于是有了一种奇异的声音，它们并不与所谓的世界对话，只对身边的微小物事发言，没有什么激愤，也无所谓妥协。

河道日渐被村人用垃圾填满了。他们并不在意明天的河水将从哪里流过，就像村庄的明天无法被预料和把握。那些更有力量关心村庄的人，大多去了城里。留下来的人，守护着村庄，心如止水。我沿着河道走，觉得内心也被形形色色的垃圾填满,不知该怎样才能把自己掏空,怎样才能不厌弃自己。人群向城市蜂拥而去。我从城里来,带着一身疲惫和困惑。二十年前,我也从故乡逃离,向着梦想中的城市一步步走去,把最美好的青春岁月消耗在钢筋混凝土的丛林,我也曾渴望在万家灯火中拥有一个属于自己的小小窗口。总算实现了,我一次次站在窗前,视线却被高楼遮挡,看不到更远的地方,脑海中一次次浮现的,是乡村的晨昏,那些炊烟,那些鸡鸣,还有那些枯荣的野草……我再一次想到逃离,想到漫漫长路中的找寻。并不知道失落了什么,我只知道我要逃离,要继续找寻下去。

停下车,在村庄里走。街巷并不规则,铺了崭新的水泥路面,新农村建设已经延伸到这个深山里。走在平坦的水泥街道,我的心里满是坑坑洼洼。

一个老人在门前砍柴。他满脸漠然,不停地举起砍刀,把另一只手中的枯枝剁成一截截长短均匀的柴火,齐整地码在身后。我站在一侧看了很久。老人并不在意,抬手,落手,动作迟缓,像是一架停不下来的老迈机器。他身后的柴火渐渐被堆成一座小山的样子。聊了几句,才知道老人已经八十五岁了。眼前的这些枯枝,是他一个人从山上扛下来的。他说老了,山路不好走,没法推车子,只能用肩膀扛了。冬天正在渐渐逼近。老人机械一样的砍柴动作,有着对于即将到来的这个冬天的态度,他把这些没有生命的枯枝扛回家,整个冬天就有指望了。再冷,日子还是要过下去的。没有抱怨。他不断举起那把砍刀,把杂乱的枯枝打理齐整,像积攒下了一簇簇等待燃烧的火苗。老人见我拍照,以为遇到了记者,开始絮絮叨叨地讲述。他是一名老兵。他用沙哑的声音满脸真诚地向我讲起那些亲历的战事。我不知道我是否有资格理解这份真诚。我问他当年打仗时怕过吗?他说怎么能不怕?直到现在也怕,村里有个人和他是一起上战场的,那个人死了,他侥幸没死,想起来就怕。我后悔没有给这个老人录音。他的话是素朴的,没有形容词,不慷慨也不消极,姿态已经低到泥土里。他说出了内心的恐惧,说出了一个人对战争的真实看法。半个多世纪前的那些硝烟,让他几乎夜夜做噩梦,成为生命中一个永远解不开的结,死结。远远地走来一位老人,她佝偻的腰几乎与地面保持平行,肩上扛着一大捆枯枝,一步步向前挪动。我被惊呆了。等我回过神来,她已蹒跚走远。我追向前,用相机抓拍几个镜头。她停住脚步,满脸怅然,我尴尬地笑一笑,不知该对眼前的这个老人说点什么;她也使劲地笑一笑,表情僵硬，不知是该继续往前走，还是该停下来。或许，我随意的几个抓拍镜头，在她心目中会成为一个不可思议的"事件"。她扛着那堆枯枝，就像扛着寒冷艰难的日子，以蜗牛爬行的速度向着自己的家走去。我将目光再次转向砍柴老人的身上，我能够想象到他是怎样扛着枯枝从山上一步步地挪移回来的。一个亲历战争的人，正在攒着力气过冬。他说："要不还得买煤。守着山，有柴烧。"屋檐下悬挂着一串串冰凌，在孩童的仰望中慢慢融化，滴滴答答地落了下来。窗玻璃上凝结的冰花纵横交错，有丘壑，有河流，梦幻一般，在阳光中渐渐变得模糊。

整个村子共有百余户人家，这条街上仅住了三户。一个老人举向天空的手，可以触摸整个大地的脉搏。

村头挺起一个高大的信号塔，旁边是一棵不知名字的古树，树顶有个喜鹊窝。这棵不知名字的树，还有树顶的喜鹊窝，曾让村人无数次地仰望，在仰望中体味到了安宁和幸福。如今这个标高已被信号塔取代，它矗立村头，俯视整个村庄。村庄被揽在山的怀里。山并不高大，也不连绵，仅仅是若干石块堆垒在一起的样子。某个冬日下午，我走进又走出这个小小的村庄，忍不住一次又一次回望。

我在村里四处走动，不经意间看到了卖羊的一幕。他们已经讲好价格，除了讨价还价之外，我几乎目睹了一只羊被卖掉的全过程。

两个人围住那只羊，拍拍羊的头，摸摸羊的身体，羊还没有反应过来是怎么回事，就已被撂倒在地。那个长着络腮胡子的人，看起来粗枝大叶，手脚倒是利落，他单膝跪压在羊头上，三下五除二就把四肢捆结实了。羊的主人帮他把羊抬起，塞进面包车的后备厢。慌乱的瞬间里，我看到羊的双眸，惊恐，无助，像是在苦苦哀求。络腮胡子拍拍手上的泥土，满意地上车，然后扬长而去。羊的主人向着车去的方向跟了几步，停住，嘴唇翕动几下，没有说什么。

我问羊的主人，这只羊喂养了多长时间？

"一百零四斤，一斤十六块钱。"他这样回答我，警觉地用手捂一捂口袋，歪头瞅我一眼，再瞅一眼，然后一瘸一拐地走开了。

我站在原地，眼前浮起童年时看到的杀羊场面。一只羊羔被不停地抛向空中，然后跌落下来，羊的叫声响彻整个集市。羊羔一次又一次被抛起，跌落，直到摔得奄奄一息，屠夫才开始动刀杀羊。据说这种杀法可以让羊血充分融入肉里，鲜嫩，且增加肉的分量。

想到另一个场景。那天我本来是去寻找石碾的，抵达传说中的村庄，却在河边邂逅牧羊人。午后的村头河边，因为牧羊人和他的羊群的介入，构成一幅很好的图画：跛脚的老汉腋下夹着马扎，一手扬鞭，远远地吆喝，追赶一只离群的小羊，小羊跑跑停停，偶尔回头朝老汉咩咩地叫，像在故意逗他……

跛脚老汉同意让我们拍照，他用鞭子在河边划定一个大致的范围，自言自语地警告羊群不许离开半步。结果羊群好像故意不给他面子，同时向四周一哄而散，老汉气得直跺脚，鞭子在空中甩得脆响。那些淘气的羊，可能是看到主人真的生气了，又不约而同地磨蹭回来，在他刚才划定的范围里徘徊，神态温顺，让人欢喜。

我们迅速抓拍了几个镜头。他有些意犹未尽，赶着羊群渐行渐远。一群鸭子排着队在漂满绿色浮萍的池塘里戏水，秩序井然。我想数一数共有多少只鸭子，数了好几遍也没有数清，它们像在躲避镜头，排着队缓缓向西岸游去。我跑到西岸，抛下一粒石子，那些鸭子又排着队向原地折了回去，一些说不出的情趣跃然水面。我知道此刻拍下的照片将会呈现一种怎样的静美，而这样静美的村头图景其实并不能代表我们尚未进入的这个村庄。那天我见到了童年记忆中的石碾。碾盘空空荡荡，碾子被丢弃在附近的荒草里，它们隔着一段不远也不近的距离，无言相望。这一切，我无法确认是真实的记忆，还是触景生情的想象。那个悠闲的牧羊场景，与那只羊被绑走时的惊恐无助的双眸交织在一起，我的内心变得纠结，情绪灰暗。那个沉重的石碾，并不比生活本身更为沉重，它压在我的心头，让所有回忆和想象都变得虚无。记忆往往是靠不住的，它藏在内心深处，仍然难逃被外力篡改的命运。当我想要沉浸到美好的记忆里时，现实以残酷的方式唤醒了我。

门是虚掩的，推门即入。这是一栋老宅，满院鸡粪，需要踮着脚尖才能走路。鸡在悠闲漫步，这个院落是它们的自由王国。门前，是青石板台阶。门后堆满杂乱的柴火。泥墙布满裂纹。厢房低矮，需时时小心，低头才能出入。

临街窗口是用编织袋遮掩的，上面标有"稀土多元螯合复混肥"的红色字样，"科学配方，服务三农"八个字赫然醒目，现代科技并没有放过这个古老院落。窗棂。脸盆。猪槽。阳光下的鸡。横在墙头的一截枯枝。为鸡窝遮风挡雨的残破石棉瓦……这是一个被岁月遗忘的角落。逆光下，有一种静美，恍惚可见童年的影子。

童年的记忆，已经盛不下成长的日子。此刻，不知是我找到了童年，还是童年找到了我？

一只鸟从院落的上空飞过。

悬挂在门后的篓子有些单调，拍照前我特意往里面放了几把草，镜头之外，是杂乱的草垛。农人赖以生活的干草，像一些散乱岁月堆积在那里，已经多年无人问津。我们是寻访者，也是打扰者。我们打破了这里的安静，原本落定的尘埃开始在阳光下起舞。走在尘埃里，我的心里有些歉意。青石板台阶的缝隙里长了几簇青草，偶尔破损的地方，是用混凝土填补的，像是台阶的一个又一个补丁。一个男人摇着轮椅从对面过来，他看上去并不老，脸上也没有被病痛折磨的痕迹。他坐在轮椅上，安静地看我们拍照。

我与他攀谈起来，自然是从轮椅开始说起。

他的瘫痪，是因为采石时被砸断了脊椎骨，那是在1984年。我的眼前一阵恍惚。看不出，这是一个在轮椅上坐了整整三十年的人。三十年来，他眼中的世界究竟发生了什么改变？

他淡淡地笑着，并不作答。

离开时，我才发觉村庄周围几乎被采石头的挖空了，到处都是窟窿，宛若大地的伤口，生活垃圾顺势被填了进去，蚊蝇乱飞。那个坐在轮椅上的人，曾经的采石者，他与如今的矿工是不同的。三十年前，他采石是为了盖新房，像那个年代的所有乡下人一样，自己动手采石只是为了节省每一分可以省下的钱。他有的是力气。他的力气撬动了石头，石头落在他的身上。

他是这栋老宅的主人，过去是，现在也是。那个盖新房的梦，成为一个永远的噩梦。三十年漫漫长夜，他是怎样独自面对那个梦的？坐在轮椅上的这个人，他是如何面对这个加速度的时代？

我从他的淡定表情里看到一份清醒，看到他对这个世界的理解。人群中，这样的清醒难得一见。

他坦然接受属于自己的命运。

我挥手与他告别。他淡淡地笑，双手转动轮椅，向着身后的家"走"去。

回城的路上，野菊花开得正灿。沿路有几家大型水泥厂，金黄色的小花上落满尘垢。

我将永远记住那个绕村而行的夏日午后。

阳光炙热，像是暴雨来临的前奏。所有房屋都一如既往地站立着，村庄上空弥漫着一种解释不清的气息。我看到农宅前的石榴树，石榴树下的老母鸡，街头巷尾的垃圾和污水，还有某工业园集体婚礼的红色横幅，被用作了垃圾堆旁边的一株樱桃树苗的围挡。村庄与工业园之间有块空地被农民开垦利用起来，种上了零星的庄稼。被开垦的那方土地比路面高出许多，稀疏的庄稼就像一些无助的人默立在高处，对即将发生的事情茫然无措。大约在半个月前，我曾走到那里，与一个正在浇水施肥的老农闲聊了很久。他反复地问："早签还是晚签？"我说早晚都得签，这是必然的事情。"可是十年前征地时早签字的人都吃了大亏。"他说，然后低头给庄稼浇水，并不期待我的解释。他埋头侍弄庄稼，脸上不再有焦虑，有了一种让人难以置信的镇定和从容，好像根本不在意村里将要发生的事……当我再次走向村后那块被开垦的土地时，唯有几株高且瘦的庄稼在高处默立着。阳光炙热，一场暴雨即将降临。

在一个等待拆迁的村庄，"种子"还有用吗？

农民把最饱满的粮食拣选出来，留作来年的种子，不管收成如何，把种子预留下来，在一粒粒种子上寄予梦想，这是过日子的底线。如今不同了。一粒种子，本来可以结出更多的粮食，喂养更多的人，结果却被删除了成长的可能，用以满足少数人的胃。食用种子的人是可耻的。

梦想也是应该有根的。失却扎根的土地，该如何面对一粒种子？

说梦的人倘若醒着，他的言说如何令人相信？倘若没有醒来，又怎能让人不相信它是梦呓？

蒲公英从窗口飞进来，落到我的桌面上。它把我的书桌当成了值得落定的土地。

我想念我的故乡，那里没有什么工业项目，也没有水泥路面，有的只是季节的更替，年复一年的劳作。每次回乡，村人喜欢听我讲述外面的拆迁故事，对拆迁补偿有着毫不掩饰的"向往",他们早已受够了面朝黄土背朝天的日子,寄望于拆迁对命运的改变。他们对新生活充满向往,却不清楚新生活究竟是一种怎样的生活。劳动,唯有劳动是最真实和可靠的。土地是贫瘠的,也是最包容的,它不舍得抛弃任何一个热爱劳动的人,不管他有怎样的性格或缺陷,只要他还热爱劳动,土地就会收留他,眷顾他,让生活得以继续。

在村里遇见那些到城里打工的人,简单地交谈,就可看出他们已被城市格式化了的思维和情感。他们已经与自己的乡村格格不入,他们和他们的亲人满意于这样的一份格格不入。在城里,在他们赖以生存的流水生产线上,冰冷的程序,不可逾越的距离,把人的血肉之躯变成所谓现代化设备的一个零件,按照既定轨道和规则运行。交流的被阻遏,表达的被限定,以及来自机器设备的操控和奴役,是他们自甘陷入的命运吗?至于亲手生产出了什么样的"产品",似乎从来就不是他们所关心和在意的。

对存在进行不断的去蔽和发现,不仅需要洞察的眼睛,更需要一颗勇敢的心。

这个工业新城在不断扩张自己的领地。一个农妇在拆迁工作组签约,她握笔的手不停地在抖。村里大多数人都已签字。她成了"钉子户"。她其实没有提任何额外的补偿要求,她只是舍不得她的老房子……终于,签了字,她把手中的笔掰成两截,瘫在地上号啕大哭,在场的人无不为之动容。

当我见证了一个个村庄的消逝,就像亲历了自己的一次次死亡。我不知道,所谓的新生将会是什么样子,它们如何在四季轮回中找到属于自己的位置。乡归何处?村庄的凋敝、茫然,像一个站在风中的老人,有人出于本能向前扶住他,却不知道该搀扶着他走向何方。

村庄变成了一片废墟。一个人正端着相机,认真拍摄那些被推倒的房屋,脸上有着难以掩饰的成就感。他曾全身心地投入这场浩大的拆迁运动中,并打了一场"漂亮仗"。当村里最后一栋房子被推倒,他如释重负,开始从村子的不同角度拍照,为这份工作业绩留念。

村人大多在地里种植了苹果和葡萄,很少有人愿意再侍弄庄稼。父亲年龄大了,想栽葡萄,力不从心,又不想让田地荒着,就种了麦子。父亲的麦田成为乡野里唯一的一块麦田,麦子一天天长起来,日渐稀少的麻雀不知从哪里冒了出来，它们在麦田上空翻飞，不时地落下来啄食麦穗。在我很小的时候，麻雀随处可见，村人也不介意麻雀吃点庄稼。现在不同了，整个村子几乎没有种麦子的，父亲的麦田自然就成了麻雀的乐园。父亲在麦田里拉了彩绸。彩绸在风中不停的拂动和发出的声响可以驱赶麻雀。麻雀很快就习以为常了，不再有丝毫怕意。父亲想不出更好的招数，只好整日在麦田里走动，不停地做出驱赶的手势。在我心里，"守望麦田"一直是个不及物的浪漫词语，当我看到在麦田里守望的父亲，眼泪忍不住流下来。站在空旷的乡野，看着父亲佝偻着腰在麦田里走动，我想到了很多。我远远地看着我的父亲，就像父亲在看着他的麦田，这样一份守望有着最素朴的生命本色。

以前一直有"在别处"的情结，年岁渐长，如今我更多想到的是"此在"的生命，觉得一张书桌就可以安放整个世界，我将一直守望在这里，坚信这份守望的意义，坚信生命的根须终将延伸到那个叫作故乡的地方。异乡很近，故乡很远，我这是在哪里？当我走出书房，穿过钢筋水泥的建筑丛林，走向并不遥远的城市边缘，才恍然发觉所有的异乡其实都有着故乡的容颜。我日夜惦念的故乡其实就在眼皮底下，她是万千村庄中的一个，这个村庄之外的所有村庄都被我叫作异乡。异乡之所以是异乡，正是因为我一直以旁观者的眼光看待她，没有把她的苦难、贫穷和惶惑真正放在心上。

我愿意将每个村庄都错认成故乡，并且一错再错。我想对每一个村庄诉说，那种所谓体面的生活，从来就不曾安放一颗不甘平庸的心，精神倘若失去了"根"，必然会被汹涌的现实物欲裹挟而去。这个远离故乡独自漂泊的人，从来就不甘随风而去。

感谢那些岁月。是那些岁月中的艰辛、磨难，甚至尴尬和不堪，成就了你，内化成为生命中的一部分，像细密的年轮构成了一棵树的枝干。隔着一段时光，你依然不知道该怎样表达它们，你怕自己的书写不够真实有力，辜负了那段永不再来的时光。像打量一棵树那样打量那些日子，一定是很久以后的事情了。

坐在书房里没有想明白的道理，在行走途中渐渐变得清晰和简单。海边的礁石全被炸掉了，然后建起人造景观。按照个人好恶来改造自然生态，已是一种普遍的疾病。审美眼光绝不仅仅是一个艺术问题，也是一个很严峻的现实问题。太多的人沦为技术主义者，感受不到这个世界的更多的痛，或者根本就无意于感知这个世界的痛。他们眼里只有鲜花和掌声。

注视一棵树，从一棵树的年轮中发现成长的秘密。它们来自缓慢的力量。最值得信赖和托付的成长，理应是缓慢的。

在这个变化迅疾的年代，你保留了什么不变的东西？除去形容词和大词，你在如何表达？若干年后，你的不可替代的品质在哪里？所谓风光和热闹的背后，还有什么是值得回味的？……

这是一些不该停止的追问。

太多人保持了本不该有的沉默。

在胶东腹地行走的日子，那些村庄的疼痛让我渐渐从麻木中苏醒。我想成为一个心灵温润、懂得感动的人。走了这么远的路，我才明白当初应该怎样出发。可是我已走出了好远，我所能做到的，仅仅是走好接下来的每一步，一步一回首，回望来时的方向。我知道脚下的这片土地早已伤痕累累；我也知道，我和大地上的所有奔波者和梦想者一样，最终的出路都是回归地面，像一株庄稼那样扎根，遵从季节的规律去成长，以成长的方式向大地和天空致意。

对天空的真正理解，是因为深切懂得了大地。

（原载《北京文学》2016年第8期）

切口

　　阳台上出现了几截短小的树枝。这是十四楼，周边一片空旷，除了更高处的天空和地面上的路，再看不到别的什么，我把树枝捡起，在掌心一字排开，琢磨它们究竟来自何处。一只鸟从楼前掠过，我想起了喜鹊，一定是它们把树枝衔到这里。几天前，两只喜鹊落在我家阳台上，叽叽喳喳地跳着，很是欢悦。我与喜鹊隔着一层窗玻璃，屋里屋外是两个世界，我坐在玻璃之内，忽略了窗外发生的事情。

　　我开始留意窗外的喜鹊。它们在阳台栏杆上伫立，踱步，天空和远方成为它们存在的背景。我是唯一的观众。我坐在客厅，透过窗玻璃看着它们，想起老家村头那棵大树上的喜鹊窝，我在童年时代曾经长久地仰望，惦念树梢上的冷暖。参加工作后，下乡时偶尔看到路边树上的喜鹊窝，我不再像童年那样仰望，车子快速地驶过时，我从车窗探出头，拍下匆匆错过的树和喜鹊窝。那些带有速度感的照片一直留存在手机里，每次翻看，总会触动我的内心。这些年我似乎变得越来越麻木，越来越不容易被打动了。胶东半岛东部海域不久前发生了4.6级地震，我所在的城市有强烈震感。那是在一个午夜，我辗转难眠，一个人枯坐在书房里，刹那间，脚底下似有闪电在突奔，整栋楼房随之剧烈晃动。我知道地震发生了。那是我第一次这么真切地亲历地震，后来一直让我感到不可思议的是，我竟然没有惊慌，没有想到逃跑，我枯坐着，像是那场地震的局外人。也许是我觉得陷身大地的伤口之中我们终将无路可逃，也许是因为我对地面的震动早就习以为常了，从去年开始，这个城市到处都在修路，路面被挖开，然后缓慢地缝合，挖掘机、铲车、货车一齐上阵，我蛰居的这间临街的屋子每天都陷在轰鸣和震颤之中，只有到了夜晚才渐渐安静下来。在巨大的轰鸣中，在不时的震颤中，我的感官变得麻木、迟钝，以至于对地震的降临无动于衷。而那几只喜鹊光顾阳台，确是在我内心激起了一丝久违的感动。平日里，我也时常站在阳台上，有时远眺，有时俯视，除了把远方遮蔽起来的高楼，除了虚渺的天空，以及地面上轰鸣的挖掘机，似乎再就没有看到什么。我一厢情愿地以为，那几只喜鹊选择频频落到我的阳台上，在窗前蹦来跳去，一定是它们感觉到了我的窗口与其他窗口的不同，童年时就听老人讲过，喜鹊对环境有一种与生俱来的敏感。这预示着什么？我说不清楚，我相信这是吉祥的，喜鹊在阳台上拍打着翅膀，让我觉得天空和远方都变得亲切起来。在我最孤独最焦虑的那段日子里，是喜鹊送来了安慰。

很快，我就发觉喜鹊之所以光顾这里，大约与阳台上的花生有关。父母从老家带来了半袋花生，晾在阳台上，让我熬夜的时候吃，说是有养胃的功效。这些花生被喜鹊盯上了。我很纠结，不知该把花生收起来，还是让喜鹊继续啄食？这些花生是父母在乡下的劳动成果，老人不辞劳苦，把它们辗转带到城里，认真地晾晒在阳台上。喜鹊的光临，像是一个玩笑，又像是给我出了一道难题。我不想成为喜鹊世界的一个破坏者。

还有更多的花生储存在乡下老家，母亲说城里地沟油太多，还是自家种点花生，自己榨油吧，图的是放心。在我的幼时记忆里，村头有一家油坊，每年秋天收了花生，晒干，然后剥壳，父亲都会在冬闲时节用小推车把它们送到油坊里榨油。在乡下，榨油是一件平常的事，平常到我从来没有留意它的工序，对花生是如何变成了花生油，我居然一无所知。我只记得，村头那家油坊的墙壁上满是油垢，榨油的人一身油渍，像是刚从油锅里捞出来。父亲把当年收获的花生全都送进油坊，换回一张欠条，上面写着可以领取多少斤油，然后在接下来的日子里，精打细算，随用随取；后来，村人拒绝接受欠条，榨了油，直接带走，不愿寄存在油坊里；再后来，榨油的时候，主人寸步不离，守候在现场，从头到尾盯紧每一道工序，母亲说，不是怕短斤缺两，是怕被油坊换成了地沟油。在地沟油盛行的年代，让自己的孩子吃上放心油，这成为我的年迈父母的一个劳动理想，关于劳动，关于爱，在父母那里变得如此简单和具体。每次回乡下老家，车的后备厢都会塞满亲戚送的农产品，他们说这是不施农药的,品相虽难看,但吃起来放心,专门留着自己吃的,其他地方买不到。他们这样说着,深以为然,又不以为然。这些素朴的人,这些善良的人,是什么让他们变成了这个样子?他们一直在遭受算计,以冷漠回应这个世界的冷漠,以欺骗对待来自外面的更大欺骗,活着,成为一件最简单也最艰难的事。

一群喜鹊在田野里觅食,几只喜鹊在阳台上啄食花生,两者显然是不同的。当喜鹊在城市楼宇间发现并选择了晾在阳台上的花生,我不知道这算是一个审美问题还是现实问题?我不知道该采取什么态度来面对和解决这个问题。我的纠结在于,花生是父母亲手栽种的,他们想留给自己的儿子熬夜写作的时候吃,是用来养胃的。我的这种纠结情绪的背后,还有一个忧虑:当晾晒在阳台上的花生被喜鹊吃光之后,这些喜鹊还会一如既往地光顾我的阳台吗?这个问题的提出,让我吃了一惊,我无法解释自己心里何以会有这样的一份忧虑,也许是我太孤独了,而这孤独,远甚于熬夜时的饥饿和胃病的苦痛,是超越了肉身的。

几只喜鹊,让我的世界变得生动起来。隔着一层窗玻璃,我只能隐约听到它们的鸣叫声,在修路的轰鸣和震颤中,喜鹊的声音显得多么单薄。我听到了它们。我想到了,几只喜鹊在城市楼宇间飞;我想到了,一群喜鹊在乡村的树林里飞。如今树林不见了,剩下几棵树,站在空空荡荡的村头,越发显得孤单。喜鹊也进城了。在钢筋混凝土的丛林里,有几只喜鹊选择了我的阳台。这些有翅膀的鸟,栖落在平凡如我者的窗前。而我,一直梦想拥有一双翅膀,向着无穷尽的天空和远方飞去。

我们忽略了脚下的大地,忽略了曾经生长庄稼如今承载高楼的大地。每一株庄稼都是大地的一个切口;每一栋楼房都是大地的一个切口。每一个切口,都有一个待解的谜。面对土地,我们究竟种下了什么,收获了什么,这似乎并不是我们真正在意的。我们走在水泥铺就的大路上,脚下一片洁净。

当翅膀成为一种负累,整个天空也变得徒然。

严禁清洁工把垃圾桶里的废纸带回家,成为这栋大楼里的一条新规。这栋大楼矗立在小城北部,与大海隔了一片防护林,总共十八层,每层楼的卫生间门口都有一个很大的垃圾桶。清洁工没有把垃圾桶一倒了之,他们把纸片分拣出来,捆在一起,下班时随手提回家,积攒多了卖给收废品的人。这件本来不起眼的事,不知被谁看在了眼里,成为一个话题,并且很快就由话题变成了问题。接下来,这栋大楼的所有单位都配备了碎纸机,要求每一张带字的纸在作为垃圾丢掉之前,必须经过粉碎这道工序。

  这件事让我想到很多。我想到了每天都会在走廊里遇见的一张张素朴的脸,想到了会议室里一个个意味深长的表情,想到了一页纸从桌面到会议室到垃圾桶再到碎纸机,这样的一个生命流程里究竟有什么东西最终能留下来?一个清洁工也许永远不会明白那些警惕与设防,在他们眼里,这仅仅是一些垃圾,是可以论斤卖钱的废纸。他们不会想到,自己最关心的那些事情,往往正是由这些纸张上的文字决定的,甚至他们的柴米油盐,他们的明天,也与这些文字有关。那些年里,我的工作就是写材料,我在一张张纸上写下的,既是安身立命的所需,亦是对职业理想的一份向往,那时我还年轻,不像现在这样有着不可思议的惰性,熬夜写一晚上材料,只要被认可被采纳,就觉得值了。我不曾深想过,我究竟写下了什么,它们对现实是否有效?最美好的年华就这样度过了。那时我的所思与所想,难道仅仅是因为年轻,因为对明天尚有期许吗?不只是那样的,更重要的原因是我在那个时候还没有形成对于世界和人生的稳固看法,没有一个完整的世界观和价值观作为支撑,对眼前复杂多变的现实缺少更深的体察,我把自己的随波逐流当成了对社会的所谓适应和参与。记得到这栋大楼上班第一天,阳光洒满了办公室的桌面,科长微笑着,让我觉得人生中所有日子都将如此灿烂。从此之后,我开始了长达十多年的写材料生涯,几乎每天都在加班熬夜。科长是个搞了半辈子公文的人,各种材料堆积在书柜里,看起来凌乱不堪,但是写材料每到关键时刻,他想起哪份可以借鉴的材料,把手探进书柜,一扒拉就可找到。我利用业余时间,把他书柜里的所有材料装订成册,在扉页编印了目录,他翻阅查找起来,反倒不如以前利索了。后来,他被提拔到了新的岗位,书柜里的材料一份也没有带走,我暗自欣喜,悉数收下,逐一翻阅,且做了详细的学习笔记。多年之后,当我在这个行当里工作久了,才明白他当初该有多么深的厌倦,才会那么决绝地把半辈子的心血结晶放弃,不带走一张纸和一篇文章。回想当时满屋子的材料,我的心里竟然有些说不出的恐惧。

  现实有时近,有时远。我所看到的、想到的,以及我没有看到的、没有想到的,都在发生。一张纸的命运,交付给那些被写下的文字,交付给我们无关痛痒的写下。我在一张又一张的纸上写下文字,然后开始努力地忘记。我所珍视的,是隐匿在纸张背面的那些思与想。我把自己对于社会人生的麻木和无动于衷,错认成了一直在努力追求的所谓成熟,在这个过程中,我丢失了本心。

  终于可以离开写材料的岗位了。去新单位报到前,我也像科长当年一样不带走一张纸片,把所有的资料都丢进碎纸机里,让它们永远从这世上消失,从我的内心消失。那是一段不堪回首的岁月,我的最美好的青春年华被消耗在这些文字的制造之中。对于这个快速变化的世界,它们缺少正常人的温度;对于那些更广大的人群,它们缺少最起码的真诚;对于我自己,它们被我写下,看不到一个人的精神主体性和人格主体性。路正长,我不想把它们继续留在行囊中,看着碎纸机里五颜六色的纸屑,我如释重负,像是获得了某种解脱。那是在一个周末,我带女儿去办公室,她伏在桌子上画画,我则一边收拾资料,一边不停地将它们往碎纸机里丢弃,女儿看到那些纸片瞬间就变成了碎纸屑,感到很好奇。这个五岁的孩子,她拿起桌面上的一个牛皮纸大信封,让我装了满满的一包碎纸屑要带回家,我当时并没有多想,只是觉得应该满足她的这份好奇心。回家后女儿就忙碌起来,她认真地把那些碎纸屑用胶水粘贴制作成了一朵花,摆到我的书桌上。从废弃的资料,到碎纸屑,到成为一朵漂亮小花,这是一种怎样的创意?那些资料被粉碎前,因为存放的时间过长,色泽深浅不一,现在被整合体现到了一朵花上,则像不同的纹理,栩栩如生,有一种立体感。面对这样的一朵小花,我被震撼了。关于往昔的岁月,碎纸屑是一种态度,"小花"则是另一种态度,态度与态度的不同,取决于你的心里更多地装着什么。那些承载往昔记忆的资料,有着最真的投入和最深的痛。如今,在我人生道路的"转折点",女儿以一朵小花的方式教会了我该以怎样的心态、怎样的眼光来看待自己的经历,那些书籍和现实告诉我的,都不如我的女儿所告诉我的这样深刻。那朵用碎纸屑制作的小花,看上去端庄、漂亮,让我对生活、对自我有了新的认识,所有的往事,所有的破碎记忆,其实都是可以被制作成一朵完整的小花用来珍存的。当我看到女儿那么专注那么郑重那么快乐地用碎纸屑制作小花的时候,我被深深地打动了。那一刻,女儿就像一个小小的哲学家,解释了我的心灵世界中一直难以解决,一直没有解决好的难题，在不经意间结结实实地教育了我，让我重新思考和对待往事，对待我所走过的路，以及将要走下去的路。一朵由碎纸屑制作成的花，是写在纸上的另外的文字，它出自一个稚童之手。这个稚童尚不懂得世界的逻辑，她只是以纯真的眼光打量世界，心中有一颗美和善良的种子。我从此相信，不管现实如何糟糕，人心的美好是始终存在的，正是因为它的脆弱，才越发需要我们倍加珍惜；一朵由碎纸屑制作成的花，是女儿教给我的人生态度，你的心里更多地装着什么，你就会更多地发现什么。如何对待自己的过去，关涉你将拥有怎样的未来。我无力改变这个世界，但是我可以改变我所能够改变的那一部分，哪怕是微乎其微的一部分。太多本该有的探索和实践，止步于牢骚，止步于内心的失衡。不管这个世界发生了什么，更为重要的是你做了什么，越是在有限度的空间里，那些点滴的付出和努力，越是具有格外的意义。一朵由碎纸屑粘贴而成的花，是理解旧日时光的一个切口。不管经历了什么，这朵花是美的，是值得欣赏和珍藏的。我是这朵花的旁观者，也是构成这朵花的一部分，它让我从此懂得认真地对待每一个日子，热爱每一个日子。

在长达半年的时间里，每天上下班，我都从那里走过，脚步缓慢，从来没有留意它的样子。某一天，我在那里停了下来，环顾四周，居然无比寂静，北面是一家工厂的围墙，南面土坡的背后是公路，东面是稀稀拉拉的几棵树，西面也是稀稀拉拉的几棵树，中间地带则是一片无人打理的杂草。草是荒芜的，可以看出曾经肆意生长的痕迹。我站在枯草中间，四顾茫然，心中越发空旷，突然就察觉到这个地方居然是一个园子。一个被人忽略的园子。一个并不宽阔也不狭窄的园子。一个简简单单的园子。这个发现让我激动，我没有久留，一口气跑了出来，想告诉别人我发现了一个园子。

然而没有人。没有值得我告诉的人。他们形迹匆匆，对这样的一个园子毫无兴趣。

这个园子成为我的一个心事。我每天都会如约走向它。在这个城市，它是一个被遗弃的所在，我到那里漫步，像是走在属于独自一个人的领地。我甚至叫不上园子里的一棵树或一棵草的名字，不知道偶尔鸣叫的是一些什么鸟，我只是相信，我可以把自己交付给这个地方，我与它之间有着一脉深度的理解和体恤。

我给这个园子起名叫"弃园"。弃园里的草木是不遵循什么规则的,肆意地长,并不给人美感。我从这些潦草的成长中,感受到了一抹气息,它迥异于当下的城市开发氛围,同时又契合了我内心的情绪。我一直向往着这样的一个所在。它仅仅是一个园子,在很多人眼里甚至算不上是一个园子,只是一个被忽略被遗忘的角落。在这个角落里,有一个人在郑重地散步,心里装着一些更为阔大的事情,他想写下它们,托付给遥远的时光。唯有那些遥远的时光才会真正理解他。

每次到弃园散步,漫不经心之中都会心有所动,那些在全力以赴的匆忙和焦虑中难以解决的心灵问题,在不经意间居然逐一得到解决。除了眼前的弃园,我不知还该感谢谁?弃园空无一人。只有我。那些烦琐的物事,那些复杂的表情,还有那些汹涌的表达,都在我的漫步中变得淡远。我在丈量大地的距离,心中有比大地更为开阔的尺度。我的心里盛放着太多东西。我的心里不想盛放太多东西。走在这样一个无人介意的园子,我与世界之间保持了一段理性的距离。我在这里看到一个似曾相识的影子,或许它是多年前的那个我,我对着影子回想了很久,彼此不敢相认。没有人在意这样的一个地方,没有人在意这样散步的一个人,我像珍藏一个美好的秘密一样,小心翼翼地珍藏着弃园,每天走来又走去,一切都是漫不经心和秘不示人的。我理解弃园,相信弃园也会理解我。喧嚣的大地上,有这样一个小小的安宁的园子,不需要寻找,也不必刻意经营,它在不经意间出现,这真让人感动。我不想占有任何的事物,任何的事物也不能占有我,然而弃园给了我太多异样感觉,我愿意把真实的自己交付给它,既便有再繁忙的案头劳动,也总会在累了的时候向弃园走去。

我对弃园的专有心态很快就被打破了。这里出现了一个老人,他在唱歌,面对肆意生长的草和树,他深情地唱着一支又一支的老歌。那些久违的老歌,飘在弃园的草木之间,似乎更有味道了。我偶尔放慢脚步,想要给他鼓掌,想了想,又算了,平淡地从他身边走过。在这里,理解是不需要表达的,语言也是一种打扰。我每天从他身边走过,他偶尔也会看着我,欲言又止。

很多时候,我觉得自己像是一只陀螺,被看不见的鞭子抽打着,无法停下来,即使是在原地打转,亦被速度控制。一只陀螺,在巨大的惯性里旋转,在鞭子的抽打中旋转，它看不清身边的事物，远方的世界也是与它无关的。

在弃园，我试着把所有事情都放下，把自己从惯性中解脱出来，从旋转中停下来。我试着一次次重新认识自己。散步是一种人生态度。我在弃园散步时所体味到的，远比我在其他任何场合都更多。在弃园，我成了自己的局外人，对自我的打量更清晰也更理性。当我对弃园越来越产生依赖感的时候，我被抽调到一个临时机构工作，去了一个陌生之地。不能再到弃园散步，我也成为一个放弃弃园的人。其实在这尘世中，我又何尝不是一个被放弃的人？这些年来，我的内心始终蓬勃地生着一股向上生长的力。面对现实，内心的力量常常是无力的，它并不能改变更多，甚至连丝毫的自我都无法改变。不管怎样，我珍视内心的力，这是活着的必须。那些所谓"外力"，就像抽打陀螺的鞭子，它们改变过我，它们只是在特定的阶段，部分地改变过我。那些所谓价值，是我一直都在警惕和拒绝的，不管外界如何变化，我必须做到的，就是永不放弃爱与尊严，对得住自己的生命。

再次走向弃园，是在半年之后了。我看到的是一派轰轰烈烈的施工场面。弃园所在的地方是这座城市唯一的一块空地，是若干年前特意预留给今天的"余地"，如今这里寸土寸金，土地拍卖价格创下了历史新高。

他们是懂得留有余地的。当"留有余地"成为一种经营策略，在那些宏大的展望里，我没有看到怕和爱。这个被规划、被忽略、被占用的园子，是我理解这座城市的一个切口，我从中看到了被林立高楼和车水马龙所遮蔽的东西，看到了在城市开发中有一条隐秘链条始终牵在少数人的手里，它关涉更多人的日常生活和不可预知的命运。

弃园是这座城市最后一方未被开发的土地。我走在这里，心中时常升起袅袅的炊烟。置身城市，我一次次把弃园当成了自己的故乡，一些与故乡相关的情绪像落英一样撒满内心，直到有一天，那里变成一片沸腾的工地，每一棵树，每一株草，都是理解这方土地的一个切口。而此刻，挖掘机的巨大轰鸣，让我听不到任何来自外界的声音，我站在建筑工地上，像一棵等待移植的树，成为介入这片喧闹的一个切口，我相信终会有人理解我的固守和离开。

我再也没有见到那个老人。他唱过的那些老歌，我在别处偶尔也会听到，只是永远没有了弃园里的那份感动。

不管曾在弃园如何流连忘返，我终将回归人群，我知道这世上有着太多规则和无奈，我只是一个走在人群中的步调不太协调的人，这条被众人踩得平坦的路，并不能安抚我的双脚，不能让一颗骚动的心变得安宁。我的心里一直梦想着另外的道路。

我理解这世间的变化，也固执地相信越是在迅疾的变化之中，越是该有一些不变的东西被握在手上，被藏在心里。很多消失的事物，就像时光消失在时光里，就像声音消失在声音里，就像我消失在自我里。

而在弃园，在草木消失的地方，我曾一个人静静地走过，想过。

去邮局取稿费的路上，我看到一帮民工聚在十字路口的西北角打牌，若干脑袋凑在一起，像是在争论什么事情。我走了过去，站在不远也不近的地方看着他们，从他们貌似轻松的表情里，一眼就能看出重重的心事。他们神态各异，言与行没有统一的规范，就像他们没有保障的生活，散漫，无望，不知所终。我把他们最无奈的生活、最真实的遭遇当成了"故事"，我对他们每个人的故事都感兴趣，却不舍得花费时间去倾听，更缺少足够的诚意去面对和追寻。每天，我走在路上，遇到太多的人与事，有些记住了，有些忘记了，有些不知该记住还是忘记，我就把它们交给时间来处理。每天走过的路，是柏油或水泥铺就的，冰冷，没有温度，看不到泥土，也谈不上所谓泥泞，这是日常生活里的路，它不属于修辞，属于具体；这样的一条路，并不给那些匆忙的脚步留下扎根的机会。他们的命运只能属于漂泊。

他们在打牌，嘴里叼着烟，手甩得扎实且夸张，不时地责骂对方。一把牌结束了，有人得意地笑，有人在试图争辩一些什么，站在周围低头看光景的人终于有了直起腰杆的空档，伸伸腰，换个姿势继续观战，工服上的水泥和石灰粉在阳光下散发着一种说不清的色泽。这是城市的十字街头。车来车往。有个人站起身要走，跟在后面观战的人侧身想要替补上去，于是有人开始反对，说上次你欠的钱还没还上哩，不能光想赢，要输得起。众人哄笑。那人结结巴巴地辩解，说有人欠我十块钱到现在也没还呢。对方大声嚷道，一码归一码，谁欠你的钱，你跟谁要去，不能把别人欠你的钱当成欠我们钱的理由。那人不吭声了，尴尬地站在了原地，继续充当一个观战的人。

也是在这个十字路口的角落，我曾遇到一个弹着吉他唱歌的年轻人，外表很沉静也很单薄，一个人边弹边唱，很投入，但脸上看不到常见的那种自我陶醉状。他就这么淡淡地唱着，身边聚拢了一些人，然后散开，然后再聚拢，再散开。他兀自唱着，我站在旁边听了很久，心里满是感动。接下来的几天，我每天晚上都会走到那里，像是赴一个约定，站在人群里静静地听他唱歌。我相信他是有梦想的。他一直待在那里，固定的时间，固定的地点，一个人。终于有一天，我走到他曾在的地方，再也见不到他的影子，徒留一片巨大的空旷。也许，他走在追梦的路上，这个城市仅仅是他的一程，他只是这个城市的一个过客。过客感对我来说已是若干年前的状态了，那是一些流浪的日子，生活和工作都没有着落，每一天过得都像被刀刻一样，疼痛，且不容懈怠。近年这种感觉变得遥远、陌生，我才意识到我对如今的生活其实有着暗自的满意和满足，甚至淡忘了我来自哪里，想要去往哪里，我把此刻的状态认作是我想要的生活，无所谓激情也无所谓平淡，仅仅是一份安放身心的生活而已。

城里的柏油路看起来坚硬、光洁，它时常像拉链一样被拉开，被闭合，反反复复，无休无止。这让我想起乡下的田野，每年总被犁铧开出一道道新鲜的伤口，农民在大地的伤口里播种，劳作，过日子，一年复一年，一辈又一辈。

女儿上幼儿园时，老师曾布置过一项"作业"，让孩子们观察种子的发芽和成长过程。我从乡下老家带回几粒黄瓜种子，在阳台上备好了一个大花盆，然后到小区里转了两圈，想要找点泥土回来，结果空手而归。这个事于是搁置起来。后来，母亲从一处建筑工地上发现了新鲜泥土，她用双手捧进编织袋里，背在肩上，就像背了半袋子粮食，蹒跚着回家。女儿在花盆里播下种子，每天浇水，松土，有一天突然欢呼雀跃起来，种子发芽了。看着嫩芽破土而出，一天天长高，看着种子赖以成长的那一盆泥土，我想到母亲在这个城市寻找泥土的情景，走过了一段很长的柏油路，她从建筑工地上背回来半袋子新鲜泥土，在某栋楼房的阳台上再造了一个小小的春天。观察一粒种子的成长，女儿为之激动了好多日子，一直生活在钢筋混凝土的丛林，她的心灵世界还没有关于广阔田野的认知，也没有对于土地的真切理解。

这是我所看到的和理解的城市。最日常的泥土，距离我们的日常生活越来越远。不接地气的成长，根在哪里？没有根的成长，明天将是什么样子？

乡村早已不再是记忆中的乡村了。游走在胶东乡村，我所看到的，我所想到的，我所期望的，其实仅仅是我一个人的事情，与乡村里的人没有太大关系。他们已经习惯了被想象和被表达。

童年记忆里的村庄，大约都是有槐树的。如今我走过的一个又一个村庄，极少能看见槐树，偶尔遇到几株，它们的苍老样子总让我的内心变得纠结和难过。此刻，眼前的这棵国槐，表情慈祥、落寞，树干大面积地枯朽，以至于形成了一个窟窿，村人用混凝土把窟窿填充起来。混凝土作为建筑物的构成元素，已经成为这棵树的生命血肉的一部分。我无法想象，被混凝土固化的树身该如何保持生命的鲜活？树冠覆在房顶，树下房屋是青色的，房侧有石碾，远看近看都很好，正是我想要寻找的那种感觉。

一个老人在劈柴。

我打听这棵国槐的年龄，老人说自从有这个村子就有了这棵树。再问这个村子有多少年了，老人说不知道，继续低头劈柴。

一棵树与一个村庄之间有着怎样的关联，村人似乎并不在意。他们住在自己的村子里，把全部力气都用到了过日子上，生活对他们来说是具体的，需要全力以赴去应对。

老人说这棵槐树是有灵性的，从祖辈开始，所有枯枝都是掉落到了屋后的胡同里，从来没有砸过屋顶，没有打碎一片瓦。现在树老了，房屋也被开矿的快要震塌了。这碑，是开矿人建的，字也是开矿人写的……

我用相机拍下了树干的局部，那块被混凝土填充起来的地方，像是生命中的一个补丁。"现在有啥好拍的？等开花了再拍多好。"老人说。那一刻，我从眼前的树想到了阳台上的喜鹊，以审美眼光打量现实问题，这让我感到羞愧。

看着这棵树。一直看着这棵树，看着树身上的水泥补丁，我突然有一种想要落泪的冲动。我转过身，远山一片苍茫。

我曾在多篇文章中都写到了大槐树，我承认我有一个解不开的情结。一棵树，守望在村头，见证了村庄的历史。可是，没有人在意一棵树的衰老。节假日从城里返乡的孩子们，聚在树底下玩耍，父母则在旁边不时地提醒他们当心头顶掉下来的枯枝。从大槐树的颓然表情，我看到了更多。它眺望远方，根深深地扎在泥土里。它的根,是理解这个村庄的一个切口,这里曾有过最热烈的对于生命的爱,以及对天空,对白云,对远方的憧憬,它以扎根的方式表达这份爱和憧憬。而今,年轻人大多去了城里,村庄越发萧条,它也越来越孤寂了。一棵树的生命是被忽略的;一棵树的存在是被忽略的;一棵树的成长历史是被忽略的。而一棵树所见证的历史,终将腐化成泥,参与新一轮的成长。

关于这个庞大的世界,我并不关心更多,我只是循着某个切口看到我所看到的,理解我所理解的,直到有一天我与这个世界成为同一个事物。我对生活的观察和理解,是从一个个具体的切口开始的,更准确地说,是从一个个被忽略的,不被察觉的切口开始的。在很多人眼里,"切口"是伤口的代名词,在我这里,它只是一种理解世界的方式,并且伴随着最真实的痛感。是疼痛,让理解变得深刻。这个世界是由若干碎片组成的,可我总习惯于把它视作一个整体,每个切口都是通往另一个世界的窗口,让我看到更多微小或宽广的事物。

从一滴水里,可以看到整条河流。

一条河流得太远太久,以至于我们都成了泡沫。

鱼的拼力一跃,成为观察和理解一条河的切口。站在时光彼岸,我看到一条鱼跃出水面,像一把被抽出的刀,斩向流水。这是来自河流内部的力,它将水面划破,泄露了一条河想要交付远方的秘密。

(原载《散文》2015 年 12 期)

失败的寻访

去看那条千年古道。

村子临河而居,碎石沿着河岸垒出一种齐整的层次感。道路另一侧的胡同仅容一人走过,像一抹瘦长的影子被遗弃在那里。出了村子,是一片浩荡的水。堤岸上有两棵柿子树,隔了很远依然可以看到它们的苍老;一头无所事事的驴,静默地站在水边,比眼前的这片水还要安详;几辆小车停在不远处,有人搭起了帐篷,正在钓鱼。山野中的这片水,我还没有来得及细细体味,车子就一晃而过了。在路的尽头,一片竹林茂长在那里。因为山太深,人迹罕至,竹林才完整地留存下来。很多人从很远的地方蜂拥而来,则是近年的事情了。通往竹林的,是一条千年古道,狭窄,崎岖不平,向险而去。为了吸引更多人更便捷地抵达那片原生态竹林,当地人动手开辟一条新路,把原来的河道改造成水泥路。那条千年古道被荒弃了。村人站在路边,用手比画着,讲述他所知道的关于古道的故事。新开辟的水泥路在千年古道的下方,即使是再热闹的旅游旺季,游人熙攘,也没有人留意高处的这条古道,他们奔走在新路上,直抵想象中的那个生态景点。千年古道成为一个被封存被悬置的景观,无人参观,只是偶尔会在某些时候被村人说起。路边有溪水流过,叮咚作响,不知名字的鸟,在水流的清脆声中穿过。一块并不规则的金黄麦地,镶嵌在山坡上,让人心里格外空落和孤单。

这个守候着一条千年古道的村子,居然有一个铁匠铺。多年来,我游走胶东乡间,在找寻农具的同时,隐隐盼望着哪天遇到一个铁匠。童年记忆里红彤彤的打铁情景,一直灼烫在我的心头。我从千年古道失意而归,却在村子里意外发现了那个铁匠铺，它比破落的村庄更破落，但看上去并没有彻底被遗弃。我很快就找到了它的主人，一个七十六岁的老铁匠，他几乎符合我关于铁匠的所有想象，苍老，敦厚，脸上刀削一样的皱纹里，填满铁屑状的东西。稍感惊讶的是，他竟然那么健谈，让人很难将他的言谈举止与木讷表情联系到一起。他表现得异常热情，一边唾沫横飞地讲解打铁知识，一边手舞足蹈地演示，比如火候如何掌控，比如落锤时的角度和力度有多少讲究。他似乎等待了很久，孤独了很久，对我这个陌生人的来访异常兴奋。我甚至在想，究竟是我偶然发现了他，还是他意外逮住了我这样一个倾听者？我理解他。他打了一辈子的铁，不舍得丢弃这个技术活，每逢镇上赶集，他都会去摆摊收农具，直到攒够了一定的数量才开炉打铁，过上一把瘾。其实他生活得挺好，早就不需要依靠打铁来维持生计，他的手艺已经没有多大的现实意义，村里用上了机械设备，播种和收获都很少使用农具，铁匠成为一个多余的角色。他说他舍不得丢下这个手艺。这是一个人的坚守。不管世界发生了什么，我相信这个老人一定获得了常人难以理解的愉悦与安慰。那些打铁的岁月，没有仅仅成为苦难记忆。他现在更多拥有的是回忆，在回忆中重新走过那些日子，守护一门已经没有多少现实意义的手艺，就像守候自己的余生。乡村铁匠赤膊抡动手中铁锤的童年记忆犹在眼前，那些火焰中纷纷落下的铁屑藏有我们最奇幻的想象和最简单的快乐。三十多年后的今天，那个曾经的孩童不需要听任何解释，就理解了眼前这个打铁老人的热情。日子是渐渐凉却的铁，有着一种经年累月的巨大孤独。他与被这个世界淘汰了的手艺相依为伴。那天我亲见了他打铁的整个过程。他的表情有些悲壮，好像多年来的坚守就是为了等待这一天，他光着膀子，在通红的炉火前，酣畅淋漓地表演了所有手艺，认真，郑重，像在重温往昔岁月。这是一个民间手艺人对生活和生命的理解。我向他投去敬重的目光，并且按动快门，将某个瞬间定格。

老母鸡在草垛底下觅食，偶尔咕咕低叫，像在发一些什么牢骚。默立在村头的石碾，只有逢年过节才用一用，它已不仅仅是功能意义上的存在，至于具体是什么，我说不出，村人也说不出。我和他们都知道，石碾的沉实存在，对这个村子有一种不可解释也不可替代的意义。一个老农蹲在地头抽烟，他一动也不动，烟圈在他的头顶盘旋片刻，然后飘向空中。这是农村的一个普通场景，可是我仍然忍不住把它解读成了所谓的"守望"。我羞于将自己的解读告诉眼前这个老农，我知道他心里装的，与我心里所想的截然不同。我与他之间，有一条看不见的深深沟壑。走在村子里，随处可见"流动饭店"的字样，下面留有联系电话。村里的红白喜事，现在时兴找"流动饭店"，主人只需备好饭菜原料，厨师带着帮手和灶具登门服务，省力，省钱，且有面子。"流动饭店"的字样是用油漆刷在墙上的，旁边是同样用油漆涂抹的形形色色的广告，村人似乎并不介意。我跟随在他的身后，走下一道坡，拐了一个弯，再爬过一条长长的坡路，然后连续穿过两个窄胡同，在一座老宅跟前停步。本以为举步就会到达，没想到，他带我走了这么远的路，以至于这份热心让人不得不产生怀疑。他把我丢在门口，一个人走出胡同，等他再出现的时候，手里拿了一把钥匙，他把钥匙对准锈迹斑斑的铁锁，试了几次，都没有成功。我接过钥匙，折腾好长时间，总算把铁锁打开了。

院子里长满齐腰的荒草，有浓烈的植物气息。我是陌生的闯入者，闯入一段被遗忘的时光。

这栋老宅像一个农具陈列馆，犁、耙、连枷、碌碡、耧车、锨、镰、蓑衣、畚箕……各式各样的农具覆盖了一层厚厚的灰尘。他说三十多年来没有外人进过这个屋子。屋里从来不曾通过电，我擎着打火机，在断续的微光中逐一查看那些农具，心里有些激动。也许，这是三十年中唯一有过的光。置身这个昏暗的记忆库，我仿佛听到了时光流淌的声音。那些农具被我们搬到院子里，摆放，拍摄，他也像受到了格外尊重一般，脸上满是欢喜。他把一套驴具挂到院墙上，用手比画着告诉我每个部件的名字并介绍功能，次槽、顶列、犁眼、亚力、扶手、不见天、托托……他越讲越来劲，渐渐有了一点神采飞扬的感觉。我被眼前这个陌生老农的情绪感染了。抑或是，我以这种方式对农具的寻访，激活了他埋在心底的遥远记忆。他的讲解让我重新认识了驴具，好似看到一头驴正在山野里骄傲地劳作。粗糙的驴具，原来凝结着这么多精致的民间智慧。挂在墙上的这套驴具，让我想起那些久远的日子，想起坑坑洼洼的山野，想起劳作，想起农人朴素的脸，以及他们面对土地的态度。在乡村游走的日子，我也时常见到农家圈养的驴，它们不是用来劳作的，养大了会被直接卖给杀驴的人。那天在某个村子的栅栏里发现了一群驴。栅栏是敞开的，一群驴，百无聊赖地待在里面。我端起相机拍照，闪光灯惊吓到一头小驴，它围着我一阵蹦跳，蹄子飞腾，卷起一片尘土，我躲到一棵树下，半天不敢走动。在城市街头，我曾亲见杀驴场面。那是一家颇负盛名的驴肉店，他们一直坚持在门前杀驴，以血淋淋的现场向顾客证明这里的驴肉是货真价实的。在一个虚假泛滥的年代，他们获得了预想的"成功"，生意一直很好，食客络绎不绝。

暮色中，天空中下起了小雨。院落里齐腰的荒草经过雨水的清洗，新鲜了许多。邻家的烟囱冒出一缕炊烟，在细雨中若有若无，像是乡愁。

一栋被遗忘的老宅居然藏有这么多的秘密，我以拍摄的方式，截取并带走了它们。这些年来我所寻到的农具，大多是在年迈老人家里，之所以留存，并非所谓收藏，也不是敝帚自珍，仅仅是因为贫穷，因为家徒四壁。一个家，总是需要一些物品填充的。这些早已没有用途的农具，他们舍不得丢弃，成为一个空荡之家的组成部分，成为这个人的命运中永远无法挪走的一部分。对劳动工具的热爱，是一个劳动者最朴素的感情。我记得，农村刚搞联产承包责任制的时候，父亲对生产队里那些破旧的农具表现出了不可思议的热情，在招标拍卖现场，他不顾一切地冲在前面。几个恶作剧的人，故意把价格一再哄抬。这丝毫没有动摇父亲的决心，他如愿把那些农具买了回来，我们家为此背上了一大堆债务。后来，每逢使用那些高价拍卖回来的破旧农具，母亲就忍不住数落父亲一番。这么多年过去了，那些农具一件也没有留下来。我在乡间大海捞针一样的找寻，与童年的某种情结有关。

楸树花落了满地。楸树旁边站着一所老房子，它身上传递出来的颓败感，打动了我。举起相机，选好角度，又总觉得单调了一些，去附近农家借来铁锨和耧车摆到墙根，再从取景框看去，整幅照片的构图有了别样的意味。

一个乡村女孩，大约十六七岁的样子，对我的拍摄很是不解，她问："有这么无聊吗？"我还没有开口回答，就传来一声巨响，老房子一阵剧烈颤抖，泥土从墙体纷纷落下。那个女孩乐呵呵地说，全村人都盼着你们来拆房子呢，再不拆，就震倒了。"从村人牢骚中我听出了事情的原委：村子附近有个矿区，被私人承包了，矿上每三天就得放一炮，据说足有好几吨炸药。每次巨响，村里就像发生一场地震，不是这家的墙体震裂了，就是那家的窗玻璃被震碎。村人整天提心吊胆，不知道什么时候突然就响那么一下子，心里总惦记着有什么事情要发生。他们埋怨村干部不肯站出来替百姓说话，也有人说村干部站出来也白搭，矿老板能耐大着呢……村人扛着镢头，站在楸树下看光景，说着村里的事，就像在说一些村外的事一样，看不出有什么悲愁。他们知道，日子总得过下去。

直到离开那个村子，我也没能回答那个女孩的追问。那些现实的苦难摆在那里，我以审美眼光从取景框里截取了自己所需要的那部分。它是真实的，但它不是全部的真实。我所留存的，并不是一个完整的真实的乡村，更多的现实苦难被所谓的美遮蔽了。艺术是有责任的。以拍摄的方式留存那些正在日渐消失的记忆，以审美眼光来面对乡村中那些被遗忘的事物，我的回望与寻访，在滚滚向前的潮流中是否真的有意义？这个所谓的意义，对我的寻访对象是有意义的吗？

并不仅仅是农具。还有农具曾经得以存在的乡村。乡村正在遭受巨大变化，失去了太多东西，包括农具。村人对农具的态度也发生了难以想象的变化，农具成为贫穷和辛苦的代名词，他们像甩掉一个不受欢迎的事物那样，急切地甩掉一些农具，顾盼新的生活。新生活是什么样子，他们并不知道，没有人确切地告诉他们。在山野，我曾与一台锈迹斑斑的废弃拖拉机对视良久，直到觉得内心也长满了锈，才落寞地走开。

时光就这样打磨着村庄和村庄里的人。而这一切，都是在无意识中发生的。

我自知从来就没有真正理解过这些农具。对农具的理解，只有在经年累月的劳动过程中才可以真正获得。我只是浮光掠影的寻访者。我找到了它们。我满足于这样寻找的过程。在漫长的时光里，在现代化浪潮中，我这样做，只遵从内心的声音，并不期待来自外界的理解。永远在路上。我知道我的寻访注定是失败的。自始至终的失败。无能为力的失败。不可言说的失败。我在这种失败中体味到了更多的东西，悲壮，悲哀，还有悲情，它们不肯放过我。我在乡村的奔走与找寻，不过就是为了一个不合时宜的"梦想"。我所拍摄和记录的，仅仅是村庄的一个截面。

截面承载的，是一段完整的隐秘记忆。

（原载《天涯》2015年第2期）

老人与海及其他

老船长跟我说起了他与一条大鲨鱼的往事。他已经八十八岁了。他坐在我的对面，神态安详，语气平和。他说他从十四岁就开始出海打鱼，没有死在海上已是万幸。那时渔民用的是摇橹小船，海上若是起了风，小船时常会被风刮到现今的烟台开发区海滨，稍不小心，船就翻了，落水的渔民即使拼命爬上了岸，因为那一带荒无人烟，十有八九也会被冻死。直到二十世纪六十年代，渔村开始使用机械船，翻船死人的情况才减少了。就在我住进渔村的那天，这个城市组织乡村老人统一参观市容市貌，老船长也在其中，他亲眼看见开发区海滨翻天覆地的变化，想起昔日这里一片荒凉，想起那么多的渔民死在沿线沙滩上，忍不住流下了眼泪。

这个城市的海滨旧景，我曾在老照片中见过。前几年当地要建规划展馆，策划了一个新旧对比的主题活动，从民间征集了大量图片资料，我从老照片中看到这个地方的青涩从前。我把那些照片端量了很久，不知道日新月异的现实是那些照片的背景，还是那些照片是当下形势变化的背景。我说不清这是一个审美问题还是一个立场问题，不知道该站在哪个角度看待这个问题。我把这些解释不清的东西，归结为"发展"所致。当下太多人已经习惯了用这个词语打包太多说不清的东西，直到我在渔村听到老船长的讲述，在这些照片中介入了生与死的话题，我才恍然大悟。对于身边的事，对于我所寄身的这个城市，我通常是以审视的眼光打量它们，其实在很多时候，生存才是首要问题，很多因生存而出现的妥协与让步是可以理解的。那些自以为是的评判，既忽略了别人的感受，也在生活认知方面出了问题。

话题很快就转到了那条大鲨鱼上。那年老船长才二十三岁,他与两个伙计出海打鱼,在海上漂了一天一宿,小船依然是空的,一点收获也没有。回家的路上,他们就遇到那条后来被传说了半个多世纪的大鲨鱼。他记得当时并没有喜悦,而是越发忐忑不安起来,一路上除了恐惧还是恐惧,以至于此后的若干年,当他想起那时的情景,仍然感到后怕,感慨当年没有死在海里已经是万幸的了。

那夜的星星若隐若现,海像是动物的巨大呼吸。小船在夜色里划行,有时剧烈地抖动,他以为浪太大,看看四周,海上却是一片平静,后来他才知道,那是因为网里闯进一条鲨鱼,鲨鱼在网里挣扎,不停地拱动小船,小船晃动的幅度越来越大,随时都有可能发生侧翻。他们紧张起来,在茫茫的大海上不知如何是好。似乎是过了很长时间,船突然不动了。老船长先发现船不动了;之后老船长的两个伙计也发现船不动了。老船长拔了拔网,网绳是直上直下的,拔不动,三个人一起用力,总算拔出一部分,却傻眼了,是一条粗壮的鱼尾巴。他们在鱼尾巴上又拴了一根缆绳,试了试,还是拔不动。当时海上漆黑一片。老船长说不要硬拔了,先保持体力,一切等天亮了再说。

天刚蒙蒙亮,他们就开始忙碌起来,网仍然是拔不动的,他们知道打了一条大鱼,却不知道这条鱼究竟有多大。船在海上走,老船长的思想也在激烈斗争着,不知是否该把大鱼放掉。如果那条鱼还活着,他会选择把它放回海里,这条小船哪里经得住这么大的一条鱼的折腾?可是,大鱼已经被网缠死了,就此放掉,实在有些不甘心……鱼在网里,他们把网收紧了,用绳子把鱼头和鱼尾两个部位拴在船帮,绑紧了。船平稳了许多,偶尔会抖动一下,又抖动一下,是很深很沉的那种抖动。老船长的心随着船的抖动而不停地收缩。一只小船,拖着一条不知道究竟有多大的鱼在茫茫大海上向着家的方向艰难地漂移。

老船长看不见鱼,却时刻感觉到了小船与大鱼在海水里不停地碰触。每一次碰触,就像碰触到一个危险,又像碰触到一个坚实的依靠。小船与大鱼在海浪里竟然成了一种紧张的依靠与被依靠的关系。

返程中,他们先后遇到了两拨鱼群,可惜的是,网已被这条模糊的大鱼全部占据了。同船的两个伙计望着鱼群,满脸遗憾。老船长安慰他们说:"海这么大,我们不能啥也想要啊。"

短暂沉默。

这短暂的沉默让我珍视。我知道在我们的言说之外有些共同的感受击中了对方。巨大的海，几乎也被穷尽了。人得有多贪婪，才能把大海糟蹋成这个样子啊。老船长叹口气，打破了这沉默。他说当年拖着大鲨鱼回家的路真是漫长，他多么向往有一盏灯，就像传说中的海神娘娘那样，擎一盏灯引领他们回家的路。对一盏灯的向往，成为活下去的信念。这样的一盏灯，并没有出现。

他们三个人轮流摇橹，在海里摸索着航行了一天一宿。老船长用绳子拴了秤砣测一下水深，知道已经到了威海。他抬头，西北方向的星星正在不停地眨着眼睛，他的心中咯噔一下，可能要来风了。

风说来就来了。小船在海里飘摇。他们把捆绑大鱼的绳索收束得更紧，让船和鱼更紧密地联为一体，仍然放心不下，三个人又分别检查了一遍绳索，怕有什么意外。在风浪里，大鱼起到了稳固小船的作用。风越来越大。海浪撕扯着小船，撕扯着捆绑大鱼和小船的绳索。他们不时地检查绳索，怕绳结脱扣。老船长对自己系的绳结是从不怀疑的，渔村几乎每个人都会打一手漂亮的绳结，这是渔民必备的基本功。然而此刻，这么大的风浪，他总担心绳结松动，或者绳索被船帮摩擦断了，那样他们就会葬身大海。他把生的希望寄托在大鱼身上，却又不够坚定，脑子里不时闪过一个念头：遇风的霉运，是不是跟这条大鱼有关？他甚至动了放掉大鱼的念头。这个念头只是一闪，他就不再深究，因为时间来不及了，容不得他做第二个选择，不管这条闯进网里的大鱼究竟是福是祸，眼下全力应对大风才是最关键的。

船随着大鱼在海里晃动。一个浪头拍过来，小船开始剧烈地摇晃，海水灌进了船舱。又一个浪头拍过来……船舱里的海水越积越多，船开始下沉，下沉……老船长和两个伙计的心也在下沉，他们在船板上跪了下去，一边磕头祷告，一边哭了出来。船在继续下沉，他们不再磕头了，一边哭，一边不停地用锅和盆往外舀海水。风卷着浪，固执地拍打着小船。水越积越深。在漆黑的夜里，在茫茫的大海上，他们无处可逃，他们所能做的就是守住这条小船。人在彻底绝望的时候，往往变得比平时更加冷静。他命令两个伙计不要再哭了，稳住船才是唯一的活路。他们把捆绑小船和大鱼的绳子收束得更紧了，把船和鱼更紧地连在一起。海浪不停地涌来，拍打着他们的船。在巨大的海浪声中,他听得见自己咚咚的心跳声。他按住心脏的位置,提醒自己,稳住,一定要活下去。

在海上遇到大风,这是渔民最担心的事。一个老练的渔民会在风浪大作的时候把船固定在某个点上,这是他们面对风浪的态度和策略。所谓乘风破浪,其实是不合时宜的。很多人从中读出了执着,读出了挑战,我也曾这般解读风浪,人到中年,心态和理解世事的方式都发生了改变。我渐渐地明白了在风浪中该如何稳住自己的船。这更像是一个关于时代和人生的隐喻。

风终于消停了。据老船长回忆,那阵风如果再刮上一刻钟,船必沉无疑。船里的水,很快就被他们用锅和盆舀回海里。他们坐在船上,缓了半天劲,才开始重新向着家的方向划去。船里已经没有任何食物了。船进水时,他们把所有能丢的东西都丢进了海里,包括准备的食物,还有酒。那一刻,他们只想减轻船的分量,哪怕只是减轻一点点的分量,没有什么比保住船更重要的了。他们只剩下了恐惧,哪里还顾得上饥渴。在茫茫大海上,回家的路成为一条逃命的路,离家近一步,就离生的希望近了一步。他们拼命摇橹,既是向生靠拢,也是在拼尽全力摆脱死亡的阴影。他们商量是不是该把大鱼卸掉,以逃命为主。老船长有些不甘,也有些不忍。是大鱼救了他们的命,他们与大鱼之间一定有些说不清的缘分。犹豫了一番,他决定继续带着大鱼上路。他无法预料,下一刻,是否还会遇到更大的风浪,至少在刚刚过去的那一刻,是大鱼救了他们。

似乎过去很久之后,海上刮起东风,船顺风漂向老龙山。远远地看到了老龙山,虽说有些模糊,但那种关于老龙山的感觉是清晰的,老船长叹口气,悬着的心终于落了下来。初旺村的渔民出海打鱼,只要看到老龙山,就知道到家了。

船在即将靠近初旺村口的时候,风突然转成了东南风,船顺风而下,漂向邻村李家的方向。他们想要逆风划回初旺村口,风越来越大,是要下雨的样子,再加上在威海湾死里逃生的遭遇,老船长当机立断,马上在邻村靠岸,先上岸再说。上了岸,他瘫倒在地,忍不住哭了。岸上有人早就看见这条风里的小船,很快就招呼十多个人过来,一齐动手把鱼拖上了岸。他抹一把眼泪,发现那鲨鱼还在喘气,嘴已经不动弹了,眼是睁着的。小船在海里艰难前行的时候,因为不停地与鲨鱼碰触,摩擦,再加上风浪的拍打,摩擦更为剧烈，在海上折腾了一天一宿，等到靠了岸，船帮已被鲨鱼磨掉了一寸多。那是一条长约七米的小船，鲨鱼比船身还要长。老船长踩着鱼背想跳到岸上，结果一不小心掉进了海里，慌乱中，他抓了大鱼一把，才稳住身，那一瞬间，他发觉大鱼高度与他的身高差不多。这个细节他记住了。时隔半个多世纪之后，当我们问及那条大鲨鱼究竟有多大的时候，那个细节成为他判断的依据，他说他清楚地记得海水的深度大约到人的脖颈位置，他据此判断那条鲨鱼的高度足有一米多。

他想过是条大鱼，但是没想过会有这么大。等到把鱼拖上了岸，才发觉这鱼的大小远远超过他的想象。在看不到尽头的大海上，他没有想到他的小船拖着的这条鱼竟然会有这么大。多少年来，他梦寐以求的就是捕到大鱼，现在有了大鱼，却让他犯愁了，不知该如何处置这个庞然大物。村人纷纷赶来看热闹，他们从来没有见过这么大的鲨鱼，根本就不相信三个人驾一条小船竟能捕获这么大的一条鲨鱼，而且顶着大风，在海上折腾一天一宿把大鱼拖了回来。村里的老人说，这条鲨鱼是"哈弄"（音同）。我问老船长"哈弄"具体是哪两个字，他也说不出来，就是一直在说"哈弄"。我猜测他所说的"哈弄"，大概意思就是老实，不咬人。在村人看来，如果那条鲨鱼咬人，他们三个人的性命根本就保不住，更别说把鱼拖回来了。老船长觉得村人的看法过于简单，他亲眼看到那条鲨鱼的牙齿很长，是锐利的，怎么可能不会咬人呢？

村人望鱼兴叹，具体到如何处置这鱼，谁也没了主见，束手无策。因为船被迫停靠在邻村，那里的水产公司有意合作处理这条大鱼。老船长想了想，也就同意了。水产公司安排一大帮人开始动手分割大鱼。鲨鱼的肝脏、鱼鳍被割下，鱼皮也被剥掉了，鱼肝油装了满满的九筐，每筐足有一百多斤。整个水产公司忙碌不堪，空中弥漫着一股说不清的气味。他们把鱼肉切成条状，装了两船，一船送到烟台卖掉了，一船送回初旺腌制加工成鱼片，卖给了掖县（今莱州）。突然捕获了一条大鲨鱼，老船长有些发蒙，水产公司也从没见过这么大的鱼，缺乏处置经验，带着他四处找人推销和交涉。掖县的人骑自行车来过好几次，把鱼片买去了。一条大鲨鱼，共计卖了六百块钱，这个价钱在当时是很高的，比一条船在海上作业两个月的收入还高。他们都很高兴，觉得三个人没死在海上就已经是万幸了，结果还发了笔小财。

老船长说，如果没有那条大鲨鱼，小船在威海湾必翻无疑。是大鲨鱼在风浪里稳住了小船，救了他们三个人的命。小船的载重量是五千斤，而那条大鲨鱼足有一万多斤。

老船长坐在我的对面，手里摇着一把旧扇子，神态安详。他的女儿在旁边感慨老人已经八十八岁了，记忆力依然这么好，每次出海经历都记得清清楚楚。老人说怎么忘得了呢，每次都是从阎王鼻子底下爬回来的，想忘也忘不掉。特别是出远海，太危险了，有的人出去了就再也没有回来。那时的船还不是机械化，海上只要遇了大风就凶多吉少，明知有危险，还是要去冒险，日子总得过下去。初旺三面环海，一面朝山，渔民一辈辈过下来，死也是死在海里。

我不曾在大海里见过鲨鱼。我所见的鲨鱼，是在鲸鲨馆。我陪女儿多次去到那里，她对海底世界充满好奇，对鲸鲨馆里的鲨鱼没有丝毫畏惧。她觉得好玩。

若干年过去了。如今老船长与大鲨鱼的故事成为渔村的一段传奇，以至于我在渔村采访时几乎所有受访者都谈到当年老船长捕了一条上万斤的大鲨鱼，包括那些年轻的村人，出海的和不出海的，他们都听说过这段传奇故事。我去采访老船长，作为当事人的他没有把半个世纪以前的那段传奇更加神秘化，他很认真地反复解释，不是他们捕的鲨鱼，而是鲨鱼自己缠到了网里，越缠越多，越缠越紧，最后动弹不得了。他说自己和鲨鱼之间并没有丝毫的"战斗"，事情的全部经过就是鲨鱼不知为何被网缠住了，然后他们就把鱼拖了回来，一路上什么也不顾，只想着逃命，劝自己不要害怕，离家近一步，就离船毁人亡远了一步。他说没有什么胜利可言，在大海面前，人有什么胜利可言呢？他没有夸大个人努力的成分，他甚至把别人所以为和传说的努力成分，直接从这个传奇故事中剔除了。他说当时都不知道那条大鱼究竟意味着好运还是霉运，他更多感到的是恐惧。一条大鱼，让他们回家的路充满了恐惧。

海是不可战胜的，人要懂得妥协。老船长坐在我的对面淡淡地说。

就像熬过一场噩梦，才抵达此后的生活。经历那次劫难之后，老船长再也没有想不通的事了。他向大海妥协了，向生活妥协了，也向自己妥协了。他坐在我的对面，神态安详，像是一个极深的启示。

"这段经历，是值得一辈子回忆的。"

老船长摇头，苦笑："到现在想起来还是后怕。"

我看着眼前这个老人，他在坦诚地讲述自己的亲身经历，一段在别人看来充满了传奇色彩的往事。时隔半个多世纪，他回想起当年的海上遭遇，依然感到恐惧。恐惧感在他的心里留存了半个多世纪，依然没有消除。

我想起海明威的《老人与海》，他和他笔下的老渔夫都是在回望人生，有一份达观，超越了通常意义上的成败。老渔夫捕的鱼，历尽千辛万苦，却被别的鱼啃得只剩下了鱼骨架，他依然乐观，毫不沮丧。海明威笔下的老渔夫是硬汉形象，他说一个人可以被消灭，但是不能被打败；而我所亲见的这位老船长，他是谦卑的，他说大海是不可战胜的。他一辈子风里来浪里去，没有什么英雄情结，他甚至在时光面前是妥协的，毫不掩饰地向我说起了曾经的恐惧。他说那鱼如果不是被困住了，稍微反抗一下，就会船翻人亡。他这样说着，更像是在反思，检讨，虽然语调是平静的，我依然从中感受到了巨大的不平静。他已经八十八岁了。岁月在他身上的留痕，就是看不出岁月的痕迹，所有遭遇在他看来都是命定的一部分，他讲述它们，那么平静和安详，即使是那些曾经的汹涌波澜，也被他内心的力量平息了。这个老人，他知道在生命的最后关头该如何面对生命；这个老人，此刻正在温和地回忆当年的惊涛骇浪，他说到了自己的软弱和恐惧，说到了当时只有一个想法就是活命。人再有力量，也是没法战胜大海的。他说他出了一辈子海，打了一辈子鱼，才得出这个结论。面对大海，人要懂得妥协，要有敬畏。他说到了村里的海会会长，前不久他随同老年参观团从开发区海边走过，睹物思人，他在车上流下了眼泪。当年海会会长就是在那一带遇难的，那天他们一起在海上打鱼，风太大，船有些失控，他的船漂向刘家村口，海会会长的船则靠在开发区的海边，海边没有任何遮挡，结果船被风掀翻，会长遇难了。早在1957年，海会会长带领一支船队去辽宁双台沟打鱼，当时共有十条船，每条船上四个人。从双台沟走到老铁山附近，来风了，渔民都吓哭了，呼天喊地。好在那阵风很快就过去了，如果再多刮一会儿，那支船队必定全部遇难。海会会长躲过了这一劫，三年之后却在开发区海边遇难。有一次，海会会长在坏天气里坚持出海，结果遇了风，送了命。老船长说，打鱼不同于种地，遇到坏天气，是不能在海上坚持干的，大海无情。

老船长站起身，给我倒茶水，他的手有些发抖，他说老了，手都快要拿不住东西了。作为初旺渔村德高望重的老船长，他不修饰也不拔高自己的经历，坦率地说出了恐惧。他是从大风大浪里走出来的人；他所要解决的，是最日常的生活。被别人当作了抒情和想象对象的大海，在他眼里只是生活的保障，随时都要面临危险，根本没有什么浪漫可言。

当年与老船长一起打鱼的两个伙计都已经去世了。我问他是否曾经梦到过那条大鲨鱼，他说没有，只是多次梦到水产公司带他四处卖鱼的场景，乱糟糟的，却很清晰。谁也不知道该怎么处置那么大的一条鲨鱼，他已筋疲力尽，只剩下了服从的力气，他只想把这件事尽快地结束，从恐惧和不安中尽快走出来……若干年后，当他老了，他时常梦到当时的情景，他甚至梦想着有一天能把这个梦做到底，让这个梦按照自己的期望延续下去。他后来一直觉得当时因为没有经验，再加上时间太仓促，很多鱼肉都被糟蹋了，如果自己动手慢慢处理，肯定会卖出更高的价格。那么大的一条鱼，才卖了六百块钱，现在想来有点吃亏。老船长的这个答复，是我没有想到的，这引发了我的更多想法。我之所以问他在长达半个多世纪的岁月中是否曾梦到过当年的场景，潜台词其实是想知道他对那样的一条大鲨鱼是否有过歉疚和悔意。然而没有。在我，这是一种典型的文人思维，额外赋予了风浪太多的所谓内涵，当我想要通过老船长的遭遇来印证这些内涵，他给出的却是另外的答案。在老船长那里，生活远比那些所谓想象更无情也更严峻，他说到了自己的身世，说到了早逝的爹娘，也说到了家里的罗锅叔叔。他从小爹妈就不在了，是奶奶把他拉扯长大的。他六岁那年，父亲出海打鱼，在唐山一带被海盗绑了票，爷爷四处借钱，把人赎了回来。父亲回家以后就病倒了，一年后去世。他十岁那年，母亲喝药自杀，撇下他和兄妹三人。妹妹才七岁，就给别人当了童养媳；哥哥到大连投奔舅舅，找了一份差事，挣碗饭吃。他一个人跟着奶奶过日子。奶奶去世后，他与家里的罗锅叔叔相依为命。后来，他见过哥哥一面，也去东北寻找过妹妹。自从当年骨肉分离，兄妹三人再也没有团聚。

回顾家族的血泪史，老人发出一声叹息。

在人的一生中，曾经有过那样的一次海上遭遇，在村里，甚至在距离村子很远的像我这样的局外人看来，都是有些神秘的。当我见过老船长，他那么平常，他的讲述也丝毫没有传奇色彩，海只是海，鲨鱼只是鲨鱼，那次海上的遭遇仅仅是一次遭遇，他没有赋予它们任何的象征意义，即使到了老年，关于那次遭遇的所有回忆也依然是停留在生存层面。他所后悔的，是因为没有经验，把鱼肉卖亏了。在别人看来，包括我，也是有些不理解的。这是多么形而下的具体问题。可是，这正是生活和生存的真相——不是老船长太现实，而是我们太矫情了。我从老船长的家里走出来，一路上都在这样想。

海对于渔民来说，不是浪漫，也容不下太多的想象，它是残酷的存在。与这个残酷存在相对应的，是当年刻骨铭心的饥饿和贫穷。我一直以为自己对于现实生活有着深切的理解，见到这位老船长之后，我才知道我的所谓理解其实多么牵强和肤浅。还有对大海的认知，我曾写下太多关于海的文章，如今看来，我不过是在大海之外一厢情愿地理解大海，在风浪之外浪漫地看待风浪，而老船长们，是在大海上理解大海，在风浪里理解风浪。在渔村，村人向我说起老船长与大鲨鱼的故事，他们只记住一个基本的事实，更多的细节被忽略被淡忘了。当我与老船长面对面，多么希望他会穿越时光，恢复半个多世纪之前的那次海上遭遇，哪怕是添加一些想象的成分，在我看来也是合情合理的。然而老船长并没有任何的虚构，他平静地讲述了那次遭遇，不夸大，也不回避，只是平静地讲述。

我原以为，海在老船长的心里会一直涌动着惊涛骇浪；我原以为，隔着这么遥远的时光，老船长对那次传奇遭遇会有更多更丰富的理解；我原以为，我的所谓关于人性的想象，我的关于对未知事物的敬畏和爱，会在老船长这里得到确认……

他没有更多的阐释。他只向我讲述了真实的过程。这个真实的过程已经在他心里埋藏了六十多年，像一粒种子，他拒绝让它生根，发芽，拒绝枝繁叶茂。他把它一直埋在心底，很少主动谈起。

这是他一个人的秘密。他从这个秘密里看到了大海，也看到了大海后面的比风浪更真实的生活。

老船长有六个子女，五世同堂。他与老伴结婚七十多年了，两个老人从来没有庆祝过生日，他们不知道自己出生在哪一天。从前年开始，家族所有人都在正月初三这天齐聚老船长家里，权当给老人一起过生日。

老船长不喝酒，两天抽一盒烟，每天上午与几个老人凑到一起，打几圈麻将，将时间严格控制在两小时以内。他说打了一辈子鱼，没想到晚年可以过上衣食无忧的生活。

老船长坐在我的对面，窗外的光线落到他的脸上，他缓慢地讲述，在我看来有些恍惚，像是隔了一层什么，究竟隔了什么我并不知道，但我知道隔开的绝不仅仅是距离和时光。他的讲述夹杂着太多方言，我只是大概地听懂了。我试图从他的讲述中提炼一个主题，同样是"老人与海"的故事，他不似海明威笔下的"硬汉"，他向我们展示的是人在大海面前的脆弱和妥协。

　　院子里有几件渔具，我请老船长演示一下使用方式，他格外高兴，有板有眼地演示起来，动作娴熟，这让我想到书法家对手中的笔，无须直视，就可感知到每一须毫的变化。我出生在农村，渔民生活对我来说是陌生的，有些看不懂。同行的朋友是海洋文化专家，他一口气提出好多问题，老船长越发来了兴致，耐心地演示手中的渔具。他的脸上漾着慈祥的笑意。看得出，他很久没有动过这些渔具了。

　　夜色降临，该告别了。我紧握老船长的手，老船长也握紧了我的手，交谈一整天，我从他的讲述中体味到了很多。对于我们的倾听，老船长很是感慨："现在的年轻人，不愿听我们这些老人絮絮叨叨，他们可以不听，但是那些历史，是真的。"

　　一个老船长，讲述了他与大海的故事。我只是一个倾听者，并不是记录者，是时光之手，记录了这些。

（原载《散文》2017年第7期）

另一种桥

我一次次走近又离开那座栈桥。当我试图表达我的感受时，总是欲言又止。终于有一天，我停步回首，从一个不远也不近的距离打量栈桥，恍然发现它在面对大海遥望彼岸的时候，其实也是一种欲言又止的状态。这个发现让我备受安慰，让我从此知道一个人与一座桥之间，其实是有诸多相仿之处的。人生的某些际遇，倘若大海给不出答案，或许从栈桥那里可以得到解释。

栈桥是一种态度。我从它的欲言又止的状态里，看到了坚定。置身波涛之中，它并不期望抵达彼岸，也无意于征服什么，它只是固守属于自己的一份命运，这是最诚实的生命态度。

一种欲言又止的状态，让我的书写和表达变得尴尬。

在物欲横流的现实之中，如果栈桥也有欲望的话，那么它的欲望则是对于风浪的欲望，它向大海深处的延伸，只是为了更真实地看到和体验风浪内部的秘密。在海之上，栈桥并不企望征服大海，它停止在一个应当停止的位置，保持着一种理性又节制的姿态，拒绝彼岸的诱惑，拒绝所谓的征服。它知道，大海是永远不可以用来征服的。海纳百川，当"百川"都成为被人类欲望玷污的伤口，大海别无选择的容纳则显得更加悲壮。栈桥甚至拒绝作为桥的所谓使命，在遍地架桥的现实世界，它是另一种桥——不以抵达彼岸为目的。在道路断裂的地方，它承担人类与风浪之间的沟通，接续一些更为重要的东西。

栈桥拒绝连接此岸与彼岸，但我相信栈桥一定连接了一些什么。有些不为人知的消息，从大海深处乘着风浪而来。

看到大海内部的风暴，听懂海浪携带的消息，并且据此明白了彼岸的世界。栈桥向着彼岸保持守望的姿态，这是一种坚持还是一种放弃？

懂得放弃，愿意慢下来，是何其不易的境界。

遇山劈山，逢河架桥。然而这世界并非全是坦途和通途。看不见的裂痕与沟壑，不仅仅是在大地身上，也在人的心上，任何外在的连接其实都是无效的。太多的桥弱不禁风轰然倒塌，通往目的地之路，被一只看不见的手斩断，然后风也平，浪也静。这并不是一个真实的海。

在这个支离破碎的世界，每一块碎片都是一个向往尊严的独立存在。

倘若人心是皲裂的，播种将是一件徒劳的事情，所谓明天也会变得更加遥远和无望。

栈桥的存在让我明白了，局部地观察桥，单独看待一段桥，或许更易于理解漫漫长路。那些所谓完整的宏大意义，常常不过是一个虚空。我们都是道路的奔波者。我们无路可逃。结束或开始，解脱或陷入，每一次选择都悲欣交集。我时常想，是否可以把脚下的漫漫长路分割成为若干份，每一份都视同一段栈桥，以缓慢和从容的心态去走，拒绝风雨兼程。慢下来，才会更清楚地看到沿路的事物。

这座名叫天马栈桥的桥，位于黄海之滨、套子湾畔。夹河在这里浩荡入海，夕阳下可见鸥鸟翔集，波光粼粼。从天马栈桥西行不足百里，是蓬莱仙境，那里可以看到黄海与渤海的交汇处，一条分界线，隔开了两个海。

天马栈桥在我所工作与生活的这个工业新城的西部。栈桥向海里探进四百多米，形似一个跳跃的音符。桥身是木板铺就的，脚底下腾起原木的清香与海的气息。岸边有大片葡萄园，被誉为这个城市的"肺"。很多人周末赶到这里，像是奔赴一个约会，又像是在逃离什么。当这种浪漫越来越日常化，天马栈桥被赋予爱的意味，到栈桥上摄影留念几乎成为这个城市婚礼的一个约定俗成的环节。海是背景，栈桥是爱情的见证者，也是浪漫情怀的参与者。在一个追求速度与效益的时代，天马栈桥谢绝速度，保有正常温度和客观立场，且以爱的宣言为己任，这样一个建筑作品的诞生，是我心中一个不可忽略的精神事件。我知道，它顺应了这个城市和这个时代深处的精神潜流，就像栈桥深入大海内部洞察了风浪的心思和秘密一样。相对于那些所谓功能意义上的桥,栈桥是"残缺"的,它以自身的不完整,表达某种越来越罕见的自主与健全。

像一个巨大的隐喻。

海是不可穷尽的。栈桥懂得海的不可穷尽。它让我想到另一种人生态度。拒绝速度,拒绝对彼岸的抵达。并且,它是有爱的,见证爱,宣示爱,滋养爱。

几乎每个周末,我都到天马栈桥附近的一个小屋去读书写作和发呆。站在阳台上,整个葡萄园尽收眼底。我对这片葡萄园心存忧虑,就像面对一个精致的工艺品,越发担心它哪一天会被跌碎。在别人的不以为然里,我在做着杞人忧天的事情。

我一次次陪同外地来的朋友走向栈桥,走向大海深处。初秋的海边有些凉意,海风吹拂,女儿在沙滩上奔跑,她不时地弯腰捡起贝壳,对每一个贝壳都满心好奇。她把贝壳用海水洗净,摆放到盘子里,一双小手就托起一盘七彩世界。我们走走停停,在栈桥的尽头坐下,面朝大海,并不言语。他燃起烟斗,眯缝着眼睛看大海。穿过烟斗上方缭绕的青烟,他一定看到了别人不曾看到的东西。我不问,他也不说,此刻任何语言都是一种打扰。一群年轻人涌了过来,他们面向大海,相互挽着臂膀,放声唱起了张雨生的《大海》。想起我的青年时代,也曾深情且忧伤地唱过这首歌。那些懵懂的激情岁月倏然而逝,一晃二十多年了。他们挽着臂膀面向大海一遍遍地唱,用心且用力,歌声嘶哑,像是在呐喊,又像是郑重地承诺。看着一张张年轻的脸,眼前浮起了我的远去的青春,还有这帮年轻人终将到来的中年。其实我们处在同一个时代,有着共同的爱与痛,那些不同的体验和认知,并不是用"代沟"这类词语就可以简单解释的。鸥鸟在飞。前方的岛屿若隐若现。站在栈桥尽头,临海听涛,心事苍茫。向东,可以看到这个城市的大致轮廓,它是由钢筋混凝土和松林构筑的;向西,是几个零星的渔村,还有一个巨大的造船厂。我曾无数次陪同参观考察的外地来客去到那家造船厂,钢铁的世界,穿梭的车辆,电焊工冷峻的表情,金属碰撞的刺耳声响,还有长长的波堤……这些凌乱的意象是如何铸就了一个懂得乘风破浪的钢铁空间?那年下了很大的雪,雪把整个造船厂几乎湮没了,几辆巨型铲车轰隆隆地忙碌一整天,才将满院积雪推进了大海。我是听人转述这个情景的。我的心中满是疑惑,一座雪山被推向大海的时候，会是一个什么样的情形？大海是怎样接纳一座雪山的？一座雪山与海水之间，需要怎样的沟通才能达成最终的融合，它们之间是否也存在一座别样形态的"栈桥"？

因为彼此之间的默契，天马栈桥成为我内心的一个"结"，它浓缩了一片海，日日夜夜涌动潮汐的声音。当我沉默和徘徊时，总能听到海浪在不停地拍打心扉。它在岸边的喧嚣与内在的宁静，是浑然一体的。

在黄昏时分走向天马栈桥，几乎成了我每天的一项功课。从不同的角度看栈桥，或者在栈桥不同的位置看海，都会看出不同的感受。同样的一座栈桥，同样的海，还有同样的一个我，彼此呈现了日常中被喧嚣和匆忙遮蔽的那些最真实的部分。驻足栈桥，我看到大海的徘徊，看到滨海路上来来往往的不同人生，回望身后城市的万家灯火，心中涌起一种难言的滋味。我说不清我与这个城市之间有一种怎样的情感，我想要挣脱一些事物，却又难以割舍另一些事物。此刻的栈桥，是懂我的。

栈桥的灯光是朦胧的，越往深处走去，越发显得柔和。薄薄的雾气在海面缭绕，让栈桥显得更加脉脉含情，大海也有了与人类相同的体温。栈桥像是一个历尽世事的人，它体验爱与孤独，它保持沉默，始终不开口说出自己的心事。海在脚底下匀称地呼吸，我走在栈桥上，身影被海浪托举着，像一个被小心翼翼守护着的秘密。置身桥头，与海对视久了，蓦然回首，我时常把来路的方向当成彼岸，不知今夕何夕。

天马栈桥旁边的广场上时常会有盛大的演出举办。歌声、掌声、呐喊声，混合着海浪的声音，令海成为各种表演的巨大背景。歌舞声中，有人在栈桥上漫步，偶尔驻足，远远地望着海边的表演，不知在想些什么。那个夏季，海边广场的大舞台每天夜里都热闹非凡，他们在评选这个城市的草根明星。那些放下锄头和瓦刀的人，站到自己的舞台上挚情歌舞。我站在台下，一动也不动地望着台上，被深深地打动了。从所谓的艺术层面看，他们固然是有局限的，甚至有着不可弥补的缺憾，但是他们真实、真诚，这更让人珍惜和感动。在天马栈桥与葡萄园之间，建起了一片住宅区，楼房错落有致，这片镶嵌在葡萄园与栈桥之间的建筑物，散发着一种让人心安的力量。住宅小区的后续工程正在施工，建筑工人劳作一天，三五成群地踏着夜色走向栈桥，融入桥上的人群。走在栈桥上，生命都是平等的，摘除面具，摒弃速度，生命回归本来的样子，缓慢，自我，不为外界所动。走在栈桥上的人，其实都是怀有心事的人，喜悦的、悲伤的、想要倾诉的、不可言说的……我还留意到，几乎所有来到栈桥的人，他们的行走都是缓慢的。那些沿着海边跑步的人，步入栈桥，都自觉地减速，保持一种漫步的姿态，像是遵守一个共同的约定，又像是进入了某种"场"，没有理由也不需要理由，一切都是自然的。远方公路上传来车辆疾驰的声音，栈桥以自己的方式呈现了一种不合作的缓慢。在栈桥上，速度是没有意义的。

栈桥的尽头是大海，不是彼岸。其实所有道路的尽头，未必都是预想中的圆满结局。所谓梦想，实现亦即破灭，这样的一份悖论被我们略过了。

一截路，义无反顾地延向大海深处的风浪，而不是相反。临桥而居的人，在相同表情下隐藏着不同的想法，大家迈着同等节奏的步子，走着同样的一段桥，内心抵达的地方却是不同的。

车在戈壁滩爬行，放眼望去，满目苍凉。同行的人都嫌沿途没有景致，因为单调所以更觉疲累。我珍惜这样巨大无边的单调和苍凉，它本身即是人世间最不可替代的风景。早晨从敦煌出发，中午抵达嘉峪关，下午就乘坐飞机离开了那里，我没有看到"大漠孤烟直，长河落日圆"的景象。像那些风尘仆仆的当代游客一样，我从一个地方奔赴另一个地方，不知道究竟看到了什么。

我们都是匆匆赶路的人。

登嘉峪关，我并没有雄壮之感。瑞典探险家斯文·赫定曾经这样描述嘉峪关："这个伟大的建筑，像一座复杂古老的工艺品一样，屹立在西部的大地上。"一个关隘，像一个"工艺品"，这是嘉峪关的伟大之所在。在塞外的粗风粝雨中，一个关隘除了它的功能作用，在局部细节上居然如此讲究，多么让人心动。在嘉峪关，我抚摸城砖，想要感受历史的体温，可惜冰冷一片，很难想象这里曾经凝结了那么多热血男儿的豪情。我更多感受到的，是苍茫——现实的和历史的苍茫。远山静默。我以我的方式与远山对视，我内心的苍茫比眼前看到的更为苍茫。有一种想要落泪的感觉。在嘉峪关的苍茫中，我得到另一种洗礼，获得另一种力量，明白了多年来没有想明白的一个问题。这是否叫作彻悟？

那次大西北之行，是我人生中走过的一段"栈桥"。在那里，面对巨大的苍茫，我终于明白人生并不是所有的抵达都有意义，不浪费生命，不将生命消耗在无谓的事情上，这是对生命的最大负责。其实多年来我一直在思考何去何从的问题。我还不够坚定和决绝。再匆忙的赶路，也该明辨方向。人生更像一场散步，而不是只顾低头赶路，路的尽头并没有沿途的这些风景。从大西北回到我所工作与生活的城市，我学会了使用"减法"，从俗世的目光和欲望中抽出身来，以放弃的方式固守属于自己的命运。对得住自己这条命，不枉到这世上走一遭，这是活着的意义，哪怕它最终只对我一个人有意义，也是无怨无悔的。我庆幸自己在一个还不算太迟的年龄里，真正坚定了这样的一个想法。那一刻，我觉得第一次真正懂得了身边的这座栈桥。

天马栈桥让我想到了其他的更多的桥，还有它们在现实中充当的角色。生活空间飞速拓展，心灵空间却变得越来越逼仄。人的内心是最不该被忽略，又最容易被忽略的地方。很多人忙着与世界对话，却忘记了倾听自己内心的声音。栈桥告诉我，缓慢是可能的，拒绝是可能的，与自我的对话也是可能的。时间会验证这其中的奥秘。一个不曾被时间穿越的空间，是不具备生命力的。我看到那些来自遥远地方的时光，它们踽踽着，一步一天涯。

汹涌地思考。节制地表达。这个现实是经不住追问的。

诗意的栖居只能沦为一抹回忆了。现实在欲望的怂恿下，一次次宣告诗意栖居的不可能，以及所谓努力的徒劳。有些焦虑，其实正是源自对这种徒劳的不甘。

从人群中走出来，在重新走向人群之前，是栈桥接纳了我和我们。

珍视身边的这座栈桥，它让我以漫步的姿态抵达了这世间所有不可企及的地方。

（原载《散文》2014年第1期）

在广场

机关大楼的对面是一片广场。广场很大，种植了名目繁多的草木。来自不同方向的人，在草木之间散步，闲聊，或者在空地上跳舞，打太极拳。偶尔也会见到几个从机关大楼走出的人，他们走向广场，若有所思的表情很快就被人群淹没了。

他时常去那个广场散步，有时会在某个僻静的地方坐下来，与机关大楼相互对视着。夜色中的机关大楼像一个刚刚谢幕的舞台，更加显出几分神秘。每天早晨，他都会准时出现在这栋大楼的某个房间，有时像个演员，有时又像个导演。说一些言不由衷的话，做一些身不由己的事，他清楚自己仅仅是一个庞大机器上的微小零件，在一种惯性中运转。每当想到这种机械式运转对某些物事可能造成的忽略和伤害，端坐在机关大楼某个房间的他，心事比整座大楼还要沉重。

机关大院宽阔、洁净，人来人往。他走在院子里，时常会看到草坪上有七八个农妇，头上包着围巾，蹲在草坪中松土，修剪草叶。她们低头劳作，很少抬头看一眼从身边走过的那些人。她们知道，来这个大楼上班或办事的人，是与己无关的。就像他们从来不曾留意过她们一样，他们心里装满一些别的事情。中午下班时，他偶尔会看到她们每人拿着一棵大葱，坐在草坪上吃冷馒头，脸上写满了自足，简单。她们是这个工业新城的失地农民，耕地被占用后，得到政府的关照来到机关大院里打工。每次从她们身边走过，他总会放慢脚步，或者假装查看手机，在那里停驻一会儿，默默地看着她们吃冷馒头，一辆又一辆的轿车从身边快速闪过。短暂的瞬间，在这被人忽略的方寸之地，他感觉到一种说不出的"场"，既是时间的，也是空间的。他说不出它，但强烈意识到了它的存在。他站在离她们最近的地方，抬起头，看到蓝色的天，庄重的机关大楼，还有楼前那片开阔的广场。

那天在机关大楼里值班，电话响了，他刚拿起话筒，电话那端就传来一个含混不清的女声，从语调明显听得出，她是在发牢骚，至于究竟牢骚了些什么，却听不太清楚。她劈头盖脸地发了足有两分钟的牢骚，不等他有什么反应，便啪地挂断电话。他感觉莫名其妙，身边的同事淡淡地说："别理她。"看得出，他们对这个电话已经习以为常。很快，电话又打了过来，同样的女声，同样的语调，同样的方式，劈头盖脸地发一通牢骚，然后啪地挂断电话。这样反复了三四次，同事终于开始解释说，那女人是望庄的一个疯子，隔三岔五就打来电话，已经快一年了。同事说这话的时候，平淡，从容，不动声色。他觉得难受，太多的疑问堵在胸口。假若那女人果真是一个疯子，那么她是为什么疯的？疯了的她为什么要采取这种方式来宣泄？她要宣泄什么？这些疑问，有谁会关注，该由谁来关注？她直截了当地发牢骚，毫不犹豫地摔电话，根本就不在乎你的态度，也不需要你的所谓理解，这里面是否包含了某种彻底的失望？没有人去关心这个电话以及电话背后的故事，大家把它当成饭后茶余的一个玩笑来讲述。或许某一天，那个疯女人不再打这样的电话，那将意味着她的死去，消失，或是疾患的痊愈？她对待社会的态度，以及社会对待她的态度，是一个不该被忽略的问题。每个人总是把社会理解成自己所理解的样子，那个陌生的疯女人是这样，这栋机关大楼里心智健全的人也是这样。真相究竟在哪里？

那个夏季恍若一梦。正午的阳光像从某个无从把握的虚空里流泻下来。他一步步地向着医院病房走去，他的弟弟因轻微脑震荡住院，是在回家的路上被人打的。四个人，手持铁棍，一阵狂乱地打，然后四处逃窜。他不理解这样的事情，无法接受这个事实。也许，他更适合生活在书房里，可以品味任何人的内心冲突，却不能容忍现实中哪怕一点点的伤害。接下来该如何去应对？他开始失眠。他终于深切体验到了失眠的滋味。此前，他一直在向同事和朋友炫耀自己的睡眠质量，如何在每天午夜喝一杯浓咖啡之后再安然入梦。他在表达这份事实的时候，也对很多人的失眠表示了不理解。现在他终于明白，支撑他的睡眠质量的，其实是一种对于世事的不介入与不在乎。这么多年来，他没有真正在意过现实中的什么事情，固执地沉浸在文字构筑的世界里。这个世界原来如此脆弱。面对亲人受到的伤害，他才体会到要想解决现实中的具体事情，既需要时间，更需要能力。所谓的能力，是由很多世俗事物纠结在一起的。他曾经多么鄙视和拒绝那些纠结啊。

在这样的心理背景下，他关注到了网络上的一个刑事案件。那个案件发生在遥远的南方，他感觉那些陌生人的遭遇，其实是与自己，与每个人都有关的。那段时间，他着魔一般，常常在半夜里起床上网，关注那个案件的最新消息，甚至认真地查看每一条网友留言。尽管那些留言传达出的是同一个声音，但他没有觉着重复和单调，他从中感受到了汹涌浩大的民意。他看着网友的留言，常常忍不住就流下了眼泪。他可以完整地说出整个案情，分析其中的每一个细节。对那个消息的持续关注，耽误了现实中的很多事情。但是，他感谢这样的一份"耽误"，正是这样的一份耽误，让他恢复了作为一个正常人的思维。已经多少年了，他的生活越来越封闭，拒绝与外界的联系，对友善和不友善的人，让人高兴和不高兴的事，都悄然地关上心灵之门。如今很多的人，对街头的流浪乞丐神情漠然，对遥远地方的不公平和整个人类的痛苦遭遇，却表现出难以自抑的激愤。也许，大家可以坦然面对远方的一座高山，却不能够从容地直面身边的一块石头。恢复对这个世界的爱意，理应从最微小、最具体的事情做起。

还要继续关注下去吗？他已经预料到了它的结局。对于历史或将来而言，这不过是一个被重复的结局，既在预料之外，也在所谓情理之中。历史上已经有过多少这样的印痕。这样的印痕，还要继续行走多远，还要无限地延续到哪里？看不到那个人的真实面目，他只看到那个蒙面人的匆匆步履。他相信很多的人也像他一样，因为长久的密切关注而疲惫。一种力量，是如何演变成为无力感的？

那个夏天很热也很冷。他看到那些热情的人，看到他们的勇气、担当、义无反顾。他终于明白，"理想主义"是他们胸前的一枚共同标签。这些年来，他在现实中的所谓努力，不正是在一点点地抑制和扼杀自己的"理想主义"？而现在，他所看到的远方的人们，之所以将诋毁和生死置之度外，为的正是捍卫心中燃烧着的"理想主义"。

这是白天吗,为什么桌前的灯光依旧在亮着?这是夜晚吗,为什么这个人辗转难眠仰天长叹?

那个夏天很热也很冷。

> 站在窗前俯视这个广场
> 是多年前的一个习惯
> 如今我更喜欢走出房间
> 来到这个广场散步
> 我会用心观察每一株树
> 不践踏每一棵草
> 对每一个散步的人都报以微笑……

——《广场》

那时他每天晚上都在机关大楼里伏案写作,累了的时候,或者写不下去的时候,他会机械式地站起身,靠在窗前,燃一支烟,俯视楼下人头攒动的广场。作为一个旁观者,他看不清他们的表情,只听到那些来自广场的声音,有些嘈杂,有些模糊,有时感觉很近,有时感觉很远。从窗口望去,夜色中他只看得到隐约的灯火。

他走出机关大楼,去到对面的广场散步。他记住了很多的人,很多的事,很多让人感动的情景。

镜头之一:广场像闹市一般,散步的、舞蹈的、吊嗓子的。在西北角,是一支盲人乐队。三个中年盲人,还有两个十多岁的小女孩,其中有个盲人站在那里,一支接一支地唱着流行歌曲,他唱得很投入,面无表情的脸上流淌着的,不知是汗水还是泪水。他的歌声沙哑,偶尔会走调,是广场喧哗中的不和谐音符。但它打动了每一个散步的人,小小的捐款箱里已经堆满了零钱。捐钱的人,他们逐个从人群中迅速地闪出,低着头,蹲下身来,把零钱郑重地放进盲人前的纸箱里,然后低着头迅速地回到人群。

镜头之二:一支将要参加某个庆典的秧歌队在广场上彩排,锣鼓喧天,载歌载舞。在表演者和观赏者之间,一个流浪汉正躺在地上安然入睡,身边的喧哗和热闹对他是无效的,除了温饱,他别无欲求。他一无所有,是最累也最轻松、最尴尬也最洒脱、最痛苦也最快乐的人。

镜头之三：午后阳光炙热，从机关大楼去往广场的路边，一位年过七旬的老汉，头戴草帽，手持长长的竹竿，正在仰头聚精会神地粘捉法桐树上的知了，全然不顾来来往往的路人和车辆。这样的一幅画面像一面镜子，照出了那些来往匆忙的人的内心世界和生活情趣。

机关大楼每天都在上演着一些东西。机关大楼对面的广场每天也在上演着一些东西。它们相互成了彼此的观众。作为一个心事重重的书写者，他同时看到了它们。

(原载《散文》2010年第4期)

声音的态度

一

我是一支柳笛。我还记得,在我成为柳笛之前,刚被从柳树身上折断的那一刻,疼痛,眩晕,夹杂着从一种形态走向另一种形态的隐约顾盼。春风里,有一个人向我伸出了手,于是我从若干柳条中被分离出来,我的生命成为具体的一截。那个人把我捧在两手间,反复揉搓,直到骨肉脱离,他把骨头抽了出去,用拇指和食指捏紧我的唇,用刀片刮掉绿皮层,露出新鲜的汁液,才含到嘴边开始吹奏。笛声悠扬,像是对我意味深长地安慰。那个时刻我是多么激动,原本以为走过漫漫冬夜,我有幸参与了他们对春天的表达,后来我才明白,我只不过是若干柳笛中的一支,他们在踏青游玩的过程中临时动了念头,随手把我折下,制作了这支柳笛。我的命运在不经意间被别人彻底改变,像他们所期望的那样发出悠扬的声音。当我还是随风飘扬的柳条,不曾料想我的体内竟然藏有这样一种声音,整个漫长的冬天,面对寒冷,面对荒凉,我是沉默的,当我终于开口,发出的声音居然如此优美和婉转。在有些时候,我觉得优美是不道德的;在另一些时候,我又觉得它是生命中的一份超脱和尊严,面对春天,应该更多记起的是春天之外的季节,是季节之外的日子。我不知道哪个我才是真实的我。天空下,我与另一个我不敢相认。

他们似乎从来就不曾认识我。他们就像已经认识我很久很久一样。后来我才知道,他们是认识作为柳条的"我"。他们根本就不可能了解被折断的这一截柳条的痛。

最悲哀的是，我的骨头被他们抽走了。我的体内变得空空荡荡，随后被声音占领。倘若我的皮和骨头依然血肉相连，就不可能被声音穿过。从一种形态转向另一种形态，我别无选择，对明天一无所知。我的生命就这样被决定了。在空旷的山野，我的声音有多么孤单，他们并不懂得。

他们对着我吹奏，在河边，在柳树下，在空旷的山野。柳絮飞扬。我不知道，柳树听到这个声音会有什么感想？我不知道，这个声音是我发出来的，还是他们的声音是通过我传递出来的？我的身体被声音穿过，成为一个莫名其妙的声源。春天的萌动里，柳絮在风中追逐自己的梦想，它们并不知道应该落定何处。当天空飘满柳絮，这个世界变得如此之轻。我不是一个通报春天的信使。然而他们说是。他们赋予了我这样的意义，我对我的意义一无所知。后来，从柳絮的纷飞中，我看到一棵柳树与人类之间的某种共同的东西，就是轻。很长一段时间，我不愿接受这个轻的现实；这份来自现实的轻，让我的心如此沉重。作为柳条，我曾是下垂的，像一株成熟的麦子。那群孩子在柳树下大声背诵与柳树相关的古诗，听来似曾相识。我对我的过去充满好奇，我从我的现在看不到丝毫过去的影子。我被一种莫名的力改变着，一种看不见也说不出的力，一直发生在我的身上。我感觉到了，却说不出。

然而春天是短暂的。在我还没有明白春天是怎么回事的时候，春天就结束了；在春天还没有结束的时候，我的作为柳笛的生命已经提前被结束；或者更坦白地说，我的生命其实只有那么短暂的一天。在他们踏青郊游的时候，我被反复地吹响。等他们回到日常生活，我就被搁置在抽屉里。我被关进抽屉，很快就被遗忘了。我并不能主宰自己的生命。我为那些悠扬的声音而羞愧。当我还是一枝柳条的时候，我知道那些漫长的冬天是怎么度过的，这个短暂的春天付出了怎样的代价，走过多么漫长的时间才来到这里。我不是只爱慕春天。当我按照别人的方式述说春天时，春天是与我无关的。其实我更懂得的，是另外的季节。对那些另外的季节，另外的人，我的心里怀着更深的牵挂。

我跟着那个陌生的人，走过闹市，走过人群，走过一片喧哗声。他在舞台上表演，台下掌声雷动，我险些被这样的声势吓坏了。我的声音被赋予春天的色彩，其实这世上有太多与春天相关的事物，为什么他们偏偏选择了我？我为那个陌生人赢得了掌声，他把奖杯摆到书架上，却把我抛进抽屉。我是多么希望在夜深的时候他会想起我，吹奏我，让我响在别人的梦之外。

生活在抽屉里,我的梦想该从哪里起步,到哪里结束?我醒着,因为他们都在沉睡。我没有梦。我的眼前只有漆黑一片。

关于春天,关于季节,我有话要说。你们听到的,其实仅仅是他们的声音。我的暗哑里,有对刚刚过去的那个冬天的眷念。当我被从柳树身上割裂下来制成柳笛的时候,我并没有来得及看一眼柳树身上的伤口。我的被选择,在柳树身上留下又一道创伤,她刚从冬天走过,本来就已伤痕累累。柳笛是柳条的另一种存在形式;柳条是柳树的一部分。我很短,我来自一棵树。

我在不发声的时候,喜欢倾听别的声音。我懂得那些声音,比如蝙蝠飞行时发出的尖叫声是一种超声波信号,可以确定障碍物在哪里;比如大象用脚踩踏地面发出的声音,在很远处的同类就能感觉到……作为一只柳笛,我对所有来自生命本能的声音,始终怀着一份尊重。

那个曾经制造过我,拥有过我和丢弃过我的人,把我的事情讲述给他的朋友听。有的人听懂了,有的人并没有听懂。他们举起酒杯,一杯一杯复一杯。他们充满陌生的好奇。出了餐馆,在夜色中的校园里,有几对情侣缓缓经过。这是北京的春夜。在湖边找到一棵柳树,他折下一截柳条,乘着醉意开始现场表演,他把制作柳笛的整个过程当作了一场表演,几个脑袋围拢过来,等待奇迹发生。昏暗路灯下,他低头操作,当他总算把柳条的骨头抽离出来,却发现柳条破损了,柳笛无法发出任何声音。这是一次失败的经历。他说这次虽然没有吹奏出声音,起码让另外的两个南方朋友明白了柳笛是怎么制作的。

我在抽屉里,与一些铁器待在一起。我的体内涌动着金属的声音。每天,我都被这些声音怂恿着。我寸步难移,除了反思,已不能去做任何事情。我在一个抽屉里的反思,对于一座屋子会有什么意义?对于这个屋子之外的广大世界能有什么意义?自从我以悠扬的声音宣告春天已经降临,这么多日子过去了,我不知道外面的世界已经变成什么样子,不知道季节已经更替到了哪个环节?我生活在抽屉里,偶尔会看到一丝灯光从抽屉的缝隙泄露进来,我已经忘记阳光的模样,把灯光错认成了阳光。

终于有一天,我腐烂了。房屋的主人在整理抽屉时发现了我。他准备用抹布将我扫向垃圾桶的时候,犹豫了片刻,他在努力地回想,这是一个什么事物?来自哪里?他显然已经记不起我的前身,忘记了曾在某个春天,我经由他的手变成一只柳笛，发出悠扬的声音，给他带来短暂的欢愉。那些欢愉并没有真正留驻在他的心头，就像我，并没有真正进入他的内心；就像那个春天，并没有刻骨铭心的事情值得他怀念。作为一只柳笛，我的更多的日子其实是沉默的，没有人相信我深爱着我的这份沉默。是他，让我变成现在的样子。他早已忘记了我。他的心里装着更多看似重要的事物，并没有给我留下一个狭小的角落。我只是传递过他的声音，从来不曾发出属于自己的声音。我注定属于抽屉，注定被遗忘和被遗弃。即使腐烂成泥，我也会永远铭记我的前身，作为柳条的存在，作为柳树的存在，作为大地的存在，以及，此后作为泥土的一部分的存在。

这样的一种遭遇，让我明白了什么才是一生一世，什么才是一生一世中最重要和最美好的事物。我已腐化成泥，开始新一轮的存在与成长。我相信生命是神秘的，不管遭遇什么，她永远生生不息。在新一轮的成长里，我知道我该以什么样的姿态面对自己，该怎样表达对这个世界的理解和爱。我会告诉所有人，我曾走过的一切，看过的一切，以及试图说出的一切——它们是一粒尘土的翅膀，是一缕扎根的烟。

二

那个难眠之夜，柳笛并没有被人吹奏，却兀自响了起来，它不配合春天，似乎也无意于配合春天之外的其他季节，它在漫漫长夜里响起，孤绝且凄冷。我推开窗，迎接北京的午夜。夜色是往下沉的。我不曾融入这个夜晚，只是站在这里，看着窗外的黑暗在呼啸。这个夜晚变得欲语还休。有些东西不需要被说出口，它们存在着，一经言说就会变成另一种存在。我的内心更愿收藏那些欲语还休的表情。在很多时候，我其实就是那支柳笛，我的境遇与它何其相仿，它说出了我的心中所想，也说出了一些我没有想到的。

某位著名诗人说他有一天突然发现开口说话是件无聊透顶的事，因为周围没有人能听懂他说的话。听到这位诗人在公开场合的如是感慨，我是有些愕然的。一个农民的话，除了大地和庄稼，其实也没有多少人真正听得懂，但这丝毫不影响他们对生活的热爱，对劳动的坚持。他们在沉默和说话中度过生活。说什么话，怎样说话，其实也是一个人生观的问题。词语固然可以掩饰或遮蔽诸多问题，但从词语被拼接的缝隙里，完全可以看出一个人对于世道人心的真实态度。

记得在那家外企工作时，办公场所被玻璃分割成了若干独立的空间，我时常坐在桌前愣神，看着身边玻璃隔断里一张张打电话的表情，丝毫听不到他们的声音。他们的声音已经被传送到了千里之外，近在咫尺却无法听到。这种"隔开"，是理解现代性的一个切口。

读过一篇文章，写的是一个年轻画家画了一幅瀑布，老师觉得遗憾之处是没有画出瀑布的声音。年轻画家反复琢磨，不得其解。老师提起笔，在瀑布底下的水潭边勾画了两个人，其中一个人双手拢音，另一个人则在侧耳细听。寥寥数笔，巨大的声音在纸面轰然而出。这其中，有着对于"融入"的独特理解。

"隔开"与"融入"，这是我很长时间一直在思考的两个关键词。我不曾想过，它们其实是与声音有关的。当声音与声音相遇，将会产生一种什么声音，抑或消失在怎样的巨大沉默里？当这样的追问成为一种声音，又该如何看待它？众声喧哗中，我曾想抓住和剖析每一种声音，从声音的骨头里找寻这个世上最稀缺的元素。

有一种声音是无声的。

海上，船的身后拖着一道长长的伤口，宛若一个无法抹去的标识。当它抵达彼岸，大海默记了一路驶来的伤痛。

当宏大变得不可信与不可及，日常则变得很安慰。厨房里炖汤的咕嘟声不时传来，像是一个慢慢悠悠的人在构思故事，各种情节涌动胸中，并不急于讲述，只是一直酝酿着，酝酿着。妻子炖汤的时候，我在书房与客厅之间来回踱步，偶尔驻足，听炖锅里发出的咕嘟声，觉得那声音是有味道和有态度的。

三

一只公鸡成为大家关注的焦点。那是一只从乡下被辗转送到了城里的公鸡，它并没有成为餐桌上的美味佳肴，而是在孩童的央求下，被城里人喂养在阁楼的阳台上。这只移居城市的公鸡，依然保持了在乡下时恪尽职守的美德，每天早晨，天刚蒙蒙亮，它就在阁楼上认真地打鸣报晓。这个事情，很快被反映到小区物业那里，有居民认为那只公鸡影响了他们的休息。后来，有人拨打电视台的热线电话，投诉公鸡打鸣是一种噪音，严重干扰居民的正常休息。于是记者做了现场采访，电视台播放了专题报道，越来越多的人开始关注这个事件，围绕如何处置那只在城市打鸣的公鸡，一时间争论不休。

雄鸡报晓，本是天经地义的事情，那些在乡下听惯了鸡鸣的人，移居到城里之后，就不再容忍同样的声音。同样的公鸡，同样的人，仅仅是时间和地点发生改变，态度截然不同。在他们心目中，闹钟更能精准地提供唤醒服务，完全可以取代一只公鸡。

那只公鸡，因为民众的声讨，因为电视台的报道，最后主人不得已将其捕杀。住宅小区恢复了往常的安静。那个孩童却不明白为什么要杀死一只美丽的大公鸡。

安徒生在童话《夜莺》中，讲述了一个关于声音的故事：在某些人的精心安排下，人造夜莺与夜莺开始同台演唱，它们的演唱竟然被誉为美妙的"双重奏"。夜莺来自生命的歌声，并没有真正触动那些麻木灵魂，他们把从来都格外吝啬的赞美，慷慨地给予人造夜莺。他们知道它不是真的，但它"逼真"，在他们眼里"逼真"比"真"更重要。乐师是这样评价真、假夜莺的："你们永远也猜不到一只真的夜莺会唱出什么歌来；然而在这只人造夜莺的身体里，一切早就安排好了。要它唱什么曲调，它就唱什么曲调！你可以说出一个道理来，可以把它拆开，可以看出它的内部活动，它的'华尔兹舞曲'是从什么地方起，会到什么地方止，会有什么别的东西接上来。"

众人异口同声地说："这正是我们的要求。"

歌唱也是一种言说方式。他们对人造夜莺的喜欢，是因为那是一种可以预料、可以设置、可以控制的声音，是一种让人放心所以也让人舒心的声音。

关于声音的记忆，还有一幕场景让我难以忘却。那是在一个冬日早晨，机关大院里人头攒动，我们手执铁锹在认真地铲雪。铁锹与地面碰撞发出的刺耳声，在那个冬日清晨响彻整个机关大院。我觉得手中铁锹铲过的，不是冰雪，而是冰洁的记忆。我低头默默地铲着，一会儿居然找到一种节奏，觉得这刺耳的声音变得动听起来，像一支无法形容的大合唱。到了上班时间，一辆铲车进入机关大院，开始轰隆隆地铲雪。大院里从来没有过这么巨大的声音，大家纷纷撤回办公室，在轰隆隆的机器声里开始办公。清运垃圾的环卫车也进了机关大院，一车又一车的雪被运走。下雪是美的，洁白的雪花飘落大地，当人的脚步踏雪而过，雪开始变得污浊。城市的运转是容不下雪的。人们在欣赏了下雪的过程之后，就开始动手把雪运送到郊外，他们已经没有耐心等待雪的融化。机关大院很快就被清扫得干干净净，就像从来没有下过雪一样。我站在十一楼的窗前，把目光投向大院以外，看到的却是另一番景象：厚厚的积雪，泥泞的道路，还有倾着身子艰难走路的人。这世界一片洁白，我听不到窗外的任何声音。在开着暖气的房间里，我回想久远的童年，耳边响起堆雪人的欢笑声，卖糖葫芦的吆喝声，还有来自铁匠铺里的声音。那天我们在乡村遇到一个铁匠，他弓腰打铁的动作，完全是我童年记忆中的样子。他机械一样不停地举起手中的铁锤，砸向一截烧得通红的铁，发出叮当的声音。这声音，像是在铁的内部被转化之后，再传达出来的一种声音。一截铁与一段声音之间的关联，在一个孩子的心灵中产生，不管这个世界发生了什么，他一直记住了这种关联。铁匠身后的炉火成为他的童年记忆的不变背景。如今这样的场景已经很难见到，这样的声音几乎完全消失了。我在胶东乡村游走，潜意识里一直在寻找一个符合我的童年记忆的铁匠。这个忽冷忽热的世界，我不知道该如何应对，从铁匠对待一截铁的态度，我受到某种启发。一个铁匠，懂得一截铁藏在体内的温度，懂得如何在冷热之间成全一截铁的梦想。我不曾想过一截坚硬的铁被塑形的过程，对于铁与铁匠分别意味着什么，我只是记住了那些叮叮当当的声音。我紧捂双耳，却无法阻绝它们，在众多声音中，来自铁匠铺的声音留了下来，一直回响在我的脑海里。

  如今，具有童年属性的声音越来越少，取而代之的是另一些嘈杂和喧闹的声音，它们没有来由，亦不明去处。

  声音是有骨头的。在现代文学馆，我站在鲁迅先生铜像前，感受到他的忧愤表情传达出的是骨头的气息，让人有一种想哭的冲动。先生此刻的呐喊，是无声的。这种无声的呐喊在我的内心产生巨大回声，不停地撞击我与世界之间的那道墙壁。当历史事件撞到一个人的心灵内壁所产生的回声，也许比声音本身更真实，也更珍贵。如今这种回声越来越少，人心已变得麻木与冷漠。当一个人对自己的时代问题不再敏锐，不再激动，肯定是因为他的心灵以及更多的心灵出了问题，这些心灵的问题堆垒在一起，即是整个时代的不可回避的问题。

在所有声音中,我最珍视的是心灵的回声。通过心灵的回声,可以为整个时代把脉。

发声,论辩,直到事实渐渐浮出水面,也许这是最好的出路。可是现实状况是,我们争论到最后常常忘记了为什么争论,被一种莫名的力牵引着,陷入一个意想不到的陌生之地。那些围绕会议桌的面孔,让我总想打开门,看看会议室外面被讨论的世界究竟是什么样子。

那些发生在眼皮底下的事情,被他们略过了。

众声喧哗中,反抗遮蔽、抵抗湮没的方式,就该是另一种说话方式,比如呐喊或歌唱吗?

我不想成为一个盲目的声音制造者。这个世界已经如此喧嚣,大家都在忙着说话,借助说话引起他人注意。我更信任在众声言说中默默转身前行的人,他只留下一个背影给这个世界。

我们在说话的时候,世界并不是一个倾听者。

我心苍茫。人群中,我依然面带微笑,试着与每个人说话。被抽走了骨头的声音,还是声音吗?它如何传递,并且打动更多的心灵?

声音也是会扎根的。当附着在声音上的水与土都被清理掉了,这样的声音缺少最起码的环境,生长变成一件艰难的事情。"在一切我们判定为噪音的东西之外,总还有另外一种声音预告一切声音的终结。当我勉强听到自己胃和心脏的声音时,黑暗在呼啸。"(费尔南多·佩索阿)

是的,黑暗在呼啸。我看到了声音与黑暗之间的隐秘关联。在声音之外,我看到黑暗与另一个自己相遇。

四

护林人起初觉得这个职业可以天天与大自然相伴,听万物天籁之声,过一种与世隔绝的浪漫生活。护林人走进山林,很快就陷入孤寂,他待在空无一人的山里,对着一棵又一棵的树,把会背诵的古诗背了无数遍。终于有一天,他看见一个人,就拼命地追赶过去,那人见状,吓得撒腿就跑。他一直在后面追,那人则像逃命一般狂奔。巨大的山林里,他最终追上了那个陌生人,他的理由让人诧异,他就是想追上他,与他说说话,他已经很久没有与人说话了。这是一个多么孤独的人。

在地坛。空空荡荡。偶有行人走过,路和树又陷入空空荡荡之中。我不想说话。在每一条路上,在每一棵树下,都有他的影子。我是寻找影子的人。

地坛与城市街道近在咫尺。我惊奇于这里的安静。当年的他坐在轮椅上从这里走过,一定也曾这样注视过地坛之外的那条公路。那条路将会通往哪里,也许他曾这样问过。他是坐在轮椅上的人。坐在轮椅上的他,对来路与去向更为明晰。

在鲁院学习的日子里,我去的第一个地方就是地坛。那天我们一伙人结伴而去,回来后,一直想单独再去一次,想在地坛里静静地坐一个下午。早在若干年前,我曾去过一次,那时我刚开始写作,还不懂他。后来我走上文学创作之路,才渐渐理解了他。他去世的时候,有媒体采访我,我写下这样一段话:

> 史铁生去世后,我们更加认识到他的存在价值,那么多人自发地以不同方式怀念他,追思他。在当今社会,一个作家的离世,能够牵动这么多人的心,引起这么巨大的社会反响,应该说是非常少见的。我们怀念史铁生,不仅仅是因为他写下了优秀的文学作品,更因为他有着健全和高贵的人格,对于一个当代作家来说,这是尤其稀缺和令人敬重的。他坐在轮椅上,但他的人格是站立的;他无法走进更多的现实生活,但他的精神世界有着常人难以抵达的深度和广度。他是一面镜子,照出了我们的灵魂在当下现实中的残缺,我们对他的怀念,其实也是一种对自我的反省与追问。史铁生并没有超脱于这个世界之外,他始终活在俗世中,领受命运的不公,遭受常人难以想象的苦痛。但他并不抱怨,始终对这个世界怀着爱意,是一个精神明亮的人,一个内省的人,一个干净的人,一个有力量的人。他的写作,在很大程度上为文学挽回了尊严。

地坛如今成了百姓散步健身的所在。在日常的脚步声中,我听到一个声音。他说给自己听,与灵魂对话,他的喃喃自语成为太多人愿意倾听的声音。那些声音穿越时空,终将留下来。

并不是每个人都可以听到这种声音。

一个人内心的安静，并不是因为对声音的拒绝和逃避，而在于对不同声音的包容与宽容。喧嚣不但没能改变他，反而让他更加认清了自己，更加坚定了自己，让他在众多声音中发出自己的声音。一个可以从漩涡中撤出身来的人，他的体内一定藏着比漩涡更大的力；一个愿意舍弃并且懂得选择的人，他的丰富往往是别人难以理解的。

我一直以为，一个成熟男人的内涵是通过他的沉默来体现的。之所以产生这种想法，大约源于对语言秘密的探究与熟知。语言可以装扮成各种样式被说出口，或温柔，或冷峻，或慷慨激昂，或理性严谨……很多去往人心、打动人心的语言，其实并非来自人心。它们的产生，更多的是为了携带某些"东西"抵达某个地方。那些看似作为附属品的"东西"，恰恰是语言所难以言说的事物，也是语言的真正动机和目的所在。因为对语言秘密的洞察，很多时候我宁愿选择沉默。有一种声音是无声的。众声喧哗之中，我听到了它们，听到那些同行者的安静呼吸和心跳。

每天的午夜，我坐在书房里，耳边总会飘起一抹声音，像是大海的呼吸，又像是松针落地，隐约可以听得到，但还不至于构成一种打扰。那声音渐渐汇集着，越来越密，我分不清它们究竟来自何方，将要去往哪里。那些若有若无的声音，成为我睡梦的底色，而后随着晨曦的降临渐渐淡去。因为，一些更为明确和巨大的声音开始碰撞起来，那些安静的呼吸很快就被淹没了。

然而我记住了那丝微弱的声音，它让我常常听不到窗外的轰鸣。

五

去国家大剧院观看一场经典歌剧音乐会，从主持人到演唱者都不用麦克风，完全是原声。因为是小剧场，我坐在台下听得真切，这样的不通过麦克风传达出来的原声竟然让我有些不适，甚至觉得失真。在单位，我每天泡在会议室里，活在麦克风传达出的声音中，内心的参照出了问题，早已习惯了那些变声的声音，并且视之为正常。小剧场的掌声热烈，我端坐在那里，生出无限悲伤。这种毫不修饰的声音唤醒了我的心灵中对真实的美麻木且早就习以为常的那一部分。原声是美的，然而那是一种久远的美，一种来自童年的美，一种因为过度真实而让我感到不适的美。置身在原声场域，最真实的声音竟然让我产生了最不真实的感觉，有一种想从此留下来，同时又想立即逃出去的感觉。我无所适从。

幼年时，我曾把一张纸卷成筒状，对着天空喊，对着人群喊，对着旷野喊。我兴奋于自己的声音被筒状的纸改变成了另一种声音，这个声音让年幼的我对世界产生一种莫名的成就感。后来，我越来越习惯了这种被传递的变形的声音。

在科技馆，我把脑袋置于一个巨大的玻璃罩中，听到一种模拟的胎儿在母腹中的声音，咚咚咚，或急骤，或舒缓，那么真实和体贴的声音来自子宫的声音，回响在我的耳边。这是高科技第一次彻底征服我，让我回到生命原点，体验生命在原点的声音——子宫中的声音，我们不再有记忆的声音。可是我一直相信一个人在子宫听到的声音，一定以某种方式在记忆里储留下来，并且会在以后的生命中以某种方式表达出来。那是生命最原初的对声音的理解，也是一个生命对声音的最诚实的"贯彻"。那个声音一直回响在脑海里，却没有被说出口，更不期待别人的所谓理解，它只遵从心灵的法则，以至于当我借助高科技听到这样的仿真声音时，虽然无法确切地翻译它，转述它，但在瞬间我就听懂了，一种用语言无法说出的懂。那一刻，我流下了眼泪。

（原载《江南》2015年第5期）

一个人的方式

失败者

　　一篇《千字文》，就像一千个孤独的夜晚，每一个被写下的字都像一座山，我的攀登，不过是把自己陷入更大的孤立无援之中。在别人早已习惯了自我保护的时候，我还在一次次把自己逼向绝境。我看到了更多的自己，那个陌生人在我的体内微笑，他的从容和淡定，一如那些逝去的岁月一样遥远。

　　写作到如今，我更多面对的是巨大的虚无感，所谓价值与意义变得暧昧不清。在闹市里，我看到巨大的虚无，它试图挽留那些拒绝讨价还价的人；在钢筋混凝土之间，我看到虚无，像是一些倍感亲切的柔软事物；在我的梦呓之中，虚无即是一次醒来。我看到与梦境截然不同的黑夜，看到一个陌生的自己。倘若不写作，我还会做些什么？还愿意做些什么？倘若不迎接这巨大的虚无，日子将会流落何方？我更喜欢按照自己的方式去写，可以紧张，也可以松弛，保持完全自由的状态，不在意任何的外在目光。一旦写作成为"任务"，哪怕仅仅是对完成时限的某个要求，都会让我陷入巨大的焦虑中，原本属于形而上的精神享受，一下子变成了现实中的无边苦海。事实上，我时常陷身于漫漫无边的苦海之中。我不懂得拒绝，最后所有的退路都集中到了一个人的内心，再也没有回旋余地，我被束缚在自己的内心之中。被束缚的写作，在我这里是一件最痛苦的事。我无法把自己从自己的手中解救出来。我的一只手忙碌不堪，一只手不知所措。一只手如何打败另一只手，这对我来说是个无法避开的问题；当所有的问题都不再是问题，我依然是自己的问题。

比分秒更为短暂的时间，比一生更为漫长的等待，同时在一个人的身上发生。这个人不管是跋山涉水还是驻足守望，哪怕一贫如洗，他的内心始终有着最汹涌的爱。爱这个世界，爱这个世界上的所有人。并不仅仅是爱自己。甚至，在很多时候，我是不爱自己的。我对我的人性弱点，对我的内心惶惑，都有更为深入的了解，因为更近，更真实，我时常无法信赖和爱这样的一个自己。

谣言是真的，诺言是假的，这几乎成为当下的一道风景。在一个嘈杂的时代，那些最优秀的人大多潜隐在嘈杂之外，他们按照内心的诉求，在社会和他人的既有规则之外，建立了属于自己的规则。

我活在自己的世界里，无视其他规则，只是偶尔会远远地打量它们，像一个懵懂的孩童，又像一个安详的老人。

这条把我引向失败的路，是命定的一部分。我踏上这条路，此生此世不再回头。

我不会为失败而哭泣。我愿意为那些我并不知晓的事物而遗憾。被错过的它们，像千万支针的影子，交叉重叠于我的体内，勾起我的关于疼痛的记忆。

一个失败者，心里装着这世间最珍贵的骄傲。或者说，成为这个时代的失败者，是我所认为的光荣。

伪在意

其实我并不在意他们所在意的那些物事，我从中看不到意义，看不到快乐，看不到付出在意的理由。我的理想生活在别处，在他们的目光看不到的地方。我不想简单地成为另一个，同一片蓝天下，走在同一条路上，我们是同行的人。他们所在意的，是沿路的花草蜂蝶；而我所看重的，是花草蜂蝶带给我的启示。启示在他们看来是无效的，他们只相信抓在手中的东西，不愿为形而上的事物花费心思。

在别人的欢声笑语中，我是一个不快乐的人。宾至如归的感觉，在我看来是肤浅和妥协的。当一个人看到了这个世界的太多真相，他不会是一个宾至如归的人。

在无人异议的生活里，在追问早已得不到应答的日子里，我从来没有停止扪心自问。那些几乎被公认的无意义的坚守,对于我正是意义之所在。我走向无穷尽的远方,同时也想守住一些什么,因为不想消耗太多体能,不想平添意料之外的障碍,我时常对一些无谓的事,表现出一种跟他们同样的在意。我的在意拒绝扎根,拒绝成长,仅仅是蜻蜓点水一样的表情,在某个特定的时间和地点发生。当我转过身,随即就把这一切遗忘。一个被遗忘的人,也在不断地遗忘别的事情。在这尘世上,人类有太多关于征服的欲望,他们终究难以抗拒被时光遗弃的命运。

我不想做什么解释,任何人都不值得我为之解释。我只需要给自己一个交代,从内心深处把自己与他们区分开来。我的在意并不是真的。一个心里装着远方的人,怎么会在意沿途的花草蜂蝶?我的内心始终保持了巨大的空旷状态,等待装下无穷尽的远方。

对于一架高速运转的机器,我是一个不和谐的零部件。我没有力量抵抗流水线的巨大惯性,我在惯性中跟随整台机器一起运转,并且表现出对某些零部件的配合。我参与了流水线生产,从来不敢忘记我与我的同行们共同生产的是一件怎样劣质的产品,那些虚假的广告让我羞愧。

我在办公室里独自徘徊,也许这是抵达远方的唯一方式。那个无穷尽的远方,竟然是在徘徊中抵达的,这同样让我羞愧。

办公室有一扇小小的窗户。我每天都把窗户打开,然后拉上纱窗,既可遮挡蚊蝇,又可过滤一部分的尘埃。这间小小的办公室,并不是所有尘埃都可随时入户。我透过纱窗向外看,总会生出一种若即若离的感觉,同时伴随着隐约的骄傲。

征 服

我早已疲惫不堪。可是我在拒绝被征服的同时,依然想要征服一些什么。

像是一堆柴火,在某个角落里暗自燃烧,它与光和热无关,它想要做的仅仅是燃烧,燃烧是它此生的宿命。阴暗的天气,潮湿的环境,并不能阻挡一堆柴火的选择,它们在暗夜里,在心灵的角落里,向着一个人绽放。

我愿把所有的燃烧视作一次绽放,把所有的回望当作一种牵挂。我试着悲悯地看待这个世界上的所有,并且付出善意的理解。纵然一次次被冷箭射中，我依然相信善良是可能的，爱是可能的，命运是存在的。有一双高处的手，终将平衡人世间的一切失重。

现实的状况是，我总是难以逃避一次又一次地被打扰。我的时间是由别人串联起来的，那些时间在我的手中，只是一些断了线的珠子，孤零零的存在。无论是讲述还是被讲述，这些珠子一样的时光，都不足以承载一个真实的我。然而，我确实是由这些碎片组成的，我每一天的时光宛若一粒粒的珠子，被拿起，又被放下。我的手中有一团麻线还没有理清，有一天我将亲手用这条长线串起那些珠子，缚住我自己。

身陷世俗目光的束缚之中，我想用另一种方式把自己缚住。这是我之于我所做的解脱。

我的意志像一把装在衣兜里的利刃，在不经意间一次次被刺伤的，总是我自己。关于这样的不经意，从启程的那一刻我就已经明白，一把随身携带的刀对于漫漫长路将会意味着什么，我坦然接受沿路发生的一切，包括自己对自己的伤害。一把装在衣兜里的刀，让我在奔波的麻木和疲倦里，随时会有一种痛感在肉身的某个地方发生。

我是一个仍有痛感的人。可是这样的痛感总是来得如此强烈，让我猝不及防，不堪忍受。我把脚印丢在身后，这些脚印驱赶着我的心，去完成对于一条路的验证。

速度想要征服道路。欲望想要征服人性。太多的目光想要征服这个埋头赶路的人……我不相信所谓征服。花朵之间的语言，我们并不能听懂；石头与石头的密语，从来就被我们忽略。所有的存在都不过是散了线的珠子，包括生活本身。一只青蛙想要征服的不过是井底一样的天空。天空的完整意义对一只青蛙来说是没有意义的。没有一片云彩，也不会有一个人，去试图说服一只井底的青蛙，它积攒起所有力量，可能逾越的仅仅是一个井口，而一只青蛙对一个井口的逾越，对于大地与天空来说几乎是无意义的。

大地的伤口已经太多太多。井口也是伤口的一种存在形式。一只青蛙，以及太多的青蛙，把地面的创伤当作了自己的和他人的天空。

大地上车辆越来越拥挤。它们不遵守基本规则的鸣笛与奔跑，让我的内心万般纠结。

走自己的路，沿着心灵的轨迹，缓慢地去走。

我可能征服的，唯有我自己。我想征服的其实只是我自己。

在扎根的同时也飞起来

那时我只希望自己是一个有"根"的写作者，不曾想过还得有一双翅膀，在扎根的同时也要飞起来，至于飞向哪里，则是飞起来之后的事了。

我在书房里枯坐的时间并不久，可是我偶尔觉得距离这个社会已经很远很远。朋友打过电话来，向我说一些事情，我从这个遥远的电话里知晓并且判断我的处境。对于身边的人与事，除了亲人和极少数的友人，我从来就没有真正在意过其他。我的心在远方，我不是不爱那些伸手可触的现实利益，只是我知道有比它们更重要的东西值得去追求。对于世俗的生活，我随遇而安，并无奢求；对于文学，我是有野心的。一个用生命来写作的人，一个把生命中所有的时间、精力和热情几乎毫无保留地投入到写作中的人，怎么会对自己无所期待呢？文学是我的宗教，寄予了我的生命意义。平静的生活里，自有一份不曾表达的汹涌，它们日日夜夜拍打着我的心扉，告诉我应该怎样对待生活和自己。我拒绝了太多的东西才来到这里，我只想爱得纯粹，爱得心安，我只想像我一样活着。那些不经意间的闪念，沉默中的诉说，都是我所信赖的。我更希望笔下的思考是广袤夜空中的萤火，而不是什么熊熊燃烧的大火。我曾有过对燃烧的渴念，这份强烈的渴念经过现实的磨合与审视，很快就变成了同样的警惕。一个成熟的思考者，是该对大张旗鼓的言行保持必要的距离，对以"真善美"为幌子的东西保持本能的警惕。

还有非此即彼。有时是这样的；有时不仅仅是这样的。随着年岁的增长，我很少做出非此即彼的判断，它太简单，无法涵括和表达这个现实的复杂性。对外界的事物，我越来越宽容；然而对自己，我变得日渐苛刻。不管外面的世界发生了什么，有一条底线是任何人与任何事都不可碰触的。

当我们做出选择的时候，倘若不懂得做出相应的舍弃，背负的行囊必将越来越重，脚下的路亦会不堪重负。

从很多作家的文章中，我看到了他们对生活和现实的从容自信的把握。真正的作家理应怀着对生活的热忱和对现实的关注而写作，同时他也应该深知生活并不仅仅是他所看到和表达的那样，生活还有更多的未知领域和更多的可能性。那些被文字呈现的现实，仅是现实的横断面，是写作者想当然地赋予了它作为整体的意义。其实，它仅仅是一个人的现实横断面，仅仅是与整体有着千丝万缕的关联而已。

打开自己。超越自己。在扎根的同时，也飞起来。我不知道将要飞向哪里，只知道向着更高的高处一直飞去。

一个人的方式

我并不希望所有的空间都被占满，然而我对自己的书房却无力整理和打扫；我并不希望时光飞逝，然而此刻却是如此漫长；我并不希望所有的飞鸟都活在屋檐下，然而天空却了无痕迹；我并不希望他们的野心能够实现，然而土地被占用生态被破坏是我们每天都只能面对的现实；我并不希望这个世界如此冷漠，然而承担良知和道义底线的总是那些最卑微的人……

我对外部的世界无能为力。我对我自己无能为力。我对那些与我无关的事物无能为力。我对那些与我有关的事物无能为力。我的体内涌动着无穷尽的力量，可是我无能为力。

我不懂得瞭望，也不习惯畅想。我只愿注视一件事情，从最细微的地方体恤它的艰难也享受它带给我的心安。因为长久的注视，我时常有恍惚之感；因为恍惚，我更深地体味到了艺术的不可言说的魅力。我不热爱琐屑的日常生活，它们像是千万只手，在拉扯我，在摇晃我，试图让我偏离我的轨道。在所有的道路中，我只认可这一条；同行的人，我更信任的是我的影子。纵然所有的道路不过都是通向同一个终点，我也将这样走下去，一直走下去。

我更爱那些老旧的事物。然而我把房间里多年没有翻动的物品，全部当作废品清理掉了。我一直以为它们留在那里对我是有意义的，将来在某一天，我会翻找它们，从中发现一个久违的自己，得到我想要得到的安慰。事实上，它们越积越多，最后在我的心头形成了一种压迫。我被我的过去压迫，不得翻身。我偶尔埋怨这世上无人能够帮我把压在心头的重物挪走，我忘记了我还有一双手，一双有时忙碌有时无所事事的手，我把这双手更多地用在匍匐前行上了。我不想征服一条道路，不想对未来寄予所谓梦想。我对新时光没有太多奢望，只想按照若干年来的样子度过它们。那些未知的时光，其实是我久违的友人，即使容颜变得苍老，他们依然怀着一颗不变的心。我面对他们，绝不放弃面对我自己。面对我自己，也是我面对世界的方式；一个人的扪心自问，也是我与世界的一种对话。那些被别人津津乐道的，我并不在意。我的世界里不全是实在的事物，有些虚无、有些看不见的事物被我捧在手里，倍加珍惜。

后来我才明白，这世间最珍贵的不是仰望星空，而是对于日常生活的信仰，在日常的琐屑中践行自己的信仰，重新发现一份完整生活。而这一切，唯有以个人的名义才可实现。

未　知

不思考，不筛选，不修饰，把自己的想法尽可能真实地写下来，会是什么样子？我对这样的一个自己充满了好奇。

这个世界是残忍的，可是在很多时候，我们早已习惯了自残。那些想法，那些不满，那些对于外在事物的盼望或不适，都经由我们不经意间的"克制"，然后变得残缺，不再得到伸张。这份自残，是在不经意间发生的，以至于成为我们应对外界的一种心理常态。那些永远不被践行的心愿，那些说不出口的爱，那些对于自我与他人的想法，永远以不曾出现的面目在内心隐遁乃至消逝。这个广大的世界，这个孤单的人，这条拒绝被语言转述的路，在心里也在现实里一次次地交错出现。

对于未知的世界，我有时充满了好奇，有时又深感厌弃。就像对自己，我有时是明朗的，更多的时候则是一片混沌。我并不能更清晰地认识我自己。

那个最真实的"我"，对于别人，也是未知的。

生活值得过下去。我常把生活中未知的部分视为理由，然而现实中它并不成立，我总是满足和沉溺于已知的那些物事。它们在这个不确定的世间，以一种相对确定的方式给我一种安全感。我原来是一个一直缺乏安全感的人。

未知的世界，已知的我，会被某些目光认作天平的两端。纵然我积攒了全部心力，这个天平依然是失衡的。平衡只是我一厢情愿的梦想。

在一粒尘埃与整个地球之间，我看到了事物与事物的联系，以及它们的相似之处。

在我与现实之间，从来没有和解的可能。那些我所鄙视的，也许正是我所关注的，我担心它们朝着更坏的方向堕落。那些阻遏我的力量，恰恰成为催我前行的力量。我从来没有想过要改变世界，梦中也不曾这样想过。我想要的是不被这个世界生硬地改变，尽可能有尊严地活着。我更愿意接受潜移默化的改变，在改变中时刻保持一份警惕之心。警惕是必要的，但愿它在事实上是多余的。

不想再写得精致、顺滑，我要写得磕磕绊绊，写得漏洞百出，写得自相矛盾，也许这样离那个真实的自己会更近，这才是我们面对世界的方式，但我们常常在表达的同时也篡改和美化了它。

我不美化它，也不会拒绝它，因为这是"我"的方式，是真正与自己相关的一部分。

而很多我所遇到的，其实都是与我无关的。

已 知

我知道我所不知道的，这是我经常给予自己的一个解释。

不解释外在的世界，不解释那些遇到的和错过的，我所专注的，只是一个人内心最隐秘的角落，这个角落与最广大的天空，只隔了一层薄薄的夜色。

我在灯光下看到的，远比在阳光下看到的更多；我在自我封闭时，远比追逐和寻找时彻悟得更多；我在无语时，远比读与写的时候更懂得表达爱。我走在异乡的大街上，已经忘记了来时的方向和出发时的模样。

知道别人所知道的，以及知道别人所不知道的，在我看来并无本质之别。我在内心引以为傲的，是我知道我所不知道的，就像一些密语，从遥远的地方出发，穿过纷飞的柳絮与飘扬的落叶，抵达这里。我在季节之外，已经等待了若干个春夏秋冬。

有一种情愫，一直被埋在心底，它稍一露头，就会变了模样，就会被解读成春天的一部分。

这并不是一个我热爱的春天。那些陶醉在春天里的人，让我时刻提醒自己，要与他们区别开来。我在季节之外，固守我的存在，以及可能的意义。

在信息时代，一个知道主义者往往是肤浅的。很多人满足和满意于成为一个知道主义者，那些被知道的信息，果真会对我们的生命构成一种丰富吗？

已知的，我渐渐学会了忘却；未知的，我已不再抱有好奇与奢望，把它们交付给顺其自然。从来没有什么让我疯狂，我更像一个苦行僧，相信日复一日、年复一年的孤独行走。简单的行走里，有着对于外界与自我的最汹涌的想法。我把自己托付给了这样的一种状态。我希望我活成那个样子。我用目光给自己设置了路标，然后用脚步一步步去丈量和走过，在很多时候，这是我与道路的关系，我是自己的预设者，也是自己的实现者，甚至，我还是自己的评判者。我给自己打了一个还算满意的分数，即使不能自我满意，我也会给自己找来一些看似合理的托词。

关于对世界的认识和理解，我一直记着童年时故乡炕头上刚孵化出的小鸡，很多别的记忆都已淡化了，小鸡毛茸茸的样子一直记在心里，那是春天里最动人的一幕。

一座城，或者一个人

这座雨水充沛的城，并不会给我留下太多记忆。我在多年前曾经来过，如今故地重游，没有邂逅熟悉的物事，甚至似曾相识的感觉也不存在。我心中所储留的，仅仅是一个作为概念的城市，一个写在纸上的城市。这个写在纸上的城市对于那些现实中的行走，究竟有什么意义，这是我无法确认的。

这个城市以巨大的沉默来成全一场相遇。那些惦念与逃离，那些心安与惶恐，还有激动与冷静，都将在被时光淡化之前，一遍遍地在心头重演。我不是一个生活在回忆里的人。我终将远行，去走更遥远的路。

当我回望这座城市，才突然意识到我从来不曾真正来过这里，从来没有真正了解这个地方的欲望。我只是旅行团队中的一员，一个匆匆过客。太多的过客摩肩接踵，从不同的地方奔向不同的方向。这些年，因为种种原因，我时常要跟随浩浩荡荡的旅行团队，去到熟悉的或不熟悉的远方，我一次又一次告诫自己：这是工作，是兴之所至的事情。然而总是有个声音在呼唤我，这个声音并不在我所要抵达的地方，也不在行走的途中，我不知道它来自哪里，它总是在某个间隙里跳出来，大声与我对话。对话的最终，我总会选择脱离团队，在一个最大限度的时间范畴里，尽可能脱离那支浩浩荡荡的旅行团队。我想去的地方,需要独自以朝圣的姿态抵达;我想去的地方,并不接纳这样的旅游观光团队。与我同行的人,我不曾遇到。同行者那些到此一游的心态,只能让我感到更加不适。

雨中看佛。船在岷江盘旋,我久久仰望那尊大佛。隔着一段不远的距离,就像隔着一段突然被拉近的时光。船上喧闹。我无语。大家争相拍照留念,我站在那里不动,一直仰望大佛,有种想要流泪的冲动。此刻,任何的语言和举动都是不敬。岷江静静流。人在江上,雨点落在身上,有些凉是沁人心脾的。江上一片雾气,我的心里也是一片迷雾。我们并不需要看清前路,船在大佛的前面徘徊。这江水,这六月的凉雨,都不会理解这个过客的满腹心事。佛是知道的。透过斜斜的疏雨,我看到佛的满脸慈悲。在人群中的这个人,他自始至终没有说一句话。身在旅游团队,我不是游客,也不是归人,我只是一个心怀敬畏的人。

每到一座陌生的城市,我总会发现一个陌生的自己,仓促,叛逆,甚至不可理喻。这样一个陌生的自己,是从习以为常的生活和既定的逻辑里逃离出来的,它们逃离的迫切样子让我讶异,我不曾意识到那些我所习惯和认同的生活居然潜隐着如此巨大的不满。它们不动声色地跟随我已经这么多年。

离开这座城市,离开这个我并不熟悉的城市。我好像来到这里已经很久了,久到忘记了我是谁,来自哪里。我带着自己走了这么远的路,才来到这里。这里没有异乡感。在这里,一些散淡的日子,我不知该如何度过。一座城市,因为一个人的存在而泛起微澜。我来的时候,这个城市飘着雨;离开的那天,雨依然在飘。细雨里,我看不到一个送别的人。车窗玻璃上是一层蒙蒙的雨雾,外面的城市变得模糊,我看不清雨中的事物,我能看清的仅仅是我自己。这个陌生的城市,清晰与模糊对我来说都不过是同样的意义。

做一个内心有秩序的人

也许对我来说,所有的时刻都与此刻相关,此刻亦将与所有的时刻相关。这是一个不可分割的事实,我对这个事实的忽略,直接影响了我对自己与对世界的看法。其实我从来就不是孤立的,始终处在一种说不清的联系和纠缠之中。此刻的我并不仅仅是我。

真实与真实感不是一回事。太多的事情是真实的,太多真实的事情却并不给我们真实感。突破常规,丧失底线,人的最后一点尊严也被撕毁,我宁肯相信它们是虚幻的。真实感让人蒙羞。

然而它们毕竟是真实的。这个渐渐被打开的世界,千疮百孔。

我所看到的,并不是最大的真实。最大的真实在看不到的暗处疯狂滋长。

一个内心有秩序的人,不管这个世界如何繁杂,他都不至于慌乱不堪。他的脚下是有根的。他懂得处理内心事务,当他放纵地思考,放肆地书写,他便找到了内心与外界的某种平衡。我必须说出,这种平衡只是一个附加的结果,我更看重的是书写本身,对于这个不堪重负的世界,郑重是最起码的态度,纵然身心已被改造成了一个产品,我仍然希望某些部分永远拒绝被改造,比如大脑。只要大脑是自由的,身体即使受到禁锢,也是自由的。

当我陷入纠结,这世界并不澄明,并不能给我安慰和开脱。那些亲历的事情渐行渐远,我仍然没有走出它们投射的影子,它们的影子越拉越长,直到成为一条道路。烈日炎炎,影子里集聚的不是阴凉,是寒意。这是我犹豫了很久才决定告诉你的,我的看不到尽头的路,唯有你懂得我的无望和希望。

我之所以不想说出我正在做的事情,是担心漏气。写作尤其如此,漏气的写作是不值得期待的。一个气球的力量就在于向高空飘去,然后在某个瞬间爆裂,悲壮且美丽地爆裂。当我看到那些虚张声势的写作,当我看到那些提前被宣告的写作,会忍不住替他们担心。

房间里的空调散发着冷气。我们在谈论文学,谈论这些年走过的路,谈论文学所馈赠给我们的。一个理想主义者的遭遇更加凸显出来。文学带给我们一些问题,文学也让我们发现了更多的问题。在集体无意识的当下,我珍视这样的一种问题意识,它让我没有盲从,没有迁就外在的世界,也没有迁就我自己。

虚与实

真实地再现生活究竟有什么意义?那些正在发生的现实物事,需要我们客观地书写吗?

所有书写,无不是融入了作者的主观判断之后的书写,完全客观的书写是不存在的。

　　作品的艺术生命力，往往取决于"虚"的部分。我所认为的"虚"，不是天马行空漫无边际，而是从"实"的母体上衍生出来的，是对"实"的一次理所当然的拓展，也是对"实"的一种技术处理方式，它在更大程度上成就和拓展了那个"实"。就像乡村的烟囱，当炊烟从作为静物的烟囱中冒出，直至脱离了烟囱，飘向更为广阔的天空，这个过程动人的"美"才显现出来，烟囱的完整性因为炊烟的出现而得以成全，虚与实在这里达到完美结合。

　　我习惯于记下夜里做过的梦，推测这些梦对于随之而来的现实有什么意味。当我从梦中醒来，隐约留在脑中的仅仅是梦的一部分，或者说是残梦。我对残梦的讲述，并不想借助语言和虚构让残梦变得圆满变得看似合乎情理。残梦让我更感到真实，更易于回想彼时彼地的隐约记忆。然而讲述是不真实的，一些想法、一些力量在不被察觉中介入了对梦的讲述，理所当然地成为梦的一部分。这让我对自己的讲述深感不安。我在虚幻的梦里植入另一些虚幻，然后让它们来到现实中，成为现实物事的一部分，它们部分地代表了我对现实的态度。

　　最真的现实，借助于梦的表达，让我在梦境与现实的交界处，茫然不知所措。我甚至难以分清，究竟梦是现实，还是现实是梦？

　　我希望虚与实是交错发生在我的写作中，它们相互制衡，不至于让我发生更大的偏离。这世上有太多的力在拉扯我，我所认同的，似乎唯有虚与实之间的交锋，以及这种交锋所给予我的从容和镇定。

　　梦想与现实是同时发生在我心灵中的一个事实，它们相互倚重，不可分割，是彼此成立和存在的理由。

　　雨声，是天空的呓语。我的呼吸匀称，双眼明亮，认真地看着夜色中我所看不到的那些物事。我看到了夜的黑，看到了黑之外的其他所有颜色。

　　在漆黑的夜晚之下，有着说不清的五颜六色。

　　不管这个世界已经发生了什么，正在怎样改变，我依然有感动，依然会在某个独处的时候热泪盈眶。

（原载《边疆文学》2016年第3期）

海事

那个老船长向我们讲述了十多年前捕捉巨龟时的情景。那天他在竹山岛附近海域拖了一夜的网,收网时一只海龟突然从鱼虾堆里爬出来,把船上的人吓蒙了。这只海龟展开双翅有两米宽,背上有七条突出的棱角线,全身是青黛色,有白花。这是一只棱皮龟。海龟的头部受伤了,连它的壳也有伤,血在慢慢地淌。在胶东沿海,渔民对海龟是有敬畏之心的,他们亲切地称其为"老爷子""老帅"。船下锚时,渔民先要高喊一声:"给——锚——了!"喊过之后,稍停片刻再将锚掀进海里,据说就是怕伤着海龟,叫它避一避。若是撒网误捕到海龟,渔民通常会在船上磕头,念叨一些吉利话,请求宽恕,然后虔诚地把它放回海里。老船长看着眼前的这只巨龟,首先想到的是把它放回海里,但是看它遍体鳞伤,觉得当务之急应该先把巨龟治好。村人都不知该如何施救,老船长想到了蓬莱海洋极地世界,听说那里有相关的专家。他打电话过去,他们派了两个专家来到渔港码头,经诊断,巨龟确实是病了。村人一齐动手,把巨龟搬到车上,运往蓬莱海洋极地世界治疗,老船长怕在搬运的途中再伤了巨龟,特意到村里的商店买来两套被褥,把巨龟包裹起来。后来,有消息传来,巨龟死了。再以后的事,他就不知道了。

老船长的儿子,当年还是一个正读四年级的小学生,他听说爸爸捕了一只海龟,就想带回家收养,等他急匆匆赶到海边,一下子惊呆了,那只海龟重达千斤,让人既好奇,又恐惧。蓬莱海洋极地世界的车来接巨龟的时候,他跟着去了。如今,当年那个亲见巨龟的孩子,已成为一名大学生。他说后来他在蓬莱海洋极地世界见过那只死后的巨龟。它被做成了标本,摆放在一个单独的房间里。他一边回忆当时的情景,一边从网上搜索到了当年媒体报道的消息给我看。看到网上的巨龟,我才恍然想起,若干年前我曾在报纸上看过这则新闻,并且收藏了起来,想要留作长篇写作的素材。在我的内心深处,一直以为这类事物是天象,是一种说不清的表达。不曾想,若干年后,我会在渔村见到当年的亲历者。

在蓬莱海洋极地世界,医生给巨龟做了胃镜手术,当时就取出了一块塑料袋。工作人员对其进行了"特级护理",每天提供上好的食物,但它总也不进食。一周后,巨龟因饥饿死亡。专家对巨龟进行了病理解剖,在肠内发现大量的尼龙绳、塑料食品袋等异物,其中几段尼龙绳长达十多公分,这些异物随着巨龟肠道的蠕动,逐步被堆积在胃、肠相邻的幽门处,无法被排出,致使巨龟肠梗阻。棱皮龟是活动于大洋深处的动物,正常情况下不会到近海,由于肠梗阻造成身体胀气,不能潜入深水,于是随波逐流到了近海。它的死亡原因是海洋污染所致。

据老船长回忆,他捕到巨龟的时候,只有一个想法,就是给它治病,希望它能健康地重回大海。村人一起往车上抬巨龟,却始终抬不动,又放不下,而且很神秘的是,当时海上突然起了大雾。他看到,一颗清亮的泪珠从巨龟的眼睛里滑落出来。村人以为巨龟不愿动,就对着巨龟祷告,说要送它去治病。村里老人说,那只巨龟已经病了,当时放回海里,恐怕很难活下去。他们相信医学,以为医学可以治愈这只巨龟。后来听说巨龟死了,他的心里很难受。

去年,老船长在海上又网了一只龟,当时就放回海里,他觉得无论结局如何,一只龟是该属于大海的。

在胶东渔村,海龟又被称作"鼋大爷",这个称谓,有着渔民的亲切态度。"鼋大爷亮宝"的故事,可以说是家喻户晓。很多老渔民曾经亲历过,驾船在海上划行,突然听到砰砰砰一阵声响,只见几道红光绿光闪电一样齐刷刷从海底打出来,这就是说的"鼋大爷"在船底下"亮宝"了。"鼋大爷"像是在故意逗你,只管把红光绿光亮出来,绝不会伤害你一丝一毫。老渔民特意向我强调,这是他亲眼见过的情景,不是神话传说。这个亮光,究竟是怎么打出来的?据说那些红绿相间的光亮,是从龟壳上的珠宝发出来的。在渔民的描述里,因为惊奇,加剧了"亮宝"的速度感和节奏感。

当我第一次听到渔民说出"亮宝"时,就忍不住为他们的描述而感慨,这个词语一下子让整个过程生动和形象起来，有了动感。龟壳上的明珠，渔民眼里的宝物，红光、绿光从海里交错闪现。"鼋大爷"在水里该有多么调皮和任性，才会对着渔民"亮宝"。我从这个传说中，看到了以前的海洋环境，看到人与海的关系。如今不同了。

在另一位老船长的山顶小屋里，我看到了传说中的"鼋大爷"，这是一个海龟标本，一个老船长很多年前在海边买下一只病死的海龟，供奉起来。它的背上有一个地方，是"宝"的所在处。看着龟壳上曾经嵌宝的地方，我被震撼了。这得需要多么漫长的时间才可以在自己的身上结下"宝"？鼋大爷的亮宝，仅仅是别人眼中的"宝"；而在它，所谓的"宝"，已经成为身体的一部分。在漫长的时光中，那些附加的东西如何变成了自身的一部分，并且越来越具有了世俗价值？对于海龟来说，这样的价值，对于它的生命本身来说究竟有什么意义？所谓的"宝"会改变它的生活和生命吗？这是我所关心的。我由此想到了具体的人，想到了人类，他们正在孜孜以求的事物，对他们的生命是有效的吗？面对眼前这个巨大的海龟标本，我几乎看得出它在当年的表情，所谓意义在此刻变得毫无意义。我只想到了生与死，想到了活着本身，不被附加任何意义的活着，其实就在距离自己最近的地方。

在渔民眼里，"鼋大爷亮宝"是个好兆头。当然那是在驾驶小船的年代。如今渔民用的是机帆船，即使遇到"鼋大爷亮宝"，在机帆船的轰隆声中，也是很难看到和听到的。对比机帆船上的灯火，鼋大爷身上的"宝"的光亮，是不够亮的。这是老船长的说法，我以为这是对灯火的一种理解和描述，就像如今在城市中很难看见星星一样。这个世界太喧哗太热闹了，很多的东西，其实是在安静中才可以看到的。

"现在条件好了。"这是老船长都在说的话。他们是从苦难里走过来的，在他们的记忆里，小时候刮风下雨的日子，经常就看到学校里有孩子哭着回家，他们知道，海上又出事了。那时没有电话，出海遇了风，家人不知道海里的安危，就整日整夜站在渔港码头对着大海哭，等候亲人平安归来。海对渔民来说没有浪漫，只有残酷的真实。他们知道，在海上是不能任性的，作为一个打鱼为生的人，对大海必须有足够的敬畏。一艘船，意味着漂泊，意味着变幻无常的命运。渔民的日常生活，都系在这样的一条船上，他们对大海的敬畏是发自内心的。在海上，遇到了鲸鱼，是不能去打扰的；拉大网时，一旦把鼋大爷拉了上来,渔民会祷告说您老人家别见怪,大人不记小人过,然后恭敬地将其送回海里。

在渔村,我听到一位老渔民讲述鲸鱼开会的故事,他说一群鲸鱼在开会,其中一条大鲸鱼在给它们训话。他所说的,正是传说中的"过龙兵"。所谓"过龙兵",相传是海里的龙王为了捍卫自己的领海,调动虾兵蟹将南征北战,发兵的路上浩浩荡荡,场面壮观,可谓翻江倒海。这当然是神话传说。现实生活中,鱼虾成群过海的壮观场面在以前却是常见的。渔民出海,若是遇到"过龙兵"的大鱼群,船老大就要赶紧组织水手一面烧香磕头,向海里抛米撒面,投放食物,乞求龙兵不要伤害自己的船只,一面调帆转舵,避开鱼群,折腾半天才会转危为安。"过龙兵"一般是在三月三,或者九月九,时间挺准的,前后误差不过三五天。每年春天,鱼队浩浩荡荡,从东往西,去到莱州的海庙一带产卵;到了九月九,又会看到同样的场景。初旺渔村的人,在山后种地,一抬头,常常就看见鱼队在海里浩浩荡荡,看不见头尾,露在水面上的鱼背就像是房子的屋脊。鱼队齐整,像是阅兵式,鱼、鳖、虾、蟹等海底生物,在海面排成整齐而威风的队伍,远远看去,只见雪白一片,鱼肚皮上下滚动,煞是好看。有的渔民说,那些鱼是去莱州海庙那一带海域"坐月子"的。也有渔民说那是鱼的阅兵式,它们要去西边的海庙那里"开会"。山有山规,海有海规。这么大的鱼群,遇到了小船,稍有不慎就会把小船碰翻。但是,从来没有听说过被鲸鱼碰翻了船的消息。鲸鱼遇到了渔船,有时会围着渔船转两圈,从没有害过人。在渔民心里,鲸鱼纪律严明,从不对他们犯错。过龙兵的鱼队常常是沿着山边走。俗语说,海阔凭鱼跃,它们并不是这样的,它们对自我是有要求和限定的。鲸鱼的嘴唇是白圈,过龙兵时的海上一片白色,渔民说那是鱼队在听鱼领导的"训话"。渔民都这样说,至于最初是谁说的,谁也不知道。现在再也没有人见到过龙兵的场景。在渤海湾,鲸鱼主要是吃黄花鱼,如今这片海域的黄花鱼基本上被渔民捕尽了,鲸鱼已经无食可吃。明代残本《渔书》卷三"海大鱼"条的按语曰:"余家海上,与大海通,故大鱼往往见面知之。"在过去,渔民与海里的大鱼,见了面,是互相认识的。如今,即使陌生的大鱼,也很少见了。与过龙兵相类似的,还有大雁南去的现象。小时候经常可见大雁排队向南飞,偶有掉队的大雁,引发了人类的诸多感慨。现在已经多少年没有见到大雁列队南飞了。我时常仰头看天,天空一无所有。

而这些关于海上的传说,我是在一个下午听老渔民讲述的。他讲完了这些故事,点起一支烟,深深地吸了一口。烟雾缭绕。我觉得他所讲述的,更加扑朔迷离了。而讲述者,此刻真实地坐在我的面前,他像一扇门,身后是一个巨大的未知的世界。

与友人在初旺渔村采访一个多月,并没有听到渔民讲到太多的海上传说,他们更关注的是现实生活,或者说,当下的现实已经让他们感到很大程度的满足。在我心里,对这样的采访和写作是不满意的。我积极地介入现实,更期待飞起来的状态,海边的传说故事无疑更容易契合我的这一想象。遗憾的是,这样的状况并没有出现。在写作渔村故事的过程中,我读到了友人的《海怪简史》,那是另一些现实——它们与我所亲见的现实互为映照,让我更真切地理解了大海和它的子民。比如说转心螺,螺壳里的盘旋形状,常常成为渔民的歧路。转心螺一般是在夜间的海滩附近出现,渔民出夜海回来的路上,若是遇到了转心螺,也就注定会迷失回家的路。他们奔走一夜,也无法走出迷宫一样的螺壳,等到天亮了起来,转心螺的作用才会失效,这时的渔民往往已经累死,脚上的鞋子完全磨穿了,回家的路却丝毫没有缩短。这个故事传了一代又一代。后来,渔民在夜晚的海边走路,只要迟迟不见光亮,走不到路的尽头,有经验的渔民立刻就会想到,这一定是走进螺壳里去了。倘若手里正好有一只从船上拿下来的橹,把柄朝下,往地上狠劲一戳,转心螺的螺壳就裂缝了,霎时间又见到了满天的星斗月光。再看手里的橹,柄早已断成三截掉在了地上,手里抓着的只剩下一个橹叶。这片橹叶不能丢,还会有转心螺的同伙来报复,有这片橹叶在手里做盾牌,就能安然走完剩下的路。

这个故事,让我理解了海边渔民总喜欢把一只橹扛在肩上的场景。"橹"与"路"是谐音,他们在海上的路,以及在陆地的路,其实都需要"亲手开辟",或者说握在自己的手里。虽然这样的手,面对残酷的现实,面对无常的大海,其实常常是无力的。

这样的一种讲述方式,潜隐在我的采访和表达之外。我所写下的,不过是对这些传说的零碎体会而已。

更为巨大的存在,在我的认知之外。

2015 年冬天,智利南部海湾沙滩上惊现 337 头鳁鲸尸体,这些鲸鱼平均重 20 吨，科学家称这是有史以来出现的最大鲸鱼搁浅群。

337 头鲸鱼集体"自杀"！

这背后，究竟有些什么样的秘密？

鲸鱼自杀现象由来已久。18 世纪，一些航海家在塔斯发现可怖的鲸鱼坟场，一堆堆的腐尸和白骨散布在海滩上，呈现一片凄惨景象。在 1783 年，曾有 18 条抹香鲸冲往欧洲易北河口，在那里待死。次年，在法国奥迪艾尼湾又有 32 条抹香鲸搁浅。1970 年在美国佛罗里达州皮尔斯堡的沙滩，150 多条逆戟鲸不顾死活地冲上海岸。1979 年，加拿大欧斯峡海湾，130 多条鲸死去。1997 年，马尔维纳斯群岛海岸约 300 头鲸鱼"集体自杀"。

一头鲸鱼，或者成群的鲸鱼，游到了海边，拼命地用尾巴拍打水面，发出绝望的嚎叫。人类试图救援搁浅于海滩的鲸鱼，但多数都不成功。退潮时，鲸鱼因为搁浅在沙滩，被自己的体重压迫而死。

关于鲸鱼自杀的原因，众说纷纭，其中有一条是生态环境的被改变。

《论语·述而》有言："子钓而不纲，弋不射宿。"大意是说，孔子一生只钓鱼，不用网捕鱼；打猎时也不用带有绳子的箭去射鸟巢。古人懂得敬畏和节制，不管大自然如何的富有，人只收获可以收获的那一部分，对自己是有要求的。

初旺渔村附近海域的大青虾，无论产量还是质量，都曾远近闻名。20 世纪 60 年代，村人在海边用篓子就可以捞到十多斤虾。小船出海，撒三网，即可满载而归。那时渔民通过抓阄，决定在海里捕捞的位置，不逾矩，不乱来，凡事皆有规则。如今，产卵期的虾，渔民也不肯放过。听老渔民讲，大虾产卵之前，通常是找一处避风的"两合水"的地方，用头上的"枪"深深地拱进泥土里。大虾产卵之后，自身的生命也就结束了，只有少数的虾被大风从泥土里颠了出来，会继续存活下去。

我出生和成长在远离大海的地方，童年记忆里，鱼虾属于奢侈食品。姥姥在 20 世纪 80 年代去世前最想吃的，是大对虾。然而我们却没能满足她的这个愿望，那时太穷了，在农村很难买到大对虾。这成为我此后耿耿于怀的一件事。参加工作以后，在应酬场合，每次吃虾，我都会想起姥姥，想起她临终前也没有如愿吃上大对虾，我就觉得我现在的吃虾，有一种负疚感。在山清水秀、鱼虾盛产的年代，一个老人的简单心愿，至死也没有实现。30 年过去了，初旺渔村的大青虾，已经基本绝迹了。

报载，俄罗斯的海滩上曾经一夜之间有数以万计的沙丁鱼搁浅，当地民众喜出望外，拿上桶、盆去拣鱼，有的甚至开上了小卡车。鱼类专家称，造成大量沙丁鱼搁浅的原因是水温变化所致，鱼被冻僵了，随海浪被冲上海滩。

那则新闻报道的结尾是这样写的："沙丁鱼对于当地人是一种宝藏，这次更成为免费的午餐。专家称这些鱼可以放心食用。"

鱼在海里被冻死了。这个事实改变了我对鱼水关系的理解。

那个老船长的儿子，一个看上去很阳光的90后大学生，他拿出了几块鲨鱼骨给我们观赏，像是精致的工艺品。他还用鲨鱼骨做成了手串，戴在身上辟邪。记得老船长说过，他看到一颗清亮的泪珠从巨龟的眼睛里滑落出来。

（原载《鸭绿江》2017年第7期）

心愿树

他在自家院落栽下那棵幼槐，已是若干年前的事情了。在这座工业新城边缘，黄沙漫漫，海风寂寥，没有人留意一棵树在某个院落的成长。几年过去了，这里发生了翻天覆地的变化，高楼林立，人气越来越旺，特别是到夏日夜晚，海边栈桥成为这个城市的休闲之地。他把那棵幼槐从自家院落移至海边，栽在距离栈桥不远的地方。移栽当天，他举办了郑重的仪式。我是后来从录像资料中看到当时的情景，隔着时间和屏幕，依然能强烈感受到他的虔敬。这是一个心怀敬畏的人，他以这样一种方式表达对于这片土地的深爱。在蓝天与大地之间，在海边，这是一个人的仪式。那天一只喜鹊停留在树梢上久久不肯离去，像是被眼前的仪式所感动。幼槐的周围，是护墙。他没有把一棵树直接推向海边，而是选择在远离人群的地方，在对风浪有所遮挡的地方，让一棵树安心地扎根成长。成长是一件具体的事情，需要经风历雨，也需要关爱呵护。他默默关注这棵树，每天早晨都要去看一看它，绕着树走几圈，在同一个位置亲手给它拍一张照片，不管如何忙碌，这成为他每天的必修课。他不仅仅种下了一棵树，而且每天都惦念着这棵树的成长，每天都去看一看它，记录这棵树每一天的成长与变化。我时常在想，在繁忙的现实冗务中，他对一棵树的惦念一定赋予了信仰意味，他的心里一定有某种东西在伴随那棵树一起成长，每天迎着朝阳走向海边，去看望一棵树，他在行走的过程中，精神越发明亮起来。他远远地打量那棵树，有时候走近了抚摸树的枝叶，心里有说不出的感动，海浪声中，他甚至能听到树在生长的声音，像是与他的心灵对话。他听懂了。一棵树，与大海朝夕相伴，他听到树的身体内部的潮汐，那是生命生生不息的召唤。大海的浪花与树的绿叶遥相呼应，一如他与大海彼岸遥遥相望，这种最沉默的语言，可以诠释世间最浪漫的事。日本诗人谷川俊太郎曾经说过，因为自然的某种状态而唤起的感动，是他创作诗歌最重要的内核，每天早晨他都会到院子里散步，曾经有一整年他在早晨同样时间、同样的位置，以院子中央的一棵枫树为中心，拍摄院子里的风景，三百多张照片做成一个相册，记录下院子里的每一个清晨。作为诗人的谷川俊太郎，在他的取景框里以一棵枫树为参照，对周边风景做出取舍和判断。这也让我想到身在海边的他，对一棵槐树的移栽和关注，他不仅仅是在培植风景，而且是在关注生命本身，以生命关注生命，在一个人与一棵树之间，存有某种隐秘的精神关联。那棵槐树一天天拔高，渐渐超越围挡，露出葱郁的树冠。它看到了大海，看到永不疲倦的潮汐声的来处。作为一棵树，它的根已经足够扎实，可以独自应对来自大海的所有风暴，它将见证大海所见证的，细密的年轮将会刻满这个区域成长演变的密码。一棵树，以年轮的方式，留存成长的记忆，刻下关于风雨和梦想的印痕。他在这棵树的身上寄予了一种期望，让这种期望在缓慢的成长过程中渐渐实现，这样的寄托方式显然不符合当下急功近利的风气，大家早已习惯了速成，习惯了拔苗助长，恨不得一下子省却所有的过程。他拒绝这样，在一棵树的缓慢成长中渐渐走近心中的梦想。缓慢让他心安，一个懂得速度的人，也深切体味到慢下来的真谛。他注视一棵树，注视它的缓慢成长，这是一种价值观，一种对于社会和人生的独特理解。他并不期望所谓的理解。他只是在做着，按照自己的方式，他相信当这棵树葳蕤蓬勃的那一天，将是他最感欣慰的日子。立村必先植槐，他在这里扎根，把大海当作故乡。他忘不掉故乡村头的大槐树，那是整个童年的记忆，在大槐树的护佑下，他一天天长大。如今村庄的树木越来越少，到处都在上演大树进城的当代寓言，他栽下一棵幼槐，在自家院落，在海边，在异乡，体味整个成长的过程。他把这片居住地当作自己的故乡，亲手栽植一棵槐树，向遥远的故土致意，在日新月异的生活里，这份记挂传统的朴素情怀有着最动人的力量。他是一个沉潜的人，一个对生活对生命有敬畏心的人。这世上，很多的人在忙碌着，很多的人有着这样或那样的想法和抱负，但是心怀敬畏的人委实不多。关于一棵槐树的林林总总，我是在偶然的交谈中获知的，一个人如此郑重地对待一棵树，这让我感动。

每次散步路经栈桥，我都会特意走过去看望那棵槐树，在它的身边默默站一会儿。它依旧如故。在依旧如故的状态里，突然有一天，我发觉它长高长粗了。成长是一个缓慢的不可逾越的过程，明白这个过程，并且懂得体味这个过程，才算是彻悟了人生。

我并不懂得人生。我只是一个对生活有追求也有抗拒的人。

我们去参观的规划展览馆被誉为那个江南城市的会客厅。以客人的身份进入会客厅，我被不安感深深攫住，高科技堆积出的幻觉，还有大地上发生的那些事情，完全被虚拟化了。我眼前所看到的一切，隔着一层说不清的什么。小心翼翼地走在展厅，生怕脚底下一脚踩空。向前三十年，向后三十年，半个多世纪的时光浓缩并展览在这个空间，我有一种想要逃离的念头。那些冰冷的数字化表达方式，它们切割你，将你分成若干份，每一份都有你的影子，每一份都已经看不出一个原本的你。我想回避它们。它们拒绝回避。

从展览馆出来，感觉自己像是从另一个世界回来，恍若隔世，现实的世界不再清晰。南方的冬日并不寒冷，阳光淡淡地照在身上，有些冷意。我在展览馆门前的空旷地带踱步，漫不经心地走来走去，很快就留意到两棵被包围在脚手架里的老树。是两棵香樟树，在这个城市街头随处可见的树种，只是这两棵树看上去更苍老。许是他们对树的造型不太满意，请人围着树冠搭起了脚手架。树的枝杈被捆绑固定在冰冷的钢管框架里，像颓然的囚徒。那些钢管在树身周围密密地交织着，像是对一棵老树的不放心，又像在别出心裁地托举和矫正着某些枝干的形态。我恍然明白，这是两棵被绑架的树，他们希望这两棵树按照他们的设计和要求去成长，最终符合更多人的观赏眼光。远远打量这棵被囚禁的树，冰冷的脚手架让人恍然觉得进入了一个建筑工地，这类建筑工地正在遍地开花。两棵香樟树被移植到了这个广场的展览馆门前，就像平地拔起的钢筋混凝土建筑物，是冰冷的，没有丝毫温情。

两棵被展览的树。

两棵被绑架的树。

脚手架的存在，是为了让树木按照他们的预设来成长，这让我感到无限悲凉。这样对待一棵树，即使再光鲜再标致又有何用？倘若缺少对生命的起码尊重，所有言行都是经不住追问的。我回过头来，重新打量矗立在眼前的展览馆，它是静默的，在阳光下闪着耀眼的光。

当地的朋友问我："你喜欢这两棵香樟树？"

我摇头，不语。我不喜欢被展览被绑架的树。我所关心的，是树的命运。这些命运被谁决定，凭什么就这样被决定？树也是有生命有尊严的。从这两棵树，我看到了人类的影子。两棵经风历雨的树，自然懂得季节的意义，懂得顺其自然的意味，在常人目力不及之处，它看到了人的未来样子。

后来，我在安徒生童话中读到了关于树精的描写。安徒生在一百多年前，就预言了当下正在发生的事情，他在《树精》中写道："我们的时代是一个童话的时代。"

这样一个童话时代，总在上演一些真实的故事。

一个依附于栗树的树精，梦想着到豪华富贵的环境中去，每天黄昏，她都朝着巴黎的方向望去。这棵梦想去巴黎的树，终于有一天告别自己脚下的土地，向着日思夜想的城市而去。一个声音，像末日的号角一样响起："你将到那个迷人的城市里去，你将在那儿生根，你将会接触到那儿潺潺的流水、空气和阳光。但是你的生命将会缩短。你在这旷野中所能享受到的一连串的岁月，将会缩短为短短的几个季节。可怜的树精啊，这将会是你的灭亡。你的向往将会不断地增大，你的渴望将会一天一天地变得强烈。这棵树将会成为你的一个监牢。你将会离开你的住处，你将会改变你的性格，你将会飞走，跟人类混在一起。那时你的寿命将会缩短，缩短得只有蜉蝣的半生那么长——只能活一夜。你的生命的火焰将会熄灭，这树的叶子将会凋零和被风吹走，永远再也不回来。"

这是对树精的忠告。这个声音在空中回响，丝毫没能改变树精对城市的渴望。作为一棵有根的树，她希望自己像飘动的云块一样，可以远行到谁也不知道的地方去。许多人带着铁锹来了。这棵树被连根挖起，装到马车上，向巴黎运去。这是快乐的旅程。这是期盼已久的旅程。这棵树的枝叶忍不住颤抖起来。她并不知道，自己爱上了一个虚无的梦。

她被栽到了城市广场上。这里曾经站立过一棵树，一棵被煤烟、炊烟和城里一切足以致命的气味所杀死了的老树，当树精被运抵广场的时候，那棵老树刚被装在马车上拖走了。树精并没有意识到，她所目睹的这一幕，正是自己接下来的命运。

　　泉水、微风，甚至清新的空气，都离她远去。钢筋混凝土的世界，以冷漠的方式迎接这棵树。

　　"一切跟我所盼望的是一样，但也不完全跟我所盼望的是一样！"树精陷入了矛盾，一种不曾有过的想法开始折磨她。在她的梦想中，既有对人的生活的向往，又有对云块的羡慕。云块是自由的，也是虚无的。树精不得不面对的，是一个被改造的真实世界。回归的不可能，以及生命的枯萎，成为一件注定的事情。"上帝给你一块土地生下根，但你的要求和渴望却使你拔去了你的根。可怜的树精啊，这促使你灭亡。"风琴的调子在空中盘旋着，用歌声说出了这样的话。

　　十年前，我曾为自己的一本散文集命名《远行之树》。我想象一棵树，既得扎根，又要远行，这是它只能直面的命运，也是它无法解脱的生存悖论。这里面有着一个人的犹疑和抗争。我把这些难以言说的情怀，托付给了一棵远行之树。那时我不曾想到，在若干年后的城市化浪潮中，树的远行会成为一个普遍现实。一双看不见的手，把大树从深山移植到了城里，在钢筋混凝土之间，一座座没有年轮的城市正在迅速成长。大树进城，大树的枝叶上蓬勃生长着的，是人的急功近利。被移植到城里的大树，在城市天空下支撑起另一片天空，这是正在被创造的所谓奇迹，是"拔苗助长"的当代版本。

　　树的渴望与人的欲望，在漫长的时光中交汇成为一个点。这个点逐渐地扩大，逐渐地有了光环，逐渐地被更多的目光关注，被更多的人提起，成为这个时代的热闹景象。

　　云块是在高处的一个虚渺存在。树精对云块的向往，让她最终成为地上的一朵残花，被人类的脚踩成尘土。我的那份曾经寄望于远行之树的遥远情怀，已成为某些人急功近利的一个注释。那些风尘仆仆的赶路，究竟是要去往哪里？

　　有生命的事物，是不该仅仅成为装饰品的。一棵经风沥雨的树，被移植在钢筋混凝土之间，成为当代城市的一种点缀。这棵树的枯萎枝叶，把城市天空的倒影分割成了若干碎片。

　　如今，城市建设者纷纷把目光投向大树，依靠大树进城，快速营造城市的历史感。这是对自然规律的强行改变，是人的急功近利的最真实的表现。

一个没有年轮的城市，一个无根的城市，所谓枝繁叶茂，都不过是表面文章。当风霜雨雪走过，这个城市显露本来的荒凉面相，将是一件必然的事情。

那年冬天，我时常去郊区看望那棵古槐。她的树干已经枯朽，谁也不知道她在村头究竟站了多少年。村庄正在拆除，她依然站在那里，像是一个对世界放心不下，心中怀有牵挂的老人。她站在那里，看着村里的人走出去，看着村外的人走进来，她已经没有可以迎风摇曳的树叶，失去了最真切的语言。她无声地看着眼前的这个村子，这个小小的村子，就是她的整个世界。她的整个世界就要消逝了……

我看到一个老人站在古槐下，形单影只，像是从古槐身上折下来的一截枯枝。

这棵古槐，对这个村子是有恩泽的。我轻抚她的枯朽的树身，就像握住时光的苍凉的手。那一瞬，我是一个被时光遗弃的人，我比古槐更苍老。

总有一些故事，曾与这棵树发生关联。树是见证者，见证了一些在时光中流逝的事物。

一如此刻的我，是此刻的唯一见证者。

站在山顶俯瞰这座城市，我的心中涌起阵阵疼痛。那些苍茫的岁月，变得如此切近和清晰，我说不出这座城市之于我，以及我之于这座城市，究竟有着怎样的一种关联？我的牵挂，我的悲悯，我的无言的爱，消失在冰冷的钢筋混凝土之间。

做一个有着正常体温的人，如此艰难。

曾经读到某位作家写他如何在树叶上写诗的文章。在树叶上写诗，然后收集飘落的树叶，这究竟是浪漫还是矫情？即使作为对生活的一种理解方式，我也不相信它在现实中的可能性。我更愿意相信的是，一棵站在风雨中的树，它将风雨的洗礼以及对风雨的理解，内化为生命的年轮，沉积到了根部。这种内在的力量，是一棵树坦然面对成长的资本。那对民工兄弟唱的《春天里》，我在网上一遍又一遍地听，忍不住热泪盈眶。所谓艺术，在此刻并不重要；重要的是他们对这个世界的理解与热爱，是他们以歌唱的方式呈现出来的一颗心。他们勾起了我对青春岁月的记忆，对当下被遗忘被忽略的现实的关注。我也曾经告别故乡，一个人在城市流浪，心怀梦想，对这个世界付出真诚与热爱。如今麻木多了，看起来我已把生活打理妥当，已经不必再有什么忧虑与牵挂，沉浸在一己情感里，不再拥有更为宽广的情怀。日常生活成了一个巨大的战场，我与若干个我作战，难分胜负，似乎战争才是唯一的选择，缺少一种更大的力，超越和掌控这样一个已经沦为日常的战场。

当我看到大海与广场连为一体，心底涌起一种悲怆感。空间如此辽阔，却不知该把一颗心放在何处？大海不合适，广场也不合适，我是一个海边的流浪者，大海和广场都不能让我停步。我走着，却不知将要走向何处，大海和广场也不知道。抗拒被裹挟，需要多倍的定力。我的方向在脚下，就像扎根，朝着大地的深处挺进；而枝叶，是朝着天空舒展的。

在天空与大地之间，一棵树正在远行。

我所要抵达的，其实仅仅是我自己。

如果一种刻痕不能给我彻骨的疼痛记忆，当岁月的风沙袭来，我会茫然不知所措。直到有一天，我似乎理解了，他从自家院落移植到海边的一棵槐树，是他在苍茫岁月里的刻舟求剑，他在关注成长本身，遵循自然的规律，摒弃那些所谓的效率和效益，留下生命最真实的刻度。这个人在用心做着最纯粹的一件事情，一棵树承载他的梦想，迎着风与浪，一天天成长。当有一天，太阳从大槐树繁茂的枝叶背后升起，那样的一个瞬间，作为见证者的大海也将被打动。

我走向你，在一个白雾迷蒙的早晨。我沿着海边一步步走去，看不到栈桥，看不到那些熟悉的建筑群，眼前唯有一片白雾。我走向你，已经不再奢望白雾散尽，我所能做的，就是在太阳升起之前，一个人穿越迷雾，走到栈桥的跟前。在栈桥旁边，有一棵被惦念的成长中的树。

（原载2015年4月29日《人民日报》）

渔村记

房前屋后

在渔村，渔具随处可见。烟囱旁边挂了一半浮球，下雨时可以用来把烟囱盖住，避免雨水灌入；另一半浮球则被搁在门口，当作了喂狗的食盆。房前屋后，哪怕是不起眼的一方泥土，渔民也会种点菜，用废弃的渔网遮挡起来。在老船长的院子里，我看到一块渔网搭在半空中，兜住了硕大的方瓜。午后的渔村胡同，偶尔可见村人围着贴有"冷冻海鲜"字样的泡沫箱在打扑克。

据那位九十四岁的老船长回忆，他小时候屋后有个秋千，是用船上的桅杆架起来的。我忍不住想象，接近一个世纪之前，一群孩子在高高的桅杆上荡秋千，是否感受到了浓缩在桅杆上的海浪，是否看到来自大海彼岸的消息？当年在桅杆上荡秋千的孩子已经老了，在他家的东墙根，每天都有十多个老人在那里晒太阳，他们面朝大海，说点什么，或者什么也不说。每天，他去得最早，离开得最晚，像在遵守某个约定。

屋脊上有一只猫倏忽而过。我怀疑这可能是一种错觉，因为渔村的猫，大多给我留下了慵懒的印象，在老船长的热炕头上，在村人的怀抱里，猫集一身宠爱，完全是一副无所事事的样子。在渔村，以前是极少养猫的，因为再听话的猫也难免会偷鱼吃。如今的渔村，猫越来越多，海资源再匮乏，也阻挡不了渔民养猫的兴致，他们甚至不愿就地取材，要从宠物店购来专用的猫粮。

房前屋后，是渔民日常生活的领地，我从中看到一种最真实的状态。他们的劳作，是以辽阔大海为背景的。不出海的日子，他们把整个大海都浓缩和移植到了房前屋后。在一座老宅门前，我看到一截废弃的船板，上面留有风浪的刻痕，还有一枚锈蚀的铁钉。

一个朋友，专心拍摄了大量关于海草房的照片，我以为这是可以传之久远的艺术。因为，它记录了正在日渐消逝的事物。在渔村采访，我没有看到海草房，我所看到的，是齐整的大瓦房，以及渔民对于搬上楼房的期盼。

网

招待所隔壁是一家网厂。当写累了，或者写不下去的时候，我就站到窗前看他们织网。蓝色的线绳铺在地上，由两个人每天捋顺着走来又走去，穿梭似的，速度并不快，才几天工夫就堆起了小山一样的网线。

每天站在窗前，我发现来回走动的总是那两个人，隔窗问起这网是如何织成的，他们说一半靠机械一半靠手工。隔个三五天，网堆积得高了，就会有货车开进院里。问他们要把网拉到哪里，说是拉到渔民那里，再加工一下，就送上船了。

午后的街巷，偶尔可以见到渔民织网，有时是我们停下来看看他们，有时是他们抬起头打量从身边走过的我们。我总觉得，织网是一件颇具隐喻意味的事，就像他们看到两个陌生人从街头走过，忍不住停下手中正在织的网，看一眼，再看一眼。我还觉得，对于渔村来说，织网理应是一件平常事。可是，这样的场景在现实中并不多见，很少有人再愿意到厂子里打工了。

当我对一张网开始想象和抒情的时候，作为渔民的生产工具，它与具体的日常生活有关，与海上的风浪有关，哪里有什么所谓浪漫可言。这是对待生活的一种真实态度。就像农民对待农具，其实是很难从中发现美的，它们剩下的更多是功能意义，是劳动的苦和累。

初旺渔村的网厂成立于1979年，至今已有五任厂长。现任厂长说，以前渤海湾的大青虾远近闻名，现在连小虾也不多了，这与过度捕捞有关，也与海水污染有关。以前用鲅鱼包饺子，必须要兑进两瓢水，因为鱼肉太肥了；现在的鱼，因为海水污染，吃不饱，瘦得很。网厂去年十月份就基本停工了，渔船收成不好，网厂肯定要受影响。

海是博大的。我们早已习惯了赞美海的博大与包容。而现实的状况是，海已经被动地包容了太多的污染物，海在所谓的包容之中被改变了。此前，我一直忧虑初旺渔村是否会在未来的城市规划中保留下来，是否有一天将会像其他村庄那样面临拆迁。现在看，即使不拆迁，海已经变了，渔村和渔民唯有随之而变，这是别无选择的事。

他说起织网的工艺，我听不懂，听了半天仍然似懂非懂。对我来说，常识亦显深奥。比如说网腔，是指装鱼的那一部分，是一张网中成本造价最高、使用年限最长的部位。关于网，我并不知道更多，但我知道网扣的大小决定了人与鱼的关系，也关涉人类对于海洋的态度。

海里的资源越来越少。网越来越孤单。一张面对大海的网，让我觉得整个思绪漏洞百出。

船　厂

二十世纪五十年代中期，初旺船厂尚未正式筹建，就开始有铁匠和木匠在那里作业了。潮满时，村人用滚木把待修的船推上岸，一直推到现今的船厂处。二十世纪六十年代以后，村里派人去石岛学习，学成后回村筹建船厂，厂内设机床、电焊、模型、烘炉、翻砂、坞道车间，车工、木工、捻工、电工、钳工一应俱全。当时负责技术的副厂长带领村人按照从石岛套回来的样板，开始琢磨造船。到了二十世纪七十年代，初旺船厂就造出了二十马力到四十马力的大木船。这在当时很轰动，县里派人来剪彩。渔民精神状态好，干劲足。冬天渔民不能出海打鱼了，就开始修船；夏天太热，也在修船。到了春秋两个季节，船厂就清闲下来，开始造船。造大船是要搭脚手架的，有点像农村盖房子，由专门的"海木匠"施工。新船下坞，船主择"黄道吉日"，船头披彩，船桅挂旗，设供品，点蜡烛，焚香纸，行大礼。船主用朱砂笔为新船点睛、开光，高呼"波静风顺""百事大吉"，送船入海。

据李士豪、屈若搴《中国渔业史》记载："我国汽船手操网渔业，乃以烟台为鼻祖，而今亦以烟台为最发达，按烟台首倡此业者，为辛作亭君。"

辛作亭是国内首度引进双船拖网的人。初旺的渔船论对建造，结伴出海，不知与他有无关系？

据老厂长回忆,到了1983年,船厂被承包。当时拉坞费是按照马力收取的,价格偏高。船厂承包时,村里在船厂一下子安置了九十九个村人就业,要解决这些人的饭碗问题,只好多收渔民的拉坞费。不管日子有多难过,船厂用的油漆都是上等好漆,否则船板容易招蛆,那可是人命关天的隐患。当年建成的船坞早已废弃了,因为钢壳船太大,原来的坞道根本就用不上排场。曾经,村里最热闹的场景就是五六十人统一喊着号子,把船拉上坞道。

记得第一次路过初旺船厂的旧址,我就滋生了莫名的兴趣,想了解这段历史,挖掘关于船厂的故事。潜意识里,我固执地以为这个船厂一定有着非同寻常的故事,我的这次驻村采访,以及我所要写下的那本关于渔民生活的书,一定与这个船厂有着至为重要的隐秘关联。我甚至猜测,这个船厂也许可以串联起初旺渔村的所有故事。然而,直到采访结束,我对船厂的了解也没有太多进展,村里很少有人能够说得清关于船厂的历史了。那些老船长只能说出一些零碎的记忆,具体的年代,具体的人与事,大多记不清了。熟知船厂完整历史的那个人,现在已经患了阿尔茨海默症,他用木然的眼神看着我们,一直看着我们。

采访老厂长的第二天,他到招待所找到了我们,说再补充几点意见,我们昨天的采访勾起了他对船厂的回忆,他彻夜未眠,满脑子都是当年与同事一起创业的情景。他特意来到招待所,想跟我们说一下当年的同事是如何辛苦工作的,希望我能在书稿中有所体现。他说,当年大家太苦了。

我想起了那家韩国造船厂。我曾无数次陪同外地客人去到那里参观,巨大的生产车间,就像泊在海边的一艘船,稳固,又有些飘摇。钢铁声碰撞的回响,尖锐、短促,不绝于耳。关于这家船厂,我并没有清晰的认知,没有人问及更多,也没有人谈到更多,我曾参与过筹建初期的调研工作,那些数据资料已在电脑里沉睡了将近二十年。我对那家韩国造船厂的所有认知,像很多人一样,早已简化为四个字:利税大户。

初旺船厂拉坞的场景,无数次浮现在我的眼前。我不知道,这样的一份记忆来自何处,是来自书本,还是儿时看过的某部影片?这样的生活经验于我来说是陌生的,更谈不上有什么想象的依据,然而它却在我的意识里反复出现,像是某种召唤。再后来,我觉得这份想象也许跟大海有关。我的童年是在远离大海的地方度过的,但是我一直对那片巨大的蓝水充满了向往。我为自己的幻觉找到了一个理由。

渔　港

早在1964年，初旺渔村就成立了一支四十多人的建港队，开始动手修建渔港。他们完全依靠双手，用錾子和铁锤从海边那座山上凿了大块的石头，用铁棍一点点地撬动，一直挪移到了海里。这种笨拙的填海方式，他们坚持了二十多年，像燕子衔泥一样，简单，固执。到了二十世纪八十年代，他们开始用上了最初的建筑设施，渔港初具雏形；等到具备停泊船只的功能，则是二十世纪九十年代的事了。

在长达半个世纪的时光里，初旺渔民修建渔港的信念从来没有动摇过，他们自觉参与义务劳动，不计成本，毫无怨言。他们深知，一座渔港码头对于祖祖辈辈出海打鱼的人意味着什么，他们从这里出发也从这里归来，没有码头，都是用筐子从船上往下抬鱼，在船和岸之间搭上跳板，一步一颤，小心翼翼地来回走动。

从初旺渔民赤膊合力把第一块巨石投入海里到现在，半个多世纪已经过去了，如今渔港彩旗飘扬，一片渔船泊在这里。对面的山体上，有一个巨大的窟窿赫然醒目。

他们在海上给自己填起了一个远航的起点。

2011年，一场叫作"米雷"的台风，把渔港码头的挡浪坝摧毁了。村人抢修一个多月，一鼓作气将渔港修缮如初。

初旺的渔灯节，每年都是在渔港码头举行的。记得"中国渔灯文化之乡"授牌仪式那天，风很大，我感到了彻骨的冷。朋友从车的后备厢里拿出一件棉衣给我，说常到海边的人都知道保暖的。我躲在陌生的绿色棉衣里，远远地看着临时搭建的舞台，像是海里迎风飘摇的一片叶子；扩音器发出的声音，被风改变，然后传向了大海。不远处，鞭炮的声音稀稀落落。往年的鞭炮，都是在船上燃放的，现在考虑安全因素，统一集中到了远离人群的某个地方，在规定的时间和规定的地点统一燃放。鞭炮轰鸣。因为隔着一段距离，我总有一种不真实的感觉。在码头，我看到了小山一样堆积的钢筋混凝土制作物，它们是用来填海的。渔港码头正在不断地拓展。

从这里，渔民走向大海；也是从这里，渔民回到村庄。作为局外人，作为渔村的一个暂居者，我站在码头，遥看不远处的城市灯火，那是我所工作与生活的地方。伫望久了，心中渐渐生出一种幻觉，觉得远方的城市灯火，像是浮在海面的点点渔灯。

每天早晨，船长们都会在天亮之前赶到码头，风雨不误。其实也没啥具体的事，到码头看看船，聊聊天，然后各自散去，这已经成为船长们的一道生活程序。住在渔村的日子，我们挨家挨户寻访渔民，有人说去码头最省事，每天早晨船长们都在那里聚会。我们去了那里，为的是集中采访船长；船长们聚在那里，是因为惦念自家的船，不放心刚刚过去的海港之夜，越是有风有雨的日子，越是要去码头看一看。我曾经以为他们是喜欢看日出的。当我去到那里，看到他们散落在码头，有一搭没一搭地聊天，对海上冉冉升起的太阳早就习以为常了。他们每天早晨去到海边，并不是关心日出，而是关心停泊在那里的船。船是他们生命中最重要的物品，无论出海还是泊在码头，船都是他们最惦念的，关涉最具体的生活。

想到了那些作为观光的海上日出，想到了我曾经亲历的若干次海上日出，我都将其定位在审美层面，这多少是有些遗憾的。

飞　蛤

我一直以为，飞蛤隐在泥涂之中，以双壳自保。

一个偶然机会，我才听闻飞蛤最初是在天上飞的，以双壳为翅，像蝴蝶一般飞舞，成为海上一景。那时渔民吃蛤是需要花费一些力气的，他们缝制网兜，缚于长竿之上，在空中罩取飞蛤。从漫天飞舞，到隐于泥涂，这期间究竟发生了一些什么。似乎没有人关注这些。甚至，很少有人知道，滩涂里的飞蛤，曾经占据了海上的半边天空，它们俯视大海，洞悉风浪之间的秘密。

后来，飞蛤潜向滩涂，收起飞翔的翅膀，在风浪中守护属于自己的一方安静。当飞蛤被端上餐桌，常常是双壳伸开，想要飞翔的样子。飞蛤的肉是鲜美的。飞蛤的翅膀并不被理解，吃完之后，它们的壳被倒入垃圾桶。这真让人难过。当我知道了飞蛤的进化史，当我知道了飞蛤对天空的放弃，我就想，如果有一双翅膀，一定要去搏击长空，让更多的人看到，作为一双翅膀的不甘。

一栋老宅的墙上挂着锈迹斑斑的渔具。老船长说那是蛤耙，渔村最常见的渔具。渔民手执蛤耙，耕作于海滩，就像农民持锄劳作于田间地头。这种简单的渔具，把沙滩割开，把隐藏在沙里的蛤类丢进背篓。

女儿蹒跚学步的时候，曾在海边捡拾了很多形状不一的贝壳，她兴奋地说这是大海的赐予。她用那些贝壳，在盘子里拼成一个漂亮图案。我认真地拍照，以这种方式留存"大海的赐予"。我只想到了作为一个孩童的创意和发现，却不曾意识到这样精美的图案，竟然是由太多翅膀组成的。

太多的翅膀汇聚成一个静默的存在。我从这样的静默里体会到了巨大的不安，或者说，它给了我超现实的想象，以及美的体验。这是作为翅膀的另一种形态和功能。它们其实从来就不曾被改变。我想跟女儿说一些什么，却不知该怎么说。关于大海，关于风浪，关于对大海和风浪的理解，我不知该如何说起。

某天夜里，我做了一个梦，梦到了飞蛤制造的翅膀风暴在大海上空弥漫，直到笼罩了整个城市。我看到了比海浪更为壮观的景象。

这是一个启示。我却无法明确地说出它究竟启示了我一些什么。

罗　盘

在没有罗盘的年代，人类是靠天象来辨识方向的。

一个小小的罗盘，一个与前路和方向有关的物品，让我浮想联翩。刻度是模糊的。在风浪中辨识方向，在危急时刻保持正常的辨识力，这个小小罗盘的体内，需要储藏多少坚硬的理性。

我时常想象，一个热情似火的人，最珍贵的不是更旺盛的燃烧，而是火焰内部的一小团理性。这团小小的理性，也许不能制止火焰继续燃烧，但是它的存在可以决定对火焰的判定。

这是一团什么样的火？燃烧后的灰烬无力回答，唯有依靠火焰内部的理性。

老船长双手捧出这个罗盘，轻轻吹拂表面的尘埃。这个伴随他的海上生涯的罗盘，已被搁置了这么多年。他老了。不再出海，他每天用心侍弄门前那块小小的菜园。在他眼里，鱼在大海里也是有根的，就像庄稼在泥土里一样。

那些富有生命力的存在，都是有根的。

导航设备取代了罗盘。遥想当年，罗盘替代人对天象的依赖。两者是有本质区别的，设备的升级，并不必然地意味着人的心智的升级，虽然所谓设备与人的心智有着太多的关联。所谓远航，即是不断建立这种关联，同时也是不断割舍这种关联的过程。

我们轻易就把这种关联删掉了。

怀揣这样一个小小的罗盘，就能远走他乡、乘风破浪吗？

一条路，以及一条路所标示的方向，对于一个怀揣罗盘的人来说，究竟意味着什么？他依然无法排解巨大的困扰和迷茫。罗盘的存在，并不意味着茫然的消失。我从老船长手中接过那个罗盘，捧在手里，发现它的刻度早已模糊难辨。即使它是清晰的，我也不懂得如何使用，它被捧在我的手中，只剩下了隐喻意味。

晒墙根

每天下午在渔市的西侧，总有一些老渔民坐在墙根底下晒太阳，他们一字排开，坐姿相仿，或抽烟，或喝茶，或聊天，或沉默，阳光匀称地落在他们身上，身后的那面墙越发显得可靠。走在渔村，走在任何一个北方乡村，时常会看到这样一些正在晒墙根的老人，他们有一搭没一搭地说着话，消磨着时光。我觉得这种说话方式甚好，为了说话而说话，至于怎么说，说了什么，彼此都不介意。而很多的人活在生活里，所说的话并非为了话语本身，而是有着另外目的，所谓词不达意，所谓言简意赅，所谓一语中的，所谓言行一致，等等，大多如此，语言不过是为了抵达语言所希望抵达的那个事物。而在乡村晒墙根的老人，却不是这样的，他们的说话，仅仅是说话，并不附带任何的其他意义。他们说话，不是为了交流，只是因为他们觉得，人总是要开口说些什么。

我在安置小区也见过这种晒墙根的现象。他们从平房迁入楼房，仍然改不了晒墙根的习惯。他们在楼底下靠着墙根一字排开，脸上是比阳光还散淡的表情。

渔村的老年活动室，有着晒墙根的另一种形态。几个老人，每天下午三点，就准时出现在老年活动室，他们坐在那里，开口说话，或者不说话；喝水，或者不喝水，在那里坐到傍晚，就各自回家了。

不采访的时候，我们就在渔村溜达，寻找所谓的写作素材。有时候在村里走着走着，看一下手表，又到下午三点钟了，于是脚步失控般朝着老年活动室的方向迈去。几个老人早就相熟了，那个声若洪钟的老船长已把"过龙兵"的故事讲过了若干遍，每次都有新意添加进来。我喜欢听他反复讲同一个故事，就像一些唠叨，在心境好时，不但构不成打扰，反而对耳朵起到了疏解和安慰的作用。他们坐在那里，看电视，喝茶，离开前把水杯放进抽屉的某个固定位置，留待明天再用。四面墙，构建了一方小小的空间。他们靠墙而坐，用沉默和说话来抵抗孤独，抵抗来自年龄的巨大孤独。他们慢吞吞地说着一些"废话"，最真实的生活恰是由这些剔除了功利色彩的话语组成。在另一些场合，有的人以为自己说出的必是真理，有的人觉得倘若不能说出真理宁可保持沉默，这些对于说话的态度，被摆到墙根底下晒一晒，竟然尴尬起来。

我时常想象，我的所谓写作也许正如那些晒墙根的老人所说的闲话，背靠孤独的墙壁，说一些话，然后步履蹒跚地回家。

更多的时候，我是一个匆匆赶路的人。实在走累了就停下来，仰面朝天，接受太阳的照耀，我的身后是比前路更为巨大的空茫，并没有一面可以依靠的墙。我坐下来，把自己想象成了晒墙根的老人。

人到中年，当我总算接受了晒墙根的心态，雾霾却已成为常态，有纯净阳光的日子越来越少。

其实下雨的日子，他们也是要晒墙根的。他们以面对太阳的方式，迎接雨的降落。我曾亲见过一次，那是很多年前的事了。

渔村婚礼

一辆敲锣打鼓的车从街头缓缓驶过。问了招待所的老初，才知道是明天村里有人结婚娶媳妇，提前一天敲锣打鼓去女方家里贴"喜帖"。

我站在招待所门前，一直看着那辆欢快的车沿着村道向远处驶去。

第二天我还在睡梦里，外面就锣鼓喧天了。老初的招待所承办这场婚礼，我是知道的，昨天下午在招待所门口的大屏幕上就见到了恭贺新禧之类的字眼。我走出房间，六辆红色的小车跟在昨天敲锣打鼓的那辆车的后面，正从招待所门前经过。他们这是去接新娘了。招待所的老初也站在路边看着车队。招待所的伙房里，天不亮就开始忙碌起来。

在清版武强年画《水兽迎亲》中，我看到了海上娶亲仪仗，俨然人间嫁娶的情景，有花轿、彩旗、灯笼和鼓乐队，均由虾兵蟹将充当。它们簇拥着娶亲的花轿，这自然让底层民众心领神会。我曾亲见过一支由人力三轮车组建的婚礼队伍，从这个城市的广场上浩浩荡荡地走过，三轮车夫们统一着装，载着他们的工友和新娘，一路神采飞扬。

初旺渔村举办婚宴，对受邀赴宴的人一般不收红包。这是村里的"传统"，请你就是请你，不必带礼金，他们怕欠了这份人情，等自己老了没有能力偿还。倘若有人非要递上红包，喜主第二天必会登门退还。

我所住的渔村招待所，几乎每个周末都承接婚宴。主持人语调夸张，婚礼环节烦琐，不时有尖叫声与喝彩声。渔村婚礼的仪式，与城里基本是一样的，主持人说着程序化的主持词，夸张，洪亮，一波又一波的声音从宴会厅传了出来。让我稍感惊讶的是，这场渔村婚礼竟然在一个小时左右就结束了，喝喜酒的人陆续离席。在我的童年记忆里，乡村婚宴一般会从中午一直喝到傍晚时分，大多都喝得醉醺醺的，摇摇晃晃地走在街头，像是日暮时分从河里回家的鸭子。而在初旺招待所，我看着渔民匆匆离席，极少见到喝醉了的，心里总觉得有些异样，婚宴从形式上变得更丰富了，情感的表达却比过去淡了很多。村人的生活方式和习俗都发生了改变，他们对待人与事的态度也有了变化。

渔民靠海吃海，把海鲜做得活色生香，花样百出。我看过招待所的一份婚宴菜单，如下：糟熘虾仁、葱烧海参、红焖加吉鱼、苜蓿蛏子、烧熘鱼片、韭菜炒海肠、拌海螺、熘乌鱼花、蜇头炝肉片，等等。听厨房大师傅一路讲来，每道菜都有讲究，比如糟溜鱼片，用牙片鱼制作，色洁白，鲜嫩，糟香润滑；再比如烧蛎黄，牡蛎肉为主料，用鸡蛋作配料，色呈金黄，脆嫩而有鲜味；还有一道名叫"全家福"的菜，主料用海参片、鱼肚、熟鸡肉片、熟肘子肉片、腰子片、熟猪肚片、干贝、虾片、葱粗丝，配木耳、姜末制成，风味十足。这些日常的渔村素材，被婚礼仪式赋予了更为丰盛的表情。

渔 市

  渔市所在地,曾经是一片海。在过去,初旺的大船出海归来,因为水浅无法靠岸,只能由小船把大船上的海鲜卸下来,再转运到岸上。我在老船长家里曾见过一幅旧照,正是二十世纪八十年代初旺海边的情景:海,是青涩的;船和人,也是青涩的。渔市边缘的住户,可以坐在自家平房上垂钓,飞溅的浪花,径直落进院里。后来,这里成了村里的垃圾场。再后来,各种垃圾堆积得多了,村里索性把这个地方填平,建成渔市。

  这里曾经是一片海。不过才几年工夫,我们改变了海。

  这里是被填平的。如今占据这里的,是另一种声音。走在渔市,摆摊的小贩并不像其他的集市那样叫卖,我曾在某个早晨特意去到那里,走在稀稀拉拉的人群里,隐约听到地下似有海的声音在涌动,在凝聚。晚上我和友人在村里沿街散步,总是要经过渔市,巨大的蓝色遮阳棚下,是跳广场舞的人,他们踩着佛经的音调,动作舒缓。

  每天下午,在渔市的西侧墙根底下,总有一排老人坐在那里晒太阳。我凑过去跟他们聊天,才知道最老的已有九十四岁,最年轻的也有八十岁了。驻村一个月的时间里,我按照村里提供的名单,分别登门采访,才发觉好几位老人早已在渔市西侧的墙根底下见过,且聊过了,于是觉得格外亲切。

  渔市的西边,是一个高大牌坊,主要用来张贴图像和标语。现在看来,牌坊已经陈旧不堪,因为挡在路中央,新修的村路只好绕避了这个庞然大物。牌坊的底座留有三个洞,据村里老人说是为了缓解潮水的冲击,起到分流减压的作用。这个巨大的牌坊矗立在路中央,直到今天依然是初旺渔村的地理坐标,不用说本村妇孺皆知,就是在周边村落也无人不知。

  离开渔村的那个早晨,我去到渔市,在牌坊前站立了很久。巨大的牌坊上贴满形形色色的野广告。我用手机拍下它们,本想逐一整理出来,植入我将要写下的关于渔村的文章中,那该是一件颇有意思的事。很久以后,我本想把手机里拍的那些野广告照片按照原样整理打印出来,想了想,又删掉了。

"挑担水"

在开通自来水之前，初旺渔村是吃井水的。每天早晨，村人会聚到井边，排队打水。离井远的人，倘若哪天要请亲朋好友喝酒，对方一般会顺路挑担水过去。并非因为君子之交淡如水之类的古训，只是因为水是日常生活中的必需，给最亲的人挑担水，就是最好的礼物。当天的聚餐，可能喝酒喝得酩酊大醉，情谊却是体现在一担水上了。

渔村傍海而居，三面环水，饮水却是如此艰难。直到二十世纪七十年代初，村里打机井建起五处自来水供水点。一个老渔民回忆起了当年自来水开通时的情景，全村人的那个兴奋劲啊，我从他的眼神中似乎看到了水龙头里跳跃而出的白色水花。那条自来水管道，像是渔村的血管，把日常的"血液"从外面输送过来。到了二十世纪九十年代，村里又投资搞了"西水东调"工程，水的问题得到缓解。直到五年前，这个渔村才由这个城市的自来水公司统一供水，喝水终于不再是一个问题。

在渔村，我特意去看过当年的那口井，沉寂且落寞。旁边是饭馆。可以想象当年这里每天都在上演的"盛况"。到了冬天，井口旁边会结一层厚厚的冰，孩子们在上面快乐地甩起鞭子抽打陀螺。年过九旬的老船长回忆起了童年时的这一幕，依然啧啧不已，满脸沉醉。

故乡老宅门前也有一口井。童年时代，父母去生产队劳动，总把我和弟弟关在家里，我们用木棍把门栓打开，门外的世界一片空无，只有一口井。我和弟弟趴在井口，对着井里的模糊影子发出各种调皮的声音。变了调的回声，从井底返了出来，这个陌生的声音，与自己刚刚发出的声音有关，这让我很是兴奋。面对一口井，我们找到了独属自己的玩耍方式。后来，这个秘密被母亲发现，她大惊失色，狠狠地揍了我一顿。每次出门，她总要警告我，不准带着弟弟靠近井口。那口井，在我心里渐渐变成了一个恐怖的所在，我总觉得井底藏着什么秘密，以至于等我长大成人，那口井早已成为被废弃的枯井了，可是每次路过那里，我总会突然紧张起来。

在渔村，几乎家家户户的院子里都可见到蓄水井。水对于他们如此宝贵。守着大海的人，另一种水却如此珍稀。

二十年前，我曾陪同北京的朋友去某个小岛住了几日。那时还没有桶装矿泉水，当地的朋友用两个塑料大桶装了自来水，搬到船上，向着那个远离陆地的小岛驶去。岛上的海鲜太丰富了，早晨垂钓的鱼获就足够做一顿丰盛大餐。然而水是稀缺的。岛人喝的，是经过沉淀的雨水。一个四面环海的小岛，饮用水是经过了沉淀处理的雨水。置身一片巨大的水中，另外的水从天而降，这是我曾遇到的现实，也是如今我在亲历、无处逃避的现实。若干年前，现实就以不同的方式告诉我，一个人在这世上真正需要的是什么。那时，关于水，关于对水的渴望，我并没有懂得，别人似乎也没有比我更加懂得。

如今，物质越来越丰富，寻找可以放心饮用的水，却变得越来越艰难。

海瘦了

海瘦了。一个老船长这样感慨。我注视着他，他瘦得像是一截枯枝。他说海瘦了，这个枯枝一样的人，是这样看待大海的。

而我们一直觉得海是丰富无穷的。

而我们一直觉得人是可以战胜大海的。

海瘦了。我们看到这个事实，却没有说出来。

他说了。这个不善言辞的老船长，此刻变得滔滔不绝。他说在别人休渔的时候，有人仍在偷偷捕鱼；他说人越来越贪心了，连产卵的鱼都不放过；他说海水被污染了，三十年海水才可循环一遍；他说鱼瘦了，海也瘦了……

午后的街头，偶尔可以见到修网的人。因为采访过网厂，知道了渔村的一些事，当我在午后的街头看到零星的修网补网的人，觉得像是一个意外。这种场景原本应该属于渔村的一道风景，如今也残破了。愿意出海打鱼的当地人越来越少。船上的雇工大多来自外地，像是寄居蟹，每年临近开捕期赶到渔村，到了冬天，就回到各自的故乡。

一位年轻船长绘声绘色地向我介绍过探鱼器的使用方法。倘若，我对这些所谓高科技设施提出质疑，他们一定不会理解。立场不同，看待问题的方式和结果自然也就不同。我没有说，不是担心不被理解，而是觉得说与不说，都不能改变什么。

屋檐下挂着一串咸鱼干。不远处的海，瘦了。

系泊结

系泊结是一种把船头的绳索系在木桩上，使船不至于漂走的绳结法。这是一种最简洁也最牢固的绳结，胶东渔民称之为"打缆"。

简单的扣。速度很快。绳扣越打越紧。船被固定在了岸边。有的老渔民，一只手摇橹，一只手就可以打出绳扣。当船靠近码头，他们抛出手中的绳扣，把船牢牢地固定住，这是应对风浪的唯一选择。此刻，最简单的方式亦是最可靠的方式。

很多并不复杂的事情，在我们心里变得复杂起来。这是因为，我们的内心太复杂太纠结了。

当系泊结和橹摆放在一起的时候，我看到了一种内在的矛盾。系泊结的使命是把船留住；而橹的向往，则在大海深处。此刻的海成了矛盾的承载体和统一体。

摇橹是个苦差事，却被岸边的文人解读成了所谓浪漫。橹通常支在船尾或船侧的橹檐上，入水一端的剖面呈弓形，另一端则系在船上，用手摇动橹檐绳，使伸入水中的橹板左右摆动。橹摆动时，船跟水接触的前后部分会产生压力差，形成推力，推动船只前进，就像鱼儿摆尾游行。

"橹"与"路"是谐音。一条船走过的路，海浪是知道的；海浪消逝了，海的体温留在了橹上。

老船长拿来一截电线，在桌前比画操作起来，他说自从船上不用帆和橹以后，绳扣也就少用了。他熟练地打起了一个系泊结。同行的朋友心领神会，直接就在纸上画出了这个结。

我没有看懂。拿着那张纸反复看，也没有看懂。这个结，以它的方式迅速移植到了我的心里，成为一个唯我独知的结。

而这样的结，在渔村已经越来越少了。现实像是一片汪洋大海，人心随风而去。我希望自己成为那个会打系泊结的人。我希望自己无论面对多大的风浪，内心始终有个系泊结，就是那种最简单也最牢固的结。

其实我的内心有太多的结。有些结，唯有打结的人才可解开。我更喜欢缩帆结，就是那种活扣，用在系帆的缆绳上，再大的风也没问题，倘若想要拆开，只需找到预留的绳头轻轻一扯即可。这种绳结，把人的矛盾需求集于一身，可谓收放自如，皆有理由。

  帆在我的心里。而风却是来自外部的。我给自己打好了缩帆结，牢固无比，再大的风也无可奈何。一路走来，转眼就走到了中年。我一直以为，那个待解的绳头永远是完好如初的，当有一天我想要拆解缩帆结的时候，才发现最初预留的那个绳头早已和绳结凝为一体，无法分辨。这意味着，这个我一直以为的活扣，其实早已成了死结，它把风和帆，还有我，牢牢地连接在了一起。是那些孤独的漫长时光，决定了这一切。我视之为命运。我唯有背负着我的命运，背负着我的再也无法解开的缩帆结，继续启航。

  （原载《散文》2017年第12期）

雾里的人

　　一截厚实的松木摆在会所的大厅。这棵被砍伐的树，不知经历了多么遥迢的距离才被运抵这里，然后穿过一道又一道幽暗狭窄的门，摆到大厅供人观赏。这是一棵树的另一种存在形态。它的根，依然留在某个深山里，或许早已腐化为泥，成为山的一部分。

　　我是在一个休闲会所看到那截巨大松木的。它的年轮细密，纹理斑驳可辨。在这座没有年轮的城市，这是一棵有年轮的树。它被砍伐到了这里，给密闭的休闲会所平添一抹旷野气息。会所的主人在二十世纪九十年代离开生活了大半辈子的村庄，在城市郊区开办一家裁缝铺。日子过得不咸也不淡，对新生活的梦想，对每一个具体日子的疲惫和无奈，不知什么时候开始转化为习惯性的酒后狂言，他向不同的人吹嘘他的裁缝铺将变成一家跨国经营的服装企业，理由是他的海外亲戚即将归国投资。有些人闻声寻来，一番"望闻问切"之后，他的"发展规划"就被大张旗鼓地宣传，投资规模被描绘得更大，产出效益估算得高得离谱。他的海外亲戚始终没有出现，这个酒后虚构的人却彻底改变了他的命运，接下来的事态越来越戏剧化，完全超乎他的想象和控制。然后服装加工企业注册成立——他事后才知道，这个委托中介机构注册成立的是空壳项目。奠基仪式结束后，项目就停工搁置起来。他没有启动资金。那块地被闲置了两年，地价翻番上蹿，他从银行贷款盖起一栋简易厂房，在厂房后面建了一大片宿舍楼对外销售。一个曾经的裁缝铺主人，摇身变成企业家和房地产商，在招商引资的热潮中，他被一股无名的力量推动着，就像乘上财富火箭一样，莫名其妙地远离了地面和人群。他继续以投资的名义，编织若干花环戴到某些人头顶。这让他在拥有一块土地之后，又拥有了更多的土地，接受更多的助力。这种身不由己的"机遇"让他有些窃喜，也有些惶恐。有人说，他赶上了那趟车；也有人说，他弄懂了这个时代。后来，我读到布莱希特的一段话："在开发自然的过程中仅有少数人从中获利，而且是通过剥削人的方式。凡可能给所有人带来进步的东西，都成了少数人发迹的契机，并且愈来愈多地把生产出来的物资用于巨大的战争制造破坏手段。在这些战争里，世界各国的母亲们把她们的孩子搂在怀里，惊恐地仰望着天空，注视着那些杀人的科学发明。"读完这段话，我觉得我更加明白了他以及他们。

　　朋友的婚礼庆典一直筹备到午夜时分。在午夜的清冷街头，我们好不容易找到一家尚未打烊的快餐店，一边狼吞虎咽，一边商讨天亮后将要举办的婚礼——盛大的场面，周密的安排，每一个细节的完美衔接，等等。我们不曾留意，不远处有个年轻女子正在自言自语，她脸庞秀丽，以至于让人忽略了她表情的不正常。朋友低声说："你看那女的，是不是有些不正常？"我们循声望去，看到她一个人坐在快餐店的角落，绘声绘色地说着什么。年轻女子发觉被人窥视，表情更丰富也更怪异了。不知道除了来自情感的伤害，还有什么会让一个年轻女子变成如此模样？在为别人筹办婚礼的前夜，见到这样一个精神失常的人，这真让人难过。我想跟她说几句话，她的脸上漾着轻蔑的笑意，正在一本正经地对着空气说话。此刻的空气让人感到虚无，安静中有一种令人窒息的力量。这个或许为爱所伤的人，这个精神失常的人，这个与空气对话的人，正在面对着巨大的虚无说话。我们这一群为某个具体目标而操劳的人，她是不屑于对话的，在她眼中，我们和这个世界都是不正常的存在物。

　　一个裁缝铺主人的第一桶金，年轻女子眼中的现实世界，以及我们正在做的事情，究竟有着怎样的潜在关联？

　　生活的丰富，在于一个人追求和拥有幸福的同时，也体味了痛苦与焦虑，并且，痛苦与焦虑的出现和被解决，在坚定一颗心的同时也将更加凸显幸福的珍贵。我愿意这样看待生活，对当下的时代谬误报以局部理解。预设的理解和接受，对物事的直觉判断，同时撕扯着我，让我无所适从，不能安宁。这世界已为我们预设了太多东西。保持一份正常感觉，恢复对它们的清醒认知，是一件并不轻易的事情。我们对现实问题的很多言行看似一致，实质上却分别充当了矛与盾的角色，在另一个不被察觉的层面完成一次合谋。一些人之所以成为另一些人的制约与羁绊，根源在于他们的利益是建立在牺牲别人利益的基础上，譬如破坏生态环境所产生的利益在最短时间内集中到了少数人的手中，生态破坏后的惨痛代价却要由所有人来共同承担。这是当代的最大不公。

南辕北辙。越是日夜兼程，越是在歧途上越走越远。

底线一再被漠视被突破。一扇破窗的存在，暗示更多的人去破坏更多的窗。

冬天尚未结束，夏天就降临了。在春天缺席的年份，会有秋天吗？

人终将渐渐老去，终将渐渐地想明白一些事情。一些常识问题的背后，隐藏着太多的非常识因素。我们的所有努力，应该让生活变得更好，而不是相反。听肖邦音乐，感到巨大地安慰，散乱心迹在音乐中被一点点地聚拢，最终成为一个虚无的结论。

那个广场中央的石板上刻有一幅太极图，两条黑白的"阴阳鱼"被一群年轻人踩在脚底下，每天夜晚伴着疯狂的音乐，他们肆意地跳舞。

去看海吧。我们沿着沙滩走。秋天的夜晚有些寒冷，你脱掉鞋，赤脚踏浪而行。夜色中的海，有一种静穆的美。你说看啊，天上还有星星，你说海上的月亮好大，你对海边的一切充满好奇。你从北京来到这个海滨城市，只为了看一看我曾写过的那片葡萄园。我不曾问你看到了什么，你甚至自始至终没用相机拍一张照片留念。我知道你是理解这片葡萄园的。在我心中，葡萄园的存在更像是一种沉默的坚守。现实中的海边葡萄园不过是一个名词然后被误读成了所谓浪漫。海浪抚平沙滩上的脚印，来时路消失在巨大的虚无里。

身边的海，是一个博大的存在。海在我的身边。海不仅仅在我的身边。对大海，我有一种说不出的情感。这个城市与海之间有一条长长的防护林，往年每逢槐花绽放，成片的槐花像另一片海，层浪叠涌，整个海滨都被槐花的香气浸透。通往海边的林间小径，蜘蛛网在风中摇摇欲坠。几年前，我曾向外地的朋友炫耀身边的海和海边的大片槐树林，并且相约在槐花飘香的时候一起到槐树林里漫步,如今这个承诺越来越像是无法兑现了——海边的槐树正在成片地消失,代之而起的是林立的高楼。偶尔,我会到海边散步,心事重重,像一棵远行的槐树,有时凝望海天交际处,有时与路边被野广告占领的电线杆相视无言。

  风尘仆仆。一程又一程。采风团浩浩荡荡,历经十余个县市,沿途尽是大开发大建设的景象。进入我内心的,更多的是宏大规划和豪迈视界之外的一些微小事物。路过万亩枣园,我坐在行驶的车里举起相机,对着窗外频频按下快门。对于这片枣园,我只是一个匆匆过客。当我离开这个地方,也许会写下优美的文字,向别人描述在枣园采摘的体会,那些语言看上去素朴,真诚。它们也许会打动很多的人,很多的人中也许包括我,一个曾经写诗的人……我在行驶的车上胡思乱想,沿街几乎都是冬枣批发和仓储的场所,在冬日的风中显得空空荡荡。冬枣是一年四季最晚成熟的水果,它在冬天成熟,带着冬天冰冷和清脆的品格。我们来得比冬枣更晚,我们来到这个盛产冬枣的地方,冬枣采摘已经全部结束。我们只看到一片浩荡的枣园,枝丫静默,像是刚刚分娩后的安详模样。在黄河入海口,风很大。在大风中,是需要步履坚定,固守一些什么。海浪涌动。大家在海港留影,风太大,有些冷。不知道若干年后,从这张面带笑容的照片中是否会看出当时的凛冽寒风和彻骨冷意?我们用微笑遮蔽了它。这里被称为"开发区",与我所工作和生活的地方有着同样的名字,我感受到这片土地之下似曾相识的脉动。我对激情一直是存疑的,特别是看待经济发展和城市化建设,不崇尚所谓激情,更向往的是一份理性和稳健,期望它既能把握今天,同时也对明天、对更为遥远的未来负责。甚至,我固执地以为,温和是一种更从容更自信的坚定,慢下来是一种更为开阔的境界。我怀念那些慢的事物,珍视那些犹疑和郑重。他们拒绝外在的目光,自觉把手中做的事情放到时间坐标上接受更为遥远的考验。关于生态环境的描述,我喜欢"民主"和"友好"这两个词语,从中看到一种有别于其他形容词的品质。山被铲平,树被砍伐,农田被征用,生态被破坏……我们对大自然的所谓征服和改造,实质上是在亲手将自己一步步逼向尴尬无助的境地。在大自然面前,人类其实是不堪一击的。伯曼曾说:"现代环境和现代经验打破了地理、种族、阶级、宗教和意识形态的所有的边界,从这个意义上讲,可以说现代性团结了全人类。但是,它是一个矛盾的结合,一个对立的统一,它把我们抛进了一个大漩涡中,这个漩涡里充满着不断的分裂和更新,抗争和矛盾,歧义和痛苦。"漠视和拒绝这份复杂感受,是不诚实的。很多的创造和超越,往往正是产生于这些复杂难言的感受之中。如何让这种感受始终不被遮蔽,关涉对自身处境是否有着清醒的认知,以及对何去何从能否精准地把握。珍视环境,即是珍视未来,即是对历史、对后人最好的交付。这些林林总总的想法,是我游走在黄河三角洲所见所闻与所思的一种底色,它们参与和构成了我对生态环境的理解,让我透过自然的、现实的事物,看到和想到了更多的事物。一个行走的人,理应发现和呈现它们。

"车过黄河 / 透过窗玻璃 / 我看到黄色的水 / 它们并不浩荡 / 迈着疲倦的步履 / 一步步向后走去 // 车过黄河 / 我屏住呼吸 / 耳边响起 / 一条鱼在河里的呼喊……"

这是残缺的诗,旅途中潦草地记在纸片上。我无意将它完善,它这样地出现,理应这样地存在或消失。一首诗存在于若干不分行的文字里,就像对环境生态的诉求,存在于轰轰烈烈的开发建设中;就像一个人的沉吟,湮没在时代的大合唱中;就像一个人的跋涉,并不在意疾驰而去的列车。

这样不合时宜的"残缺",寄托了这个人对完美的省察与向往。

当然也有感动。就像荒芜的旷野中,残留一丝关于春天的微弱气息。我曾在一个村庄见过一个"碌碡王",据说重达二百多公斤。那个村庄也已穿上了城市外衣,有着与这个时代的很多村庄相仿的命运。"碌碡王"摆在村庄展厅的门口,像是一个朴拙憨厚的表情。因为这个碌碡的硕大与罕见,即使是在进入机械化之前的年代,村民也从未将这个农业工具用于劳动,他们心怀敬畏,将其尊为神明供奉,拒绝赋予它现实的功能。"碌碡王"的来历,最具传奇色彩的说法是,某年夏天黄河决口,村庄陷入一片汪洋,洪水退落后留下了这个大碌碡,村人从此在它身上寄予了最朴素的信仰,最虔诚的敬畏。

在一座小城的文化展厅,我格外留意到一位文化老人珍藏的家乡石子。老人思乡情切,晚年曾托亲友把家乡洇河里的石子带到北京,摆在卧室床头。这些来自故乡的石子,这些平常得不能再平常的石子,它们带着洇河的水声,夜夜响在老人心头。老人驾鹤西去后,这些石子重归故里,被陈列在这里向后人诉说一位文化老人的赤子情怀。我在这几粒石子面前站立了很久，努力地想要听懂它们的语言。小城遍地都是恐龙化石，遥想远古时代这里遍地沼泽、茂林丛生，各类恐龙曾生活奔跑在这里。后来一股神秘力量导致火山爆发、洪水泛滥，恐龙家族横遭灭顶之灾，轰然倒地的庞然大物顷刻间被埋在地下。几千万年后的今天，从恐龙骨骼化石的形态依然可以想象它们在天灾降临时的无望挣扎，曾经的血肉之躯被自然灾难和遥迢时光赋予了石头一样的坚硬表情。

又是石头。总是石头。太多的石头被堆砌在一起，塑造成冷漠的形象工程。而那些孤独的石头，那些拒绝合作的石头，始终在人群之外保持了一个正常人的"体温"。

石头与石头之间也是有语言的。听懂石头的秘密，需要一颗柔软温情的心。

当宏大的规划源自短浅的目光，当那些被遮蔽被掩饰的发展代价渐渐浮出水面，当底层关注与关怀更多地成为某些人抹在脸上的道德脂粉，当纠错之举看不到丝毫应有的诚意，当太多的阵痛绵延成生命中不能承受、不可阻遏的巨大力量……一场大雾开始降临。

我们都是雾里的人。

浓重的雾。我们无处逃遁。太多的事情在雾里发生。在雾里，我们更清楚地看到一些真相，看到早已等待我们的命运。

身在雾中，太阳是缺席的。我们曾经用阳光编织梦想。置身断裂的阳光里，我们踏着破碎的梦，去找寻所谓完整的人生。

（原载《散文》2013 年第 8 期）

空间

蝉鸣,来自窗外的某棵树上。这只鸣叫的蝉,之前曾在地下蛰居了多少年月,我并没有想过。似乎,这也不需要去想。

我每天的生活,像这蝉鸣一样悠长单调。太阳升起的时候开始晨练,然后吃饭,上班,间或微笑,沉默;黑夜降临之前,下班,回家,然后吃饭,散步,上网,睡觉,或者失眠。没有为什么,一直觉得生活本来就该是这个样子。在家里,我会利用一切空闲的时间,教我的女儿背诵《三字经》,她才四岁,整天把"一而十,十而百,百而千,千而万"挂在嘴边。她觉得这挺好玩。

每个周末的早晨,我总在太阳升起之前,从住宅小区的西门出来,然后穿过五个十字路口,抵达一个地方。那里有一间空空荡荡的房子,距我平日的住处大约十多里地。我的工作很稳定,家庭也很幸福,但是说不清为什么,总有一种从日常生活逃离出去的念头,而且这念头越来越强烈。终于有一天,我不顾已经背负的房贷压力,再一次从银行贷款买下了这间小型公寓。选中这个地方,是因为它位于城与乡之间,距离我工作和生活的城市不远也不近。我从小在农村长大,现在却已不再习惯农村的生活;在城里定居多年,却也一直没有完全地融入和适应城市生活。正如一个诗人所说的那样,故乡是再也回不去的故乡,异乡是待不下去的异乡。不管是故乡还是异乡,我都怀着同样的一种不甘。我知道,那是一种流淌在血液中的东西,任何外力都无法将它更改。在城乡接合部,我终于拥有了一个可以安放身心的空间。这间小小的房屋,背靠大海,坐拥一片浩荡的葡萄园,我给它起了个名字叫"葡园"。每到周末,我都会去那里,像奔赴一场私密约会,读书,写作,或者什么也不做，什么也不去想。狭小的房间里，摆放着一张阔大的绿色书桌，这让我时常想到窗外绿意葱茏的葡萄园。我很少去葡萄园散步，也不会去海边凝神伫望，只是守在我的房间里，偶尔眺望一下窗前的葡萄园和窗后的大海。对于窗外的世界，我有太多的话要说。我写下了它们，那是一些永远没有机会发表的文字。我会一直写下去，以这样的方式。这是我的命。我认命。将来某一天，我会把这些文字装进漂流瓶，让它随着时空去漂流，期待在某个时刻某个地方，与某个人邂逅。文字倘若有着这般命运，应该知足了。

　　写累了的时候，我会在房间里踱步，从窗口走到门口，然后从门口返回窗口，来来回回，每次我都默念着步数，至今仍然没有记住这个房间的确切长度。因为书桌的存在，我总觉得房间之外的那片葡萄园，其实也是房间的一部分。有时候，我会在阳台久久地俯视楼下的葡萄园，偶尔回过头看一眼我的绿色书桌，好像它们有着某种内在的联系。往远处看，这个城市一片平坦，路面很少有起伏和坡度，更少见到山，哪怕是很小的山。

　　因为厌倦喧嚣和热闹，我逃离到了这里；在这里，我却又感到一种说不出的孤单。阳光是沉默的。沉默的阳光终于爬上桌面。一只苍蝇追逐而来，我没有驱赶它。在这个清冷的房间里，有生命力的，除了我，就是这只小小的苍蝇。阳光照耀着我与苍蝇，给这个房间平添了些许暖意。我聚精会神地盯着桌面上的苍蝇，想起一个朋友拍摄的关于苍蝇交配的视频。他曾经绘声绘色地向我描述，那段短短的十几分钟的视频，如何让他寻找和捕捉了整整一个夏天。他觉得那是世间最纯洁和美好的两性关系，为了拍摄这样的一段视频，他甘愿付出漫长的时间代价。那位朋友是一个公务员，也是一个摄影爱好者，我无法相信平日循规蹈矩的他怎么会有如此创举，何以产生这么奇异的想象力。他说他所拍摄的，其实仅仅是一种本能，人和动物共有的一种本能，并不需要所谓想象力，需要的只是耐心，还有尊重。

　　我不曾亲见那段视频，更无法理解和认同那个朋友的情感逻辑。很多荒谬的事情，其实有着更为荒谬的原因。直面这个世界，爱这个世界，与这个世界始终保持对话关系，这不仅仅是一种越来越稀缺的能力，更是一种珍贵的品质。若干年前，我对葡园的寻找和选择，其实不过是在现实中节节败退的结果。这个发现让我百感交集。在这个叫作葡园的地方，我与另一个自己对话，我们谈到了往昔，谈到了将来，唯独不谈论当下。我和另一个自己都想拒绝当下,都想将生命意义浓缩到一张书桌上,不关心书桌之外的任何事情。然而,这是不可能的。

留意到那个窗口,是在一个黄昏。我站在阳台上,不经意间发现对面有个窗口架着一台望远镜。像我这样的一份简单生活,居然也值得被偷窥?我找不到任何理由来解释藏在窗口后面的那双眼睛。或许,那台望远镜的存在,本意是用作看海的。海在我的身后。

某个午夜,我在书桌前写作,偶一抬头,看到对面楼上的那个窗口,一个女子倚在窗前发呆。两栋楼之间仅仅隔了一条马路,我有点难为情,却又忍不住偷窥。那一刻,我说不清自己究竟是一个偷窥者,还是一个被偷窥者。我一个人躲在这个房间里,其实这个房间一直在别人的目光里,我从来不曾独自拥有过它。似乎仅仅用了几年的时间,城市就像潮水一样蔓延过来,将这间房子淹没在巨大的建筑群中。这间房子的门,其实一直是虚掩着的,从来就不曾彻底关闭。透过这扇虚掩的门,我看到外面斑驳的、残缺的影子。

终于有一天,这扇虚掩的门被敲响了。我正在午休,枕边放着读了几页的莫拉维亚小说集《不由自主》。这个房间的门从来没有被敲响过,这里的物业管理很严,除了业主,外人是很难进入的。我犹疑着打开门,见是一个年轻女子,她给我一种似曾相识的样子。我说:"你找谁?"她说:"你是戈多。"她的语气,不是打听也不是询问,是直接判断。我点头,越发糊涂了。

"我可以进屋吗?"她不等我回答,径直走进房间,在沙发上坐下。她好像对这里的一切都很熟悉,沉默了一会儿,才开口说话。她说很喜欢我的中篇小说《别问我是谁》。

我完全蒙了。没有任何人知道我一直躲在这个房间里,至于那篇叫作《别问我是谁》的小说,是我昨晚熬了一个通宵刚刚完成初稿,根本就没有公开发表。我不知道坐在我面前的这个年轻女子是怎么知道我,怎么找到我的。这个房间没有电话,也没有互联网,我与外界没有任何的联系,更谈不上与陌生人有什么交往了。我说:"你必须告诉我,你是怎么找到我的?"

她浅浅地笑着说这并不重要,可以给杯水吗?

我站起身,冲了杯咖啡递给她。我每天的生活都是靠着苦咖啡支撑的。离开了咖啡,我对这个世界总是表现出一副无精打采的样子。那天我和她喝了一杯又一杯很浓很苦的咖啡，说了很多很多的话，一直说到夜色渐渐降临。她始终没有谈及她是谁，是如何找到这个房间来的。当我下定决心要追问到底的时候，却突然醒了。我看到，房间的门依旧紧闭，电脑依旧开着，正午的阳光洒满了绿色桌面……

葡园后面的海是原生态的，岸边礁石丛生，刻满了风浪的印痕。突然有一天，礁石被炸掉了，据说要在海边修建一座栈桥。与栈桥一起规划的，还有葡萄园附近的一个高档别墅区。就像孩子堆垒积木一样，一栋又一栋的别墅转眼间就搭建起来。在这片别墅区里，随时可以看到业主带着宠物狗在溜达，每栋别墅的院落里，还喂养了几条很大的看门狗。狗与狗是不同的，正如人与人的不同。这个偏僻的城乡接合部，这个最初被穷人无奈选择的地方，越来越被有钱的人留意和看好。

年轻的时候，大约是在二十世纪九十年代，我曾经热切地盼望拥有一个BP机。如今，我对手机厌倦至极，因为平静生活随时都可能被它打扰。我想关机，但又不能，单位要求必须二十四小时保持通讯畅通。到了周末，我躲进葡园以后，会把平时与外界联络的手机关闭，仅仅开着那部专门用作办公的手机。这是别人联络我的唯一渠道，因为生计问题我不能阻塞它。我不希望电话铃声响动，偶尔有电话打来的时候，总会惹得烦躁和不愉快。一般情况下，那部手机躺在书桌一角，安安静静地，周末两天始终默不作声。时日久了，突然在某一刻，我的心底涌起一股被人遗忘的感觉。我不知道，在这种所谓的归隐生活之下，是不是依然有着与这个世界交流与融合的渴望？

记得在参加工作之前，我曾对母亲说，如果每天早晨都能吃上几根油条，那该是一种最美好、最值得过的生活。那时在我的心里，城市生活的最重要标志，就是早餐可以吃油条。后来，当我住进郊区那个租赁的厢房时，我开始过上城里人的生活，油条成为我的日常早餐。每天早晨起床后，匆匆地洗把脸，然后匆匆地往外走，去路边的小吃部吃油条。小吃部是我的朋友东子家里开的，我几乎每天早晨都会得到特殊的关照，比如在米粥里给加上一勺白糖，这让我觉得一整天的生活都很甜蜜。我吃完油条，就在路边等候单位的班车，上了车，汇入城市的车流，看着窗外的人与物，回想自己这些年来走过的路，心里常常涌起很复杂的想法。这里面，有一种我永远也说不出的感动和感激。对于生活，对于那些陌生的人，我是心存感激的，是他们的帮助，他们的打击，甚至他们给予的伤害，让我成了我。我感谢他们。

很快，我就对油条有些失望了。那个晚上我去东子家里借一本书，他刚好正要调面，以备第二天早晨炸油条之用。他把袜子脱掉，然后用两只脚探进一个大面盆里，反复地踩着，搓着。这让我惊愕得好久没有合上嘴巴，我不敢相信我每天吃的油条居然是这样做成的。我质问东子怎么能用臭脚来调面？东子笑着说，这样省力啊，你这个乡巴佬，脚躲在鞋子里，比手干净多了，手每天要接触多少细菌啊。东子的解释，让我更加不明白。若干年后的今天，当地沟油、毒奶粉肆意泛滥的时候，我才终于明白了朋友东子的话。这并不是一个干净的世界，一双手每天要制造多少事物啊。相比之下，我越来越觉得脚是值得信赖的。我爱上了散步。我在散步的时候会想到很多的人与事。人生应该是一场散步，而不是一次长跑，更不是什么百米冲刺。慢慢地走，慢慢地看一些事物，想一些事物，你会给自己鼓掌的。很多人拼尽了力气，一口气冲到别人设定的那个目的地，然后在别人的掌声与喝彩中，独自体味不为人知的疲惫和落寞。我在散步的时候，时常会与路边的一朵小花对视，我相信那朵小花是不寂寞的，我也相信它会觉得我并不孤单。有时候，我会蹲在地上，密切关注一只蚂蚁的去向，它吭哧吭哧地爬了半天，总也爬不出我的视线，于是我觉得我的眼光真是"长远"，我满意于这样的眼光。生活其实就是这样，很多的所谓超前意识，所谓宏伟抱负，不过是鼠目寸光和急功近利的代名词。

…………

在葡园，我的关于这个世界的记忆，几乎全是支离破碎的。对这个世界的完整记忆，是我从来就不曾拥有过，还是后来被我弄丢了？我越来越搞不懂自己了。我固执地拒绝安装互联网，企图尽可能地保持一份田园的感觉。我与这个世界是脱节的，这让我安宁，也隐隐有着某种念想。或许在我的内心深处，一直盼望着来自远方的消息，我对这种所谓田园生活的选择，其实正是为了拒绝这样的一份等待。人是一种很怪的动物，我对外界的固执拒绝，事实上这最终导致了我的更加在意。没有来自远方的消息，我一直活在记忆里。葡萄园，海，还有通往海的视线，都在不停地被篡改，我不知道除了记忆，还有什么会是我所熟悉的？

这一摞手稿，是他的母亲帮助誊抄整理的。他研究哲学，读过许多的书，写下了许多的文字，几乎过着一种与世隔绝的生活，人届中年，仍然不具备与这个现实社会打交道的能力，不得不与父母生活在一起。我是他唯一的朋友。除了我，他与外界几乎没有任何联系。我曾经主动说起要帮他整理一些文稿，争取出版一本书。他的母亲很快就把他的一大摞日记本寄了过来，字迹潦草，怪异，需要很吃力地逐字辨认。我下过决心，想拿出半年甚至一年的业余时间，专门来整理他的这些手稿，希望这些文字能被更多的人读到，得到更多人的理解和认可。如果不能帮他做好这件事，我的内心是会不安宁的。这些手稿跟随了我好长一段时间，搬家，工作调动，一直带在身边。那些年，正是我的工作和生活压力最大的时期，即使业余时间，我也没有自主支配的权利和自由，整天被工作折腾得焦头烂额，以至于自己的文学创作也被迫停顿下来。这般境况下，我根本无暇顾及他的书稿，一直没有兑现自己的诺言。后来，我终于鼓足勇气把那些手稿退还给他，并且希望他能够自己重新整理誊写一遍，然后再由我来联系出版事宜。大约在一年以后，他的母亲托人把誊抄清楚的文稿捎了过来，工工整整的十本。

　　一个年迈的母亲，戴着老花镜，忍受着病痛，用了整整一年的时间，一笔一画地抄写整理儿子的文稿。我无法想象，当她一边照料现实中不能自立，无法沟通和交流的儿子，一边要面对儿子所写下的那些思考，那些不被理解的孤寂与伤痛，内心会是怎样的一种滋味？

　　我一直固执地以为，他是一个艺术天才。他记不住自己家里的电话号码，但他几乎记得西方所有重要哲学家的生卒年月，谈到他们的著作更是如数家珍。大学时期，我和他是舍友，我们时常到半夜还在谈论艺术，有时候观点发生分歧，争论越来越激烈，谁也无法说服对方，就干脆起床痛痛快快地动手打架，有一次竟然把宿舍阳台的玻璃打碎了。第二天大清早，我和他相约一起去吃早餐，若无其事地继续探讨昨晚的艺术问题。临近大学毕业，他却突然退学了。文凭在他眼中，只不过是一张废纸。他拒绝接受这样一张纸的覆盖。毕业数年以后，我结婚度假去上海，在他的家中逗留了一日，然后带他一起去周庄游玩。途中，他要给他的家里打个电话，但仍然记不住电话号码，需要从记事本里查阅。我把这个事情跟一些搞文学的朋友说过，他们大多当作笑料，或者感到不可思议，一笑了之。

他是一个缺陷太明显，优点却丝毫没被发现和挖掘的人。他活在城市的某个不为人知的角落，在父母的照顾下孤独地生活。他的母亲在电话里说，他是一个精神有病的人，一直在吃药治疗。他拒绝被当作病人，情绪激动的时候非常可怕。他不会上网，他获取知识的唯一途径就是阅读书籍，整天待在家里读书，很少锻炼，体质越来越差。他居住的房子，是父亲单位给租赁的，在上海机场附近，条件很差，一下雨屋里就漏水。他父母的梦想是按揭贷款在镇上买个小房子，一家人搬到镇里居住。

一个艺术天才，一个不满并且不甘于现实的人，难道就该被现实赋予这样一种命运？我时常在电话里与他长时间地谈论艺术，但我不能明确地告诉他艺术在现实社会中其实是多么的尴尬和无力，不能说他对艺术的坚持究竟是正确还是错误的。我担心我的敷衍会误导了他，让他在艺术沼泽地里越陷越深。但是，倘若我坦诚以告，这对他无疑是一个致命的打击。我只是一遍又一遍地告诉他，要好好生活，做一个快乐的思想者。甚至，当他无力穿越那些思想上的困厄和障碍时，我宁愿他选择放弃或绕行。生活中的很多困难，常常并不是被克服和解决，而是被绕避和遮蔽。我想说的是，生活本身其实也是一种哲学。

已经很久没有他的消息了。他的书稿一直放在我的桌边，就像一块压在心上的石头。这是他与这个社会对话的唯一方式。他在自己的房间里写下它们，然后交付给另一个更为巨大和虚无的空间。我是唯一的见证者。不管这些文字将会从此消弭还是留存下来，不管他最终是否有勇气有力量走出自己的房间，我都祝愿他能够过得好，企盼他的世界之外的那些人，即使不能去关爱他、鼓励他，至少，不要去伤害他。

窗外的蝉鸣渐渐地淡了，代之而起的是建筑施工的声音。葡萄园在一点点地萎缩，楼房越来越多。这片葡萄园曾被誉为这个工业城市的"肺"，如今这个城市已经不需要正常的呼吸了。葡萄园的东北角挺立着六栋楼房，脚手架上人影模糊，叮叮当当的施工声音不断传来。向前看，视野被楼房遮挡；向后看，也遭遇了同样的遮挡。我的这间房屋在十四楼，原本是可以看见大海的，倘若天气晴朗，还会看到大海涌动的细碎波浪。好像仅仅是在一夜之间，海就被隔在了楼的另一端。我看不到海了，只是在静谧的夜晚，会听到海在哭泣的声音。再后来，我读到西川译的米沃什六十岁时写的那首叫作《礼物》的诗："如此幸福的一天 / 雾一早就散了，我在花园里干活 / 蜂鸟停在忍冬花上 / 这世上没有一样东西我想占有 / 我知道没有一个人值得我羡慕 / 任何我曾遭受的不幸，我都已忘记 / 想到故我今我同为一个并不使人难为情 / 在我身上没有痛苦 / 直起腰来，我望见蓝色的大海和帆影。"合上书，我在我的房间里一次次地抬起头，我没有看到大海，我只看到了一片冰冷的楼房，看到那些建筑工人，在楼下蚂蚁一样地来来往往。他们是渺小的，渺小如一只蚂蚁，一粒尘埃。这座巨大的城，并没有一只蚂蚁或一粒尘埃的容身之地。我是一只幸运的蚂蚁，一粒幸运的尘埃，我有这样的一个空间可以停留，哪怕是短暂的停留。终将有一天，我会锁上这个房间的门，背起行囊，向着我曾经生活过的地方走去。

  托尔斯泰曾经说过："我感觉我的生命越来越精神化了。"我喜欢说出这番话的这个老头。我不喜欢他的说教，比如《一个人需要多少土地》。作为一个写小说的人，我并不擅长虚构。我已经被这个社会太多的真实击伤。那些真实，已经远远超过了一个人对事实的承受能力。我总觉得那是另一些人的另一种虚构。而我，只需要真实地把它们记录下来，就可以留下这个时代的真实。或者说，虚构其实才是这个时代最大的真实。太多已经和正在发生的事情，不但打破了常规，而且超过了人的想象所能承受的最大限度。我们生活在一个比想象还要虚幻的现实之中，这对我们的想象和虚构形成了新的讽喻。托尔斯泰在小说《一个人需要多少土地》中是这样虚构的：魔鬼对一个农民允诺，只要他在太阳下山之前回到早晨的出发点，那么途中经过的所有土地都将归他所有。结果这个农民累死在途中。托翁的虚构，我们自然不会当真，他只是试图告诉我们一个道理，正如他在文章的最后所写到的："这位农民的墓穴宽三俄尺，长六俄尺。"托翁的态度是很明了的，很多的人也都持有相同看法。然而，我以为仅仅用贪婪或私欲加以评判是不够公允的，农民酷爱土地是理所当然，他对土地的吝啬或贪婪都不该受到粗暴指责。其实我所热爱的写作，何尝不也是这样？在一条没有止境的路上，怀着隐约的希望，独自固执地走着，直到有一天"累死途中"。这一切，很快就将被人遗忘，甚至从来就不曾被人知晓过。然而，这不能成为远离写作和拒绝思考的理由，正如墓穴的尺寸无法遏制那个农民的梦想或欲望一样，因为与魔鬼有约，与心灵有约。

雨是善解人意的。雨一直在下。那时她正在经历着一场刻骨铭心的失恋。长达七年的感情走到了岔路口，她终于决定只身一人从那座城市迁居上海，所谓换个环境的轻松说法，其实正是对那段感情的结束与割舍。在一座完全陌生的城市，她回忆着那些往事，不想对熟识的人说起，又想找个人说一说。"那只有你了。"后来她是这样说的。

我见过照片上的她和他，两人之间是很默契的感觉。她说："当初读研究生时这可是被誉为校园里的神仙眷侣啊。"说完这话，她在网络的另一端沉默了一下，然后说："在这个充满隐喻的社会，'神仙'二字是否本身就意味着不现实与不可能？"

一份不可能的爱。也许，结束是最好的选择。

但我一直不明白，很多情感的发生和结束，为什么常常是在生日这一天。那天是她的生日，她向我讲述了去年的那个生日，她和他正式分手的事情。之所以选择那个日子，大约潜意识里是想铭记一段感情，是一种藏在心底的、只属于自己的"仪式"。

"你还记得那年的雪灾吗？那么大的雪，公路都被封了。路上没有车，他从老家出发，在风雪中走了整整一天才走到学校，只为了来看我一眼。那天他病倒了，高烧不止。

"因为他对我很好，我就觉得应该和他在一起，一直在一起。他不喜欢读书，并不理解我，沟通与交流自然成了一个问题。我知道他其实并不是我理想中的男友，我一直在降低自己对他的要求，已经很低很低了，一直低到尘埃里去，还是没有开出花来。

"昨天想他了。昨天天冷，去苏州。他姓苏，苏州到处是'苏'字。想起下雨的时候他蹲在地上给我卷裤脚；冬天一起走路时他总把我的手放在他的口袋里，特别暖和；我出差时他一路发短信，怕我孤单。他又失眠了，是在博客上写的，他说有个她拉着他的手。我不想打扰他，希望他早点找到自己的幸福，可是又觉得，他不应该这么快这么轻易就从七年的感情中解脱出来。

"他在同学博客里留言说：'大雪让人的行走变慢，在雪中行走，会慢

慢地想明白一些事情。'

"以前总觉得我可以独自承担一切，最近发现原来我是那么渴望被人倾听。真的谢谢你以倾听的方式，陪我走过了一段最难过的日子。那天在苏州很想给你寄一片枫叶，地上的太脏，树上的不忍心摘，也就只能想一想了……"

我在网上听她的讲述，始终都保持着沉默，甚至连一句安慰的话也没有说。人与人的相遇，真是一件很难说清的事情。像一列火车，突然停在一个不知名字的城市，这个城市灯火辉煌。她真是一个懂事的女孩。我甚至已经记不清与她的最初交往的过程。偌大的网络，也许只是百无聊赖时的几句不经意的招呼，然后就彼此关注和留意了。那个夜晚，她关掉手机，看着博客上关于那个城市第一场雪的文字，蜷坐在床上发呆。博客里的音乐一遍又一遍地重复播放着，她只听到许巍的那一句"就这样坐着"身心便空了，连困倦都感觉不到了。

我始终没有见过她。一个年轻女子，从一个城市到了另一个城市，然后在某个雨夜开始对陌生人讲述一段失败的感情经历。我能够理解。最虚无的网络，流淌着最真实的人性。在这样的一个虚拟空间里，有着这样的一份倾诉与聆听，这已足够。

路过的事。

之一：去郊区的山上，参加一个与文学相关的扎堆活动。我不记得山上有什么宜人的景色，只记得我坐在车上与来往的车辆擦肩而过，与田地里劳作的农人擦肩而过，与高高的楼房和低矮的农舍擦肩而过。我努力爬到了山顶，然后吃力地从山顶向下走，在半山腰看到一个并不年轻的女人坐在巨石之上，旁若无人地歌唱。返程途中，又遇到另一个并不年轻的女人，她在公路上一个人痴笑着舞蹈，完全无视来来往往的车辆。几乎满车的人都以各自的方式，表达了对这个女子的嘲笑或同情。我在想，作为一个写作的人，仅仅有同情是不够的，还该有探究更深层次原因的勇气。也许，那个在巨石上唱歌的女人，那个在马路中央独自跳舞的女人，她们也在心里嘲笑和同情我们这样的一群人。每个人总把世界理解成自己所理解的那个样子，其实世界远远不止是那样的。

之二：夜里下起了雨。我本来是要去单位的，走到半路，看到有警车的灯在不停地闪耀,警察正在调查一起打架事件的原因和过程。我站在旁边听了一会儿,很快就明白了大致的来龙去脉。两个女人——与那个看上去像个小痞子的男人有关的两个女人,大约是在争风吃醋,然后动了手,彼此打得头破血流。那个男人一直在现场,他不知道如何是好,不知应该帮谁。他看上去很无助。

之三:小区门口,一位卖水果的老农骑着摩托车回家时,与对面的一辆突然转向的出租车碰到了一起,好在双方人与车都没有大的损伤。出人意料的是,出租车司机下车后的第一反应,不是关心摔倒在地上的老农,而是迅速地把出租车后面的保险杠用脚踹了下来,制造了一个假现场,然后理直气壮地指责老农追尾,并装出一副无辜受害者的样子。整个的过程,被几个过路的人看到了,他们愤怒地指责出租车司机。他拒不承认。老农不知所措。这个时候,有人用手指了指小区门口的监控器。出租车司机不再狡辩,掏出一百块钱塞给老农,解释说他是怕被这位老农讹诈才这样做的,然后急匆匆地开车溜走了。摔倒在地的老农,自始至终没有说一句话。我站在围观的人群里,不知道是在看热闹,还是想看到最终的争执结果。

这是一些路过时见到的事情。我忘记了当时是从哪里出发,要去往哪里,我只记得这些事情发生在我经过的路边,它们与我有关,与所有路过的人有关。这些日常的事情,让我的所谓理性思考变得黯然无趣。我不知道那些所谓的理性思考和价值意义对生活究竟有着多大的作用,我们常常在没有弄清楚这些基本事实的情况下就开始了表态和发言。一些看法的来与去,好像不必经过大脑,不必经过眼睛,仅仅凭借机械一样的惯性。我知道很多的语言,常常是因为惯性而产生的。这样的惯性将把我带往何处,这是一件值得警惕的事情。

鱼说:"没有人知道我在流泪,因为我活在水里。"

水说:"我知道你在流泪,因为你活在我心里。"

这是一个很俗很浅的关于懂得的比喻。鱼与水同处一个空间,呈现了事物本来的样子。我珍视这样一份自然的、本原的存在状态。在葡园,我已看不到大海,看不到葡萄园,也没有勇气和力量去走更长更远的路,经历更多的人与事。坐在这个小小的房间里,我拨通了一个越洋电话,不等对方开口,甚至并不知道对方是谁,我就说出"我爱你",然后挂断了电话。

(原载《散文》2010年第11期)

洗尘

天下着雨。他断定这样的天气洗车店是不会有生意的，就彻底放松了自己，坐在窗前，看着路上的车一辆接一辆地驶过。路上没有行车的时候，他的眼神就变得恍惚和空荡起来。他的生活是与车相关的。他做的是洗车的营生，端起水枪冲车，拿起抹布擦车，这两个动作交替重复填充了他的每一个日子。他不会敷衍任何一辆车，像对待艺术品一样认真、讲究，每擦完一辆车，总是站到不远也不近的地方端量一会儿，铮亮的车体在阳光下熠熠发光，照得他的内心也有些明亮起来。

这个洗车的人，自从多年前离开农村老家，去过建筑工地、电子厂、服装厂、夜市摊点……他干过若干行当，最后就停留在了这家洗车店。洗车店位于城乡交界处，洗车店的对面依次排列着一家足疗店，一家药店，一家小商店，还有若干家餐馆。没有车洗的时候，他就看路上的车，回想一些往事。日子过得真快，很多的事情他看不明白，但他感觉到了一种不正常。比如说速度，路上的汽车越来越多，所有的事情都在提速。洗车店旁边一栋那么高的楼，不到三个月的时间就盖了起来。他回老家望庄，看到村人种菜是速成的，养猪也是速成的，城里人生产了饲料和农药供应给乡下人，乡下人用它们来养猪和种菜，然后再供应给城里人，大家都在一条循环链上，不分彼此，然而又彼此伤害。对这个世界，他想不明白，越想越不明白。时常是在傍晚，他会发现一个人，在对面餐馆前的下水道里挖地沟油。天刚蒙蒙亮的时候，他偶尔看到这个人开着三轮车，挨家逐户地给小餐馆送油。

他喜欢下雨的日子。只有下过了雨，这个尘土飞扬的城市才会暂时地尘埃落定；只有下过了雨，洗车的生意才会忙碌几天。他不喜欢很大的雨，雨下得太大，他租住的屋子就会漏雨，等待他的将是潮湿难熬的长夜。有一天他梦见自己在这个城市买了一套楼房，从梦中醒来后，他觉得自己太荒唐了，没敢对任何人说起那个梦。他希望下点小雨，隔三岔五就来那么一点小雨。下雨了就要洗车，有车洗就有钱赚有饭吃，这是他的常识。他靠着这个常识过日子。一辆车，被自己的双手洗得干干净净，不管是谁的车，不管这辆车来自何方去往哪里，都是干干净净的样子，这有多好。他喜欢干净，眼里容不得灰尘。

夏夜，蚊虫围着昏暗的灯光飞舞。他蹲在洗车店门前吸烟，那个乞丐又走了过来。乞丐喜欢在洗车店前逗留，是因为洗车的人总会给他一个好脸色；他夜里睡在洗车店的门前，洗车的人从来不撵他，偶尔还会打开水龙头，让他冲个凉水澡。这些白天用来刷车的水，在夜里被用来洗涤一个乞丐；这个一无所有的人，在黑暗中玩耍着水花，发出怪异的笑声。

对面的那家足疗店在夜色中发着暧昧的光，他时常看到一些醉醺醺的人钻了进去。他经常看到一个女孩坐在门前吸烟，看上去百无聊赖，又有些忧郁。突然有一天，她开着一辆红色小车来到洗车店。车上的灰尘并不多，他认真地擦车，她在旁边认真地看着他，只说了一句话："你也是一个爱干净的人。"

他有些似懂非懂。似懂非懂的他使劲地点了点头。他觉得这个女孩真好，她只对他说了这一句话，却胜过太多的话。在乡下的时候，他常常看着天空，想象山的那边是另一个世界；如今在城里当起了洗车工，他拿着抹布在车体上熟练地擦拭，他的手心感觉到了那些尘埃的颤抖和挣扎。这些来自不同地方的车，带着不同地方的尘埃，来到他的面前。他屏住呼吸，甚至能够听到那些尘埃的微弱呼吸，感受到它们的体温，就像一个个具体的人。洗完了车，他就坐在洗车店的门前抽烟，瞅着下水道的盖子发呆。那些来自不同地方的尘埃，都被冲刷进了这个盖子底下。倘若揭开这个盖子，该会看到怎样的一个世界？他觉得下水道真是一个奇异的所在，可以容纳所有肮脏的东西。因为容纳了所有肮脏的东西，它对整个世界一定有着一份独特的理解……他常常这样胡思乱想，从早晨到黄昏，从春天到冬天，就这样想来想去，渐渐对眼下的洗车营生涌起了莫名的感动。他不曾去过远方，很多远方的物事，都以尘埃的方式留存在车的身上。那些来自远方的车，那些选择落定在车上的尘埃，带来了远方的消息。

他给她打过一次电话。那天不知为什么，他想跟她说说话，想听到她的声音，告诉她一些远方的事情。这个想法没有来由地强烈，他无法自抑。他给她打了电话，他看到马路对面的足疗店里的她抓起手机，动作有些慵懒疲沓，他在电话里沉默了好长时间，然后语无伦次地解释了好几遍，她才听出是他，她在玻璃窗的后面把眼光转向洗车店这边，他们相互看到了对方。一路之隔，她对他的电话显然感到意外。他不知道该从哪里说起，再也没有说出一句话。她在电话的另一端，轻声地说："谢谢你。"

那次电话以后，他们就再也没有联系过，她也没有再到他这里洗过车。隔着一条马路，他在路的这边，她在路的那边，这段窄窄的距离，注定是他们终生无法穿越的。洗车累了的时候，他时常抬起头，望一眼马路的对面。终于有一天，这份遥望也被阻挡了，他看到的是路上的施工场面，蓝色的围挡将道路对面遮蔽得严严实实。他看不到她，她也看不到他。他站在路边，看到的是路中央的围挡上赫然写着一行大字："公用工程公司向全区人民问好！施工带来不便请谅解。"这条路，三天两头就会被扒开，像拉开一条拉链那样随意。他不理解一条安静的路，为什么会被折腾成这个样子……

然而这并不是一个干干净净的世界。他知道，作为一个洗尘的人，这是他生存和生活的背景。在那个雨后的黄昏，当我听到他的讲述时，我觉得这个洗车的人和他的遭遇，共同地成为我的背景，成为我的所谓观察与思考的一种底色。倘若忽略了这个背景和底色，便是不道德的。

(原载《散文》2012 年第 9 期)

童话书

　　童年无童话。我对安徒生的阅读和喜爱,是三十岁以后的事情了。

——题记

瞬间温情

　　该是一双怎样的眼睛,才能发现这样一个瞬间?

　　海是安静的。枯叶在安静地飘落。被关押在这个城垒里的囚徒,或许也是安静的。

　　一缕阳光,一只小鸟,成为幸福的代名词。这些在日常生活中被忽略的事物,原来并没有真正得到理解和珍惜。囚徒脸上露出了温柔的表情。狩猎号角声响起,他欣慰地目送小鸟从铁窗飞走。

　　它们曾经来过。它们的羽翼曾经在这个人的心头划过。一颗爱的种子,不经意间留了下来。种子,意味着新生命的开始。在这样的一个瞬间,从安静到安静,他走过了一段怎样澎湃不安的心路?"黄昏是温柔的,海水是平静的,一点风也没有。"这幅画里,曾经有过最汹涌的表情。

　　我喜欢这样的表情。我一直想象,在人群中有一张脸,无论被岁月如何扭曲变形,始终是淡定的。他的零度表情里,写满了不为人知的狂热。

　　一个铁窗中的人,理应有着比常人更深的思与想,爱与恨。不是简单的悲悯,也不仅仅是忏悔,它们关涉作为普遍意义的人,以及人性深处最真实的一种情怀。他以沉默的方式,说出自己最想说的话。

这是岁月的留痕。这是被伤害后的顿悟。这是摔倒后郑重地站起。走过了歧路，他对方向感与脚下的每一步更加珍重。独自咀嚼时光，时光在他的舌尖留下苦涩味道。众声喧哗之中，沉默是一种品质。我尊重那些以沉默方式说服了我的人，热爱那些在瞬间就可以征服我的人。一个人的心里装着什么，他就会更多地看到什么；一个囚徒内心的良善，岁月在他心头走过时的宁静，让人为之动容。

在这个粉墨登场的时代舞台，我愿做一个被观众和演员遗忘的人，独坐在某个角落，冷眼旁观，就像后海崖壁上的一个"囚徒"。后海，是我心目中最美好、最真实的海，我对它的向往，大约是因为所有的安宁所有的惊涛骇浪，都是属于海自己的。我把身心安放在那里，独立崖壁，眺望远方，拒绝合唱，拒绝随波逐流。一颗勇敢的心，笑傲苍茫岁月，哪怕举步即是悬崖。

一个人的强大，首先在于内心强大；一个人的安静，更多地在于内心安静。很多貌似强大和安静的人，常常被一些蝇营狗苟的琐事击败。从安徒生这篇叫作《城垒上的一幅画》的简短童话中，我想到那些被省略的文字，它们不必显身和言说。一页纸之上，站起了一个完整的人，他是由那些被省略的文字组成的。阳光和小鸟，成为他生命中最美好的礼物。他的无言的表情，让坐在书房里的我总想说点什么。墨绿色的书桌，宛若后海的那片原生态港湾，我愿意把生命中的每一个白天和夜晚，都停泊在这里。

精神弹簧

一个演木偶戏的人，自以为是世上最幸福的人。倘若这其中存在一种因果关系，那么这逻辑是如何产生的？机械式的表演，或者说一种完全可以被操控的表演，意义在哪里？

"你是幸福的吗？"

"是，我和我的班子无论到什么城市去，都受到欢迎。当然，我也有一个希望……我希望能成为一个真正戏班子的老板，一个真正男演员和女演员的导演。"

"你希望你的木偶都有生命，你希望它们都变成活生生的演员，你真的相信，你一旦成了他们的导演，你就会变得绝对幸福吗？"

作为导演的所谓幸福，其实是并不真实的。如果木偶们真的获得了生命，那么作为木偶戏的导演，将不得不面临一个问题：你是否还能适应这些具有生命意识的人？是否还能统领和掌控这些拥有正常思维，追求自由和自主表达的演员？

这个问题就像一个巨大的历史窟窿。一个盲目短视的时代，陷落进去将是注定的结局。

在《演木偶戏的人》的结尾，"导演"是这样说的："因为你是我的同乡，所以我才把这话告诉你。"

"你"则如此回答："而我呢，作为他的同胞，自然要把这话马上传达出来——完全没有其他的意思。"

或许，很多人会从这样的对话中看到整篇童话的叙述角度和技巧。我所熟识的写作朋友，大多在致力于叙述的技艺层面的探索，他们相信"怎么写"远比"写什么"重要。我觉得对一个作家的最大考验，在于他能否以自己的眼睛透过现实，发现真相，能否看到时代和社会的最真实的一面，并且将其纳入自己的艺术表达世界。在这个价值失范、心浮气躁的年代，"写什么"依然是重要的，甚至是最为重要的。

安徒生这则童话的结尾，我看到的不仅仅是叙事技巧。木偶戏的表演和导演过程，其实是一个被遮掩的秘密。这样的一个秘密里，掩藏着太多不为人知的真相。

当木偶们获得了生命，每个人就成为一个独立的世界，开始拒绝被操控的表达，以至于整个戏班子都想和导演谈一谈，对自己所扮演的角色提出各种要求。不管这些要求是否正确，他们开始按照自己的意愿塑造自我。这让曾经最幸福的导演成为世上最可怜的人。他把整个戏班子重新装进匣子里，让他们恢复到原来的木偶状态，并且痛下决心："我再也不能让你们变得有血有肉了！"

这样的一个木偶戏导演的心路历程，如果与更为宏大的现实发生关联，会碰撞产生怎样的火花？作为现实中的我们，终将被这样的火花照耀还是灼伤？

法国哲学家柏格森在《弹簧魔鬼》中，讲述了孩童常玩的一种游戏：一个箱子，你揭开盖子就有一个魔鬼跳起来，你把它压下去，它又跳起来；你压得越低，它跳得越高。这是两种固执性的冲突，一种是纯机械的固执性，一种是玩弄机械的固执性，而前者时常屈服于后者，就像猫捉老鼠的游戏，猫松开口把老鼠放下，老鼠像弹簧似的跳走，却又被猫一爪子抓住。

由此，柏格森谈到了精神的弹簧："想象一个刚表达出来就遭到压制，遭到压制又再表达出来的思想；想象一串刚迸发出来就被阻挡，遭到阻挡又再迸发出来的言语。我们又将看到这样一种景象，一个力量要坚持，另一个固执的力量要阻挡。不过这种景象没有物质内容罢了。"

时代的舞台。精神的木偶。鼓掌的观众。木偶拥有正常的思维，这是一件让某些导演深感恐惧的事情。

或许，是我想得太多了。就此打住。

为了孩子，我们一起祈祷

在招牌与风暴发生关联之前，安徒生讲到了"表演"。一种叫作"鸟"的乐器，被高高地擎在空中，前后摇晃着，发出叮叮当当的响声。阳光照在这个乐器上，让人的眼睛昏花起来。在表演的队伍中，站在最前列的是一个丑角，他赢得了热烈的喝彩声。以至于作为讲述者的外祖父，到了很老的年纪，仍然忘不了那个场面。

在这样的心理背景下，外祖父讲到了京城迁移招牌的古老故事。形形色色的招牌，标示着形形色色的存在。一场前所未有的风暴，改写了这些存在物的既定秩序，瓦片在天空中飞，木栅栏被吹倒了，河里的水跑到岸上。最有意味的是，风暴所到之处，不少雄伟的教堂尖塔必须弯下腰来，从此再也没有直起来。

教堂是信仰的象征，当教堂的尖塔弯下了腰，信仰是否还能高昂头颅？

这是关于信仰的真实写照。招牌的错置，是否意味着本来的名不副实？风暴所担当的角色，是要摧毁一些什么，还是想建设一些什么？

人力所不能企及的境地，风暴轻易就抵达了。而人的忍耐与沉默，可以孕育更为巨大的风暴。

一场风暴，改写了一座由招牌构建起来的城的形象。因为招牌被风暴挪移了位置，那些荒谬的事物于是失去遮羞布，显现更为荒谬的原形。甚至，回头望去，参议员们的非常庄严的会议也不过一场儿戏。在一个充斥各种表演的环境中，风暴是最坚决也最公正的执行者。它横扫一切。

这个故事中，招牌是被更换的。感谢风暴。我看到了外祖父的暗自欣喜，以及更多人的更多期待。这个被讲述的故事，这个听来的故事，以欲言又止的方式，透彻地传达了它的最真意旨。

"这样的风暴在我们的这个时代里大概是不会发生的，不过可能在我们的孩子的时代里发生。我们只好希望和祈祷：当风暴在调换招牌的时候，我们恰好都待在家里。"

或许，这是唯一的选择。

为了孩子。

"风暴有些什么话要说"

这是风的诉说。森林、墙壁、天上的云块、敞开的大门，还有烟囱、壁炉、燃烧的火……面对这些世间的事物，风的声音在试图讲述什么。

在风的讲述之外，还有一个人在讲述。像一个风中的旁观者，他的冷静和理性，足以让风为之驻足。

一个贵族，有三个娇美的女儿：意德、约翰妮和安娜·杜洛苔。他是有着皇室血统的贵族，骄傲得不可一世。他时常对自己说的一句话是："事情自然会有办法。"而风的口头禅是："呼——嘘，去吧！去吧！"这既像一个开始，又似一个结论，有点无奈，也是在自我安慰。

美丽的栎树林里，响起斧头的砍伐声。这个贵族想要用这里的树木，速造一条有三层楼的华丽战舰，他相信国王一定会买下它。一片作为飞鸟栖身的树林，如何成为水手的目标？从树到战舰的转变，这其中有着怎样的欲望？窠被毁掉了，鸟儿变得无家可归，像流浪的风。面对此情此景，贵族和他的女儿们开心而笑。唯独他的最小的女儿安娜·杜洛苔备感难过，含泪哀求砍伐工人手下留情，不要伤害眼前的这棵树，因为，树的枝丫上有一只黑鹳鸟的窠，窠里的小鹳鸟正在无助地伸出头来……

这棵树被保留了下来。更多的树在利斧的飞影中倒下，被加工成为船的生命形态。这其中的悲剧是注定的。船的梦想和使命是破浪远航，而贵族对这条船的期待,仅仅是国王终将购买它。国王果真派海军大将前来检验这艘船了。然而他更喜欢的,是那些在马厩里嘶鸣的、雄赳赳的黑马。黑马与战船,作为陆地和水上的工具,因为需求的不对称,同时失去了被利用的机会。接下来,安徒生借风之口讲述的情景,令人格外伤感:"在被白雪覆盖的空旷田野上,飞来一群黑色的鸟。它们落到岸边没有生命的、被遗弃了的、孤独的船上。它们用一种喑哑的调子,为那已经不再有的树林,为那被遗弃了的雀窠,为那些没有家的老老少少的雀子而哀鸣。这完全是因为那一大堆木头——那一条从来没有出过海的船的缘故。"

这是一艘永远不会下水的船。这是树木的另一种存在形态。风的可爱与可敬,是仍然固执地"刻舟求剑",在船体留下自己的努力与期待。正如风所说的:"我把雪花搅得乱飞,雪花像巨浪似的围在船的四周,压在船的上面!我让它听到我的声音,使它知道,风暴有些什么话要说。我知道,我在尽我的力量教它关于航行的技术。呼——嘘!去吧。"

风的这段独语,是悲怆的。它的明知不可为而为之,是悲壮的。与其说它在以一己之力,试图成全一条船的梦想,我更愿意认为,它是在缅怀这条船的原初状态——那片快乐的栎树林,还有那些不知已经流落何方的鸟儿。树林倒下了,栖居林中的鸟儿飞散了。

风的流动痕迹,也是它的讲述的过程。风所讲述的一切,一如它所历经的一切,终将成为过往。

贵族选择了制造赤金。他在固执地燃烧一切,并且相信燃烧到最终,金子将会出现。在风的眼中,燃烧的结果注定是一阵烟和一堆炭灰。贵族追求金子,得到的却是贫穷,他烧掉了所有,在寒冷的冬天里,他甚至没有木柴取暖,那个树林早已被砍光了。他只能靠雪取暖。雪终将融化,赤贫变得无处藏躲。他对着蜘蛛网自言自语:"你聪明的小织工,你教我坚持下去!人们弄破你的网,你会重新再织,把它完成!人们再毁掉它,你会坚决地又开始工作,人也应该是这样,气力绝不会白费。"

复活节那天,贵族终于炼出了金子。他把金子装在一个易碎的玻璃杯里,然后把杯子举到空中,让它在太阳光中闪光。他的手在发抖,杯子最终落到地上,跌成了碎片。

这是一个炼金术士的梦想。他一直怀着这样的梦想,即使在一无所有的时候。他重新购买了一个炼金的杯子，盛满从地上捡起来的那些碎片。这个曾经的贵族，这个相信任何气力绝不会白费的炼金术士，他在一条歧路上走得太久太远。作为见证了整个过程的"风"，"我"是善解人意的。"我"的悲悯并不能解决问题，所有的问题终将拥有一个结局。贵族带着三个女儿走出公馆，开始了沿街乞讨的生活。

五十年过去了。贵族最小的女儿安娜·杜洛苔，那朵曾经的淡白色的风信子，也已变得苍老。她活得最久。她经历了一切。

也是在一个复活节，她唱起了最后的歌。在几堵要倒塌的墙之间，在鹳鸟的窠底下，她死去了。她在年幼时曾经挽救过的鹳鸟的窠，成为庇护她的屋顶和天空。

"新的时代，不同的时代！私有的土地上修建了公路，坟墓变成了大路。不久，蒸汽就会带着长列的火车到来，在那些像人名一样被遗忘了的坟上驰过去——呼——嘘！去吧！去吧！"

风像一个卑微的见证者，又像一个伟大的预言家。它所看到和说出的，正是所谓现代化的宿命，人类的最终境遇。"这是贵族和他的女儿们的故事。假如你们能够的话，请把它讲得更好一点吧！"风说完就掉转身不见了。这样的结局，让这个故事具有了更多的隐喻意味和阐释可能。

是谁在说话，讲述这一切已经和将要发生的"故事"？

一支火柴从天空划过

我一直没有把这个故事讲给女儿听。这个大约是童年时期听到的唯一的安徒生童话，给我关于贫困童年的记忆留存了一丝暖意。我不知道，时隔这么多年，当我把它讲述给女儿听的时候，她是否会更加体味到现今生活的幸福？

卖火柴的小女孩的所有梦想，都与寒冷和饥饿有关。寒冷与饥饿，一刻也不肯放过她幼小的身躯，最基本的温饱，成为一个最艰难的问题。那些泡在蜜罐里的孩子，也许永远不会相信，在生活之中还会有着这样的一种生活。

那个流浪街头的卖火柴的小女孩，那个靠火柴取暖的小女孩，她手中的小小的火焰，照耀了我的整个童年；一支火柴柔弱的光和热，让我感受到了人世间彻骨的悲凉。三十多年过去了,当我今夜在灯下重读这则童话故事,依然忍不住想要落泪。

三十年前,我还是一个孩童,那个卖火柴的小女孩,是与我同龄的人。三十年后,我已成为一个父亲,渐渐地懂得如何去爱一个幼小的生命。我时常在想,对童年记忆里的那个卖火柴的小女孩,除了同情与怜悯,我们是否付出过真正的爱?那个卖火柴的小女孩,从丹麦的圣诞夜一直走到了今天,她流落城市街头,在行人匆匆的身影里瑟缩发抖。我们对着书本中的故事流泪,对身边的现实苦难却熟视无睹。

苦难常常是以"理所当然"的样子发生的。我们漫不经心或习以为常的"工作",或许正是造成某些苦难的根源。作为机器的一个组成部分,哪怕是微不足道的一个零件,也是该有这种自省意识的。我们认识到了自己的"恶"吗?一个庞大机器上的零件,只知道按照既定规则不停地运转,没有认清这个机器批量生产的,究竟是一些怎样的产品。我们斥责历史上的那些所谓"坏人",却不曾料想自己在后人心目中会是怎样的形象。

安徒生的讲述,像一支燃过的火柴梗,给我们留下了关于燃烧的想象。一支火柴的光和热,是如何穿越冷漠,给一颗柔弱心灵带去最后的慰藉?若干年后,有人紧握这支炭黑的火柴梗,在苍白的现实中写下歪歪斜斜的一个字:爱。

广东佛山小悦悦事件,是当代版的《卖火柴的小女孩》。那个年迈的拾荒老人,是人群中唯一站出来施救的人,她成为一面镜子,照出了人性的自私和冷漠。在拾荒老人面前,那些高谈阔论责任和道德的人,是可耻的。人之为人的底线,为什么要让那些顶受生活重闸的肩膀来担当?

爱这个世界,爱这个世界上的每个人。"最孤独的人、最可怜的人和快要死了的人都得到了她的同情与帮助,而这种同情与帮助不是以恩赐的态度,而是以尊重人的与生俱来的尊严与价值为基础的。"这是诺贝尔和平奖向特里萨修女博爱精神的致意。这位身材矮小的修女,成为茫茫人海中的人格标高。

一支火柴燃烧后那丝转瞬即逝的微光,在某个仰望天空的人的心里永远留存下来。穿越冷漠的时光和遥迢的距离,人性的尊严与美好,将会铭记这一份光亮,并且向那支燃烧过的火柴梗致意。

每朵花里都住着一个灵魂

  一盆花里，竟然藏着最真的爱与最深的恨。每一朵花瓣，都饱含说不出的语言和最深情的凝望。这是两个人之间的懂得。可怜的姑娘，她最终对着花盆死去了。

  玫瑰花精所见证的，不仅仅是爱情，更有人性的恶。它的使命，就是说出隐藏在花盆里的那个真相。

  玫瑰代表爱情，在爱情遭遇陷害的地方，长出了一棵素馨花。它是洁白的。按照玫瑰花精的指引，可怜的姑娘循着梦境来到那片小树林，找到了恋人被埋葬的地方。噩梦醒来，她独自面对残酷的现实，这个伤心欲绝的姑娘，从树林里带回一根素馨花的枝子，她把它栽进了花盆里，一同栽下的，还有一个悲伤的秘密。她把花盆摆放在窗前，每天看着它流泪。她的恶毒的哥哥，那个杀死她的恋人的凶手，不理解她为什么总是对着花盆流泪。她日渐憔悴，但是素馨花的枝子长得越来越新鲜，终于冒出了许多白色的小小花苞，像是一些如鲠在喉的话。

  似乎从来不曾深想，玫瑰何以代表爱情？玫瑰见证爱情的美好，以及爱情所遭遇的磨难和罪恶，它以自己的方式说出这些。只是，我们是否懂得？

  我并不喜欢借助于玫瑰的爱情表达。爱情在于彼此的理解之中，这样的理解，应该是通过默契来表达的。玫瑰，作为一个被赋予了公共色彩和意义的外在物，如何可能真实透彻地传达内心的讯息？安徒生在童话《玫瑰花精》中写道，在玫瑰停止的地方，长出了一朵素馨花，曾经的血红，变成了雪白。

  每朵花里都住着一个灵魂。对花朵的误读，已经成为司空见惯的事情，这是人无法逾越的局限。花朵的存在，并不仅仅为了获得观赏和赞美。当一朵花，在春天之外独自绽放，然后凋零，化为脚下的泥土，谁还会记得，从绽放到凋谢，一朵花走过了怎样一段不为人知的路。我终于理解了，若干年前一个朋友所讲述的，路边小小的花蕾的颤抖，会让她突然泪流满面的行为。把叶脉视同一条回家的路，需要怎样丰盈的情感？又会从中汲取怎样的生命汁液？

  打量一朵花时，我们并不只是单纯的观赏者。人性的深处，包含着对美的渴念，以及对美的成全与占有。面对一朵花，会更清晰地看到人性的美好和邪恶。

工业文明也是一朵花，它接受太多人的血泪和汗水的浇灌。它绽放，然后被采摘，编织成了七彩的花环，戴到少数人的头顶。在我的眼里，所有外表光鲜的事物，都是开放在这个时代枝头的花，每朵花里都藏有一个待解的谜。我们被花的艳丽迷惑，也被花的芳香笼罩和浸润。我们是一群流连忘返的观赏者。

在最细嫩的花瓣后面住着一个人，一个能揭发罪恶和惩罚罪恶的人。当花瓣在绽放的瞬间里释放出的香气成为复仇的箭，那个作恶的人注定在劫难逃。

影子是有根的

顾影自怜的人，看不到前面更长更远的路。就像那些前行的人，往往忽略了身后的影子。

如影随形的事物，是不该被漠视和忽略的。安徒生童话《影子》中的那位学者相信，他身上一定有着影子的根，甚至一度以为，影子是他所能看到的唯一活着的东西。他写了许多的书，研究这世上什么是真，什么是善，什么是美。

影子是一个"黑色的人"。借助阳光的力量，他存在，并且成长。当那位学者以主人的身份，对自己的影子承诺"我决不把你的本来面目告诉任何人"的时候，影子完成了对人的占领。人已经沦为影子的影子。当影子也拥有生命，这些原本沉默的事物都开始发声。喧嚣的世界突然变得安静，万物惊恐地睁大眼睛，聆听这来自异域的声音。

影子是这样自我介绍的："我住在有太阳的那一边，下雨的时候我总在家里。"

这究竟是一个怎样的影子，我说不出。我只知道，影子无处不在。假若所有的影子重叠汇聚到一起，阳光必将被遮蔽。

当一位美丽的公主爱上了影子，对影子产生爱情，这意味着，影子与权力完成了堂而皇之的勾结。这时，影子对他的主人——那位学者说出了这样的话："现在一个人所能希望得到的幸运和权力，我都有了。我现在也要为你做点特别的事情。你将永远跟我一起住在我的宫殿里，跟我一起乘坐我的皇家御车，而且每年还能领十万块钱的俸禄。不过你得让大家把你叫作影子，同时永远不准说你曾经是一个人。一年一度，当我坐在阳台上太阳光里让大家看我的时候，你得像一个影子的样儿，乖乖地躺在我的脚下。"

看似漫不经心的言说，说出了一个永远阐释不尽的问题。而艺术作品的生命力，恰恰取决于它在时间长河中被阐释的可能性有多少。

安徒生以童话的方式，呈现了一个看不清也说不清的世相。他笔下的"影子"，是洞悉世间真相的，正如影子所感慨的那样："我看到谁也没有见过和谁也不应该见到的东西。总的说来，这是一个卑鄙肮脏的世界！要不是大家认为做一个人是件了不起的事情，我决不愿意做一个人。"

每个人的身前，其实都有一所神秘房子。房门虚掩着。面对这扇虚掩的门，是该彻底打开它，还是永远地关闭它？很多人犹豫不决，不知道该做出怎样的选择。

这是一个布满影子的世界。我写下这些关于影子的题外话，更像是一份自我提醒。循着黑色的影子，我将向着更深的黑暗走去，祈望在摸索行走的过程中，找寻一缕被遮蔽的阳光。

爱上炉火的雪人

一个雪人，爱上了屋子里的炉火。

"你永远不能到那儿去，"看院子的狗说，"如果你走近火炉的话，那么你就完了！完了！"

雪人最终没有去到火炉那里。整整一个夜晚，他一直在窗外注视着她，注视着那团他深爱的火。

后来，太阳出来了。再后来，雪人融化了。

我愿意这样以为，雪人最终没有走近炉火，不是因为怯懦，也不是因为爱得不够坚定。恰恰相反，雪人之所以与炉火保持了一段艰难的距离，正是因为他的坚强，他对于炉火的深爱。作为雪人，靠近一团自己深爱着的火，然后为之融化，或许是一种最幸福的成全。但他不能。他担心自己融化后会将炉火熄灭。他不忍伤害那燃烧着的火焰,他希望那小小的火焰永远微笑着。因为爱,他选择了距离。一段不远也不近的距离。

这是一个男人的隐忍。这个男人一直在默默遥望着那团火,直到死去。

我在这则童话中体味到了一股暖意。这样的暖意,不是来自燃烧的炉火,也不是因为理智的雪人,而是源自炉火和雪人共同的存在背景——寒冷。是的,是寒冷。我从寒冷中感受到一种不同于寒冷的东西。或许,它叫作感动。因为寒冷的存在,雪人和炉火的存在才成为可能。寒冷作为一种存在,既是雪人所需求和向往的,也是炉火所要驱除的。在向往与驱除之间,雪人和炉火相遇。注定短暂的相遇,瞬间已经足够,一刻胜似百年。有些情感之所以值得回味,往往正在于它短暂易逝。就像昙花一现的美丽瞬间,就像熊熊燃烧的炉火,还有迅疾融化的雪人。

假如,这样的故事被某个女孩讲述,会是怎样的一种情形?

想到安徒生笔下的《海的女儿》。海底公主为了赢得人间王子的爱,必须获得人所特有的"灵魂"。她为此做出了最大牺牲,让巫婆把她的鱼尾变成人腿,并且割下舌头作为巫婆的报酬。她从此成为一个哑巴,无法表达对王子的爱情,甚至当王子因为误认而与另一位女子结婚时,她都无法说出事情的真相,无法亲口告诉王子她才是他所要寻找并与之结婚的救命恩人。王子与那个女子结婚之夜,也是她获得"灵魂"的希望彻底破灭的时刻,她的最后出路是恢复原形,返回海底,度过三百年的岁月。但前提条件是,她必须在太阳出来之前,将一把刀子插进王子的胸膛,当他的热血流到她脚上时,她的双脚才能恢复原形。"不是他死,就是你死!"同伴的催促越来越急,朝霞正在毫不犹豫地逼近,海底公主已经别无选择。看着新娘身旁正在幸福入睡的王子,她弯下腰轻吻了他的睫毛,然后是短暂的犹豫,然后她把手中的刀向浪花里掷去。在刀子沉没的地方,浪花发出一道红光,像有许多血滴溅出了水面。她再一次将目光投向熟睡的王子,然后纵身跳到海里,她感觉到自己的身躯正在融化成为泡沫。她最终没有获得"灵魂",没有获得爱。但她为了灵魂、为了爱而做出那些所谓灵魂高贵者和拥有爱的人难以企及的选择。因为爱,所以放弃爱。她在做出巨大牺牲之后,放弃了解释,也放弃了对于这份感情的挽救,只因为不忍对王子造成丝毫伤害。她把祝福留下,把自己带走。这是爱的另一种表达,它让语言变得苍白无力。

在爱情受阻的地方，激起碎玉一样的浪花。透过这些浪花，我看到人性的柔软、爱的凄美。

这是一份简单的爱，是我们本应熟悉，然而却变得越来越陌生的爱情。不需要附加任何东西，包括所谓的天长或地久。不管是雪人，还是海底公主，他们不仅仅拒绝花言巧语的承诺，甚至不曾有过任何表白。他们将情感永远埋在心底，然后在某个不经意的早晨悄然离去。阳光下，没有人会记起那个长长的夜晚。他（她）独自熬过了。

我看见雪。看见这些无家可归的孩子，正在飘落尘世。

看见一片倔强的雪花，从那个仰望者的睫毛上悄然滑落，在炉火的映照下更加轻盈洁亮。

最后的夜晚

这是最后一夜。

当晨曦微露，当那个叫作"明天"的日子如期降临，老街灯将永远告别这条街道。

已经多少年了，它一直守望在这里。街道的秘密，就是它成长的细节。那些匆忙的步履，那些徘徊的心事，喜悦或悲伤，喧嚣或孤独，都曾经走进老街灯的温和目光。老街灯珍藏着它们，永远都不会说出口。

老街灯的存在，仅仅是为了对一条街道的守望吗？当它的光越来越羸弱，终于无力继续照亮别人的路的时候，那些曾经被它照耀过的人，并没有为它指明一条道路。离开这条街道，老街灯不知道自己将要走上一条什么样的路。当它带着这条街道的所有秘密离去，街道将仍然是那条街道，仍然布满匆忙的步履，徘徊的心事，仍然上演着一幕幕的喜悦或悲伤，喧嚣或孤独。

因为别人的遗弃，老街灯成了守夜人的珍藏。在离开那条街道之前，它从来没有想过，自己与守夜人原来是如此默契。守夜人和他的妻子也老了，这条街道，这盏灯，已经成为他们生命中不可割舍的部分。这么多年来，守夜人从来不揩老街灯的一滴油。现在，他拥有了这盏"退休"的灯。它就搁在火炉旁边的靠椅上。我相信老人独自凝望它的时候，心底一定会涌动很复杂的想法。老街灯曾在那些风雨之夜温暖过他，就像此刻它在陪伴着他的孤独一样。炉火的温馨，让那些风雨往事披上了一层暖意。那些相依为命的日子是值得回味的。老街灯记得，守夜老人每个星期日下午总喜欢读一些游记类的读物，他高声朗读着那些关于非洲、关于大森林和野象的故事。他从未离开过这条街道和这盏灯，他的心里有一个关于远行的梦想。

是命运不肯放走他。当他终于可以走开的时候，却不知道自己接下来将要遭遇怎样的命运。有些东西，其实是我们无从把握的。就像在奔往某处景观的途中，我们无法拒绝沿途的景致一样，不管是令人愉快还是忧伤。甚至，它们的存在，或者这种存在所呈示的意义，已经远远超过作为目的的所谓"景观"。而这一切，常常被我们发觉，却很难做出有违初衷的选择。人们就这样固执地走完了一生。

而守夜老人留了下来。还有老街灯，也一直留在那里。我们忽略了他们的存在。我们是匆匆的赶路者。

因为搬家，我翻阅起了旧的习作。它们已在牛皮纸信封里尘封十多个年头。我无法让自己不按照当下的心态和眼光去重温那些文字。我在翻阅它们的时候一直在努力让自己回归当初的心境。这些稚嫩的文字收留了我的青春，遥远而有质感。它们打动了我。我珍视这份真实，期望写下具有同样品质的文字。多年以后，我也会像今天一样成为自己的读者。就像那盏老街灯，它曾经照亮我的远行之路，也一直记着我的回家的路。

另一种现实是，难耐寂寞的老街灯主动走进熔炉，被铸成一架可以插蜡烛的漂亮烛台，摆到了诗人的绿色书桌上。那些曾经的风雨，于是在诗人笔下氤氲成为浪漫的风景。也许，这仅仅是一个梦。这个梦让我有了说不出的伤感。

被复制的"欲望"

在这则童话结束的地方，安徒生说："你现在可以好好地想一想。"

现实生活中，园丁是一个很少被质疑的角色，他常常与辛勤、无私等词语相关联。在童话《园丁和他的贵族主人》中，园丁除了培育花草，还对花园有一个统一的规划。他的规划里，包括铲除那些老树。那些老树，已经站立在那里好些年月了，树上住满了鸟儿，像是鸟儿的快乐家园。他曾经建议主人砍掉那些老树，废除这片鸟儿群居的景象，通过自己的双手来重新规划建立一片理想花园。而主人的态度是："既不愿意砍掉树，也不愿意赶走这群鸟儿。这些东西是古时遗留下来的，跟房子有密切关系，不能随便去掉。"

这个回答令人感慨。我一次次地试图说服自己，主人的这个回答是来自于一份独有的理性。我是多么希望，这个回答不仅仅是偶然的，也不是随意的敷衍，它来自一个有主见、有正常温度的心灵。即使放在当下，它依然是弥足珍贵的。

主人想保留那些老树，同时他也一直观望外界的冷暖和收成，期望将一些好的品种移植到自己的园地里开花结果。当他得知那些在外面备受赞誉和青睐的水果居然产自自家园地的时候，他让园丁去开了一纸证明，来确证这个难以置信的事实。

园丁是有欲望的。园丁的欲望，在于他想通过自己的浇灌和剪裁，让自己的花园拥有整个春天，表达整个春天。他按照自己的意愿，来划定花草的存在秩序。这个时候，园丁成为一个技术主义者，他的所有举措都被赋予合理合法的外衣，他以职业的名义，对生态伦理进行肆意篡改和破坏。

是什么支配了园丁的这些想法？当暴风雨把那些树连根拔起的时候，园丁内心的规划终于可以实施了，他要在这块充满阳光的土地上播下欲望的种子，他想使它变成花园的骄傲和主人的快乐。所谓园丁，是贵族主人的园丁，他侍弄的芬芳花草，是首先向着贵族主人绽放的。我相信园丁是怀着善意的，这并不意味着他不做错误的事情。善意与错误，并不是绝缘的。

大树倒下了，曾经栖落树上的鸟儿变得无家可归。屋子里的人说："它们曾经用翅膀扑打过窗子。"当鸟儿用原本远翔的翅膀拍打窗子，它试图告诉你的，是对家园的理解和怀念。

我们赖以生存的这片辽阔土地，已经被分割得支离破碎。千千万万的"园丁"，一手擎火，一手执冰，他们在铲除的同时也在播种，在破坏的同时也在建设。正如安徒生所讲述的那样："在原来是两棵老树的地方，现在竖起了一根很高的旗杆，上边飘着丹麦国旗。旗杆旁边另外有一根杆子，在夏天和收获的季节，上面悬挂着啤酒花藤和一簇簇香甜的花朵。但是在冬天，根据古老的习惯，它上面挂着一束燕麦，好使天空的飞鸟在欢乐的圣诞节能够饱吃一餐。"

他们铲除古老的事物，这并不影响他们对古老习俗的遵循，并且视之为一种美好的德行。现实生活中，有的人破坏生态环境，然后反思和忏悔，在潜意识里把这种反思和忏悔当作自我开脱的理由，很快就变得心安理得起来。这是当代版的"掩耳盗铃"。当一种支离破碎的存在，以"完美"的方式呈现出来的时候，这里面必定有一个巨大的虚空。

在园丁和贵族主人的故事里，我看到了"土地"的问题。土地是园丁和主人发生关联的中间物，所有的故事，都是从土地上滋生出来的。园丁的自信，是因为那些来自外界的肯定。主人在批评园丁的时候，不曾料到他在外面看好的那些水果，其实恰恰来自自己的土地，出自这个被批评的园丁之手。一个人的看法正确与否，却需要外界来加以确认，或许这是他的天性里的悲哀。沿着主人的目光，园丁开始酝酿新的计划，他作为园丁的审美观念的落实，恰恰构成了对自然生态的强力破坏。反观当下，那些开发建设者，那些遇山开山、见河架桥的人，他们的动力来自一种怎样的欲望？城市开发与建设，是当下的最大现实。应该有一个不变的刻度存在，而不是简单的顺应。这个时代有着太多理直气壮的顺应，在顺应中迷失了自己，这委实让人悲哀。太多被掩饰被美化的东西，将在时光中渐渐被揭去面纱。

南辕北辙的事情正在堂而皇之地上演，这其中的深层次原因，我们是否有足够的勇气来正视？很多简单的事情，其实有很复杂的背景和原因。这是一个常识。我们常常忽略了这样的常识，缺乏足够的勇气正视它。常识的被漠视和被忽略，使常识变得高深莫测，极易回到迥然不同的另一面。

"为了我们的粥"

从一本旧诗集上撕下来的一页纸，被用来包装了干奶酪。在小商人和学生、小鬼等人之间，精神性与物质性如此相遇。

"把一整本书撕得乱七八糟，真是一桩罪过。"那个学生说。看到学生秉烛夜读的情景，他被深深地震动了。一种无以言表的美，彻底把他征服。这是一种陌生的感觉。这种陌生感在他的内心迅速地蔓延。因为知识，因为对知识的渴求，学生房间里的特有的"场"，被门外的小鬼感觉到了。他站在门外忍不住感慨："这真是美丽极了，这真是出乎我的想象！我倒很想跟这个学生住在一起哩。"

知识的魅力让小鬼再也难以平静,在他的认知世界里,这扇天窗被学生读书的那个场景给打开了,他从此有了主见,再也不信任那些坐井观天的高谈阔论。他对顶楼学生房间里的光线充满了向往,那是对知识的迷恋。他沐浴着从学生房间里传出来的音乐,心中充满了神性和温暖,潸然泪下。他自己也不知道为什么要流泪,他在流泪的时候体味到了一种幸福感。

这样的幸福是短暂的,也是被限定的。那是一双来自冷酷现实的手。

当顶楼上的灯灭了,音乐停止了,小鬼才开始感觉到冷。冷,是对现实的描绘。他从精神世界回到了现实。他需要来自小商人的粥。

一场火灾,检验了他内心的真正需求。火灾中,小商人首先想到要抢救的,是股票;他的太太想到的,是耳朵上的金耳环;女佣人则跑去找她的黑绸披风,因为她没有钱再买一件;而小鬼想到的,是冲到楼顶,把学生放在桌子上的那本奇书抢救出来。千钧一发之际,他惦念的,是书。火被熄灭了,小鬼的头脑冷静下来,他的想法又回归原位。他说:"我得把我分给两个人,为了那碗粥,我不能舍弃那个小商人。"

这是一个人对待现实最真也最素朴的态度。他需要学生房间里的那种读书情景,同时也离不开小商人所代表的物质世界。

安徒生安排精神性与物质性发生在同一个人的身上。我并不主张这两个方面对立起来,尽管,它们事实上始终是有矛盾和冲突的。一个贫穷的,需要为填饱肚子而费尽心机的人,在某个瞬间被来自书本的精神性彻底征服。

小鬼的矛盾和犹疑,在现实中具有普遍意义。他是真实的。有一个细节不该被略过。当小鬼在火灾中冲到学生房间抢救那本奇书的时候,他看到学生正泰然自若地站在一个开着的窗子前面,眺望着对面那幢房子里的火焰。这是一个读书人对火灾的态度。他是观赏者,或许也是感慨者和言说者。现实的火灾对他是"无意义"的,他更多地沉浸在内心的燃烧之中。

当"出身"不再成为一个问题

始终用婴儿的眼光看待世界,这是诗人所为。用成年人的世俗眼光打量孩子的内心世界,这又意味着什么?同是属于儿童的纯真,被一些世故的眼光分割成了三六九等，支离破碎，并且有了所谓的区别。我深深地记得童年在农村时，偶尔看到城里孩子，他们的食物和玩具，都是有别于我们的。在幼时的眼光中，他们是来自另一个世界的人。

将军的女儿"小小的爱米莉"，正是这样的一个来自"另一个世界"的人。她与看门人的儿子乔治身份的和贫富的悬殊差异，在当下现实中是一个司空见惯的现象。我尤其关注的是，将军曾经拥有一个怎样的童年？安徒生并没有写到将军的童年，这是一个大致可以自解的谜。出生入死身经百战，以战争拯救生活，靠武力改写命运，这大抵是将军这一称谓的最通常的阐释。然而，安徒生笔下的将军，是一个没有参加过战争的将军，他的身上却挂满了勋章。他的夫人的贵族头衔，是在她七岁那年用钱买来的，这意味着，她曾经拥有一个与普通人的孩子一样的童年。但她未对普通人的子女，比如看门人的儿子乔治表现出同情和关切，甚至更加厌弃他们，疏远他们。

看门人的儿子乔治无法改变贫穷的生活，但是他拥有最丰富的想象，他用仅有的一个铜板买来一盒颜料，画起了彩色的画。他的梦想就是实现梦想，让那些彩色梦想变成现实。他把最初的几幅彩画送给了小小的爱米莉。

乔治和他的父母，住在将军的地下室里。"太阳照着住在第一层楼上的人，也照着住在地下室里的人。"我曾在一篇题为《城里的月光》的散文中，写过一个城乡接合部的民工，他住在我家对面楼的地下室，他的儿子与我的女儿时常在楼前一起玩耍。那真是一个阳光男孩，他的父母生活在阳光照不到的角落，承受生活的艰辛和磨难，用双手积攒阳光，把阳光种植在孩子幼小的心里。

安徒生的笔，流淌着善意。他写下看门人的儿子乔治的成长和成功历程，让他与将军的女儿最终拥有了完美和谐的结局。这是一份美好的祈愿。在安徒生的讲述中，"出身"已经不再是一个问题。乔治通过自己的努力，改变了既定的生存秩序，在新的秩序中为自己谋求了新的位置。他的执着，在于他可以把画在肥皂泡上的梦想变为现实，这样的一个穷苦孩子的命运遭遇，被安徒生写得很美。这让我们反观当下的贫富二代时，会感到一丝温情，同时也会体味到彻骨的寒意。当贫富两代人的后人不能像艾米莉和乔治那样，最终走到一起终成眷属的时候，他们将会怎样对待彼此？

这是一个有"门"的世界。门是通行的入口，也是被阻挡的所在。一个看门人的儿子,在现实中其实是无法走进那扇门的。他们是被拒之门外的人,也是随时可能破门而入的人。另一些人眼中的风景,恰恰成为隔绝他们的栅栏。他们在栅栏这边的世界,遥看着栅栏那边的世界。他们把"门"视为唯一的合法通道,依然保持了对"门"的尊重和对"门槛"的礼节。门里门外的两个世界,同时出现在他们心灵天平的两端。童年和少年就是这样度过的。当这批从地下室成长起来的孩子长大成人,他们会如何面对他们生活的城市,以及在城市里生活的那些人?

"出身"是如何成为一个问题的?并且,如何不再成为一个问题?从《看门人的儿子》中,我同时想到了这样的一系列问题,它们从不同的维度,共同构成了同一个事物。打碎这个事物,我们将会看到裸裎的答案。

可疑的"价值"

一枚银毫,作为一个国家通行的"价值",走出国门以后,在外面的世界被当成了假货,到处受到质疑和责骂。这枚银毫像是一面镜子,折射着不同人的不同眼光,也让我看到了问题的另一面。试想,别的地方通行的价值和规则,在银毫的故乡大约也是行不通、不被认可的。在广袤无垠的世界上,这是一片奇特的土地,它有着看上去无比美丽的栅栏。

作为一个价值尺度,这枚银毫在人们的心目中是毫无价值的。而银毫赖以自信的是,"我是用真正的银子铸出来的,并且盖有官印"。

倘若钱币是一种价值,钱币流通的过程,是否可以看作某些价值的流传和普及?这显然是不尽合理的。这个物欲时代,金钱至上,非但没有事情让价值普及,而且很多价值已经流失。守卫常识,已成为一件紧要的事情。

一枚银毫在异国他乡被当成了假钱。每一个不小心拥有了它的人,都想赶紧偷偷地花掉它。"每次当银毫被偷偷地当作一枚本国钱币转手的时候,它就在人家的手中发抖。"于是,这枚银毫以假币的身份在被埋怨和咒骂中悄然流转,经历了不同的手。唯一的一次例外,是它落到了一个穷苦老人的手中。它以"假币"的身份充当了别人一天辛苦劳动的工资。这成了老人的沉重心事。她的一天的劳动,是真实的,而得到的报酬,却是虚假的。老人不得不去骗别人,因为她没有能力收藏一枚假币。她认为那个有钱的面包师应该得到它，他有能力吃点亏，承担一场骗局的后果。老人为自己的这个想法而内疚。她最终还是去了，打算用这枚银毫换取面包，结果被识破，失败而归。老人把银毫带回家，态度渐渐变得友爱和温和，她决定不用它去欺骗任何人，将在这枚银毫身上打一个眼，好使人们一看就知道这是一枚假币。转念一想，老人开始确认这枚银毫可能是一枚吉祥的毫子，于是她在这银毫上打了一个洞，穿了一根线，把它作为一枚吉祥物挂在邻居小孩的脖子上。

这是一个穷苦老人面对假币的态度，她深知被欺骗的难过，不想再让任何人遭受欺骗。她独自承担了一场骗局的所有后果。她安慰自己，坦然接受这样的现实，并且将它视之为吉祥物馈赠他人。读到这个细节，我忍不住想，这个贫苦的老人，她在艰难度日，然而她拥有怎样的情怀？卑微的生命，拥有着高贵的灵魂。这也让我想到，那些劳苦大众对生活的忍受和承受，对苦难的"认命"态度，以及自我心理救助的方式方法。

然而贫苦老人的爱心又遭遇了功利的眼光。邻居孩子的母亲，从吉祥毫子的身上看到了可能的商机，她想用它去买彩票，没准可以成全她的发财梦。这枚银毫被她从孩子的脖子上摘了下来。它失去了吉祥物的身份，重新进入假币的流通渠道。

一枚货真价实的银毫，得不到别人的认同，它为此而苦闷。它的命运，是与别人的目光紧密相连的。

这是一个价值失范的环境。正如银毫所感慨的那样："在世人的眼中，人们认为你有价值才算有价值。"

几经辗转，这枚银毫最终回归了故土。它的身上已被穿了一个孔，这是假币的象征。一个孔，像是一个伤口，它没有流血，它汇聚着形形色色的目光。

回到故土，这枚银毫得到了认可。在他的讲述中，他的一切烦恼于是都结束了，他的快乐又开始了，而且它感慨："最后我总算是回到家里来了。我的一切烦恼都告结束。我的快乐又开始了，因为我是好银子制的，而且盖有真正的官印。我再也没有苦恼的事要忍受了，虽然我像一枚假钱币一样，身上已经被穿了一个孔。但是假如一个人实际上并不是一件假货，那又有什么关系呢？一个人应该等到最后一刻，他的冤屈总会被申雪的——这是我的信仰。"

银毫的这个讲述，无疑是一个"光明的尾巴"。我觉得这让一个原本宽阔的故事变得狭窄，格局变小了。我从银毫的讲述中，看到一种"好了伤疤忘了痛"的态度。

那些误解的目光，源自哪里？在一个假货泛滥的年代，我们的思考何以"真"？从一枚银毫的遭遇，仅仅想到现今社会的假是不够的。我也想到了那些唯在本土才可通行的"价值"。当一种价值只在本土才会得到所谓确认和信任，不具有更为宽广的普遍性，这是可疑的。

为了在闪电的裂缝中看到天

荞麦被闪电烧焦，是因为骄傲和自大。这是老柳树的看法，然后经由麻雀和其他人的转述，渐渐地成了定论。

遵从基本的生存规律，自然万物都是有智慧的。人类的局限在于，看不到这样的智慧。可是我仍然不想仅仅认同柳树和麻雀的"定论"。作为一个"人"，是该有一些有别于它们的"看法"的。

荞麦它没有世俗的果实，不像麦子那样，丰盈饱满，迎着镰刀挚情歌唱。然而我敬佩它面对暴风雨的态度。当暴风雨降临的时候，田野上所有的花都把叶子卷起来，把头垂下来。当老柳树提醒它说："当云块正在裂开的时候，你无论如何不要望着闪电，连人都不敢这样做，因为人们在闪电中可以看到天，这一看就会把人的眼睛弄瞎的。假如我们敢于这样做，我们这些土生的植物会得到什么结果呢？——况且我们远不如他们。"

荞麦并不畏惧这些。它勇敢地面对风暴，它要在闪电的缝隙中看清天的模样。一个最低处的生命，却有着一种最高的理想。它不像麦子那样拥有成熟的麦穗，并且弯下腰等待镰刀的收割，颗粒归仓。荞麦是向死而生的。

值得庆幸的是，荞麦没有被言说者塑造成所谓临危不惧的"英雄"。恰恰相反，它被视为不识时务的角色，不懂得在暴风雨面前弯腰。在大家都习惯了为求生或获利而弯腰的年代里，我喜欢这种宁死也不弯腰的植物。这株柔弱的植物具有人类所不具有的高贵品质。在空旷的田野里，一株荞麦，像是一个桀骜不驯的人。它的目光所及之处，尽是懂得明哲保身的花儿和柳树们。它拒绝它们的生存哲学，昂头迎接风暴的到来。

倘若有一天我走过一片荞麦田，看到大片被烧得焦黑的荞麦的时候，我会从这片被闪电烧焦的荞麦中，看到天的模样。我大约还会问自己，那棵老柳树，是麦田里的守望者吗？

这像是一个寓言，与当下现实遥相呼应。这是一个柳絮飞扬的世界。飞扬的柳絮，带着老柳树们的偏见，随风起舞……如果一个人的心灵注定要遭遇腐蚀，那也一定是全力抗争之后的腐蚀。相比那些一味的、单纯的坚定，我更愿意相信那些犹疑冲突之后的坚定。荞麦其实也是有疑虑的，它最终放弃了疑虑，向风暴和闪电提出挑战，企望在闪电的裂缝中看到天。它愿意为此付出生命的代价。这在老柳树的眼中，显然是不合时宜的。它的不合时宜，是它区别于其他植物的一个标志。它把梦想寄托在闪电上，要在闪电中捕捉自己的梦想。

我愿意认为，这是一株有思想的荞麦，这是一株高贵的荞麦，这是一株值得人类致敬的荞麦。它没有像人类所企望的那样，交出成熟的果实，但是它在闪电的裂缝中看到了天，并且以烧焦的炭黑面容，告诉我们它将怎样重生。倘若这些想法是错误的，我愿一错再错。

充满甲虫的世界

皇家马圈里的一只甲虫，看到马蹄子上钉有金马掌，认为自己也应该有，而且，他认为问题并不在于身体的大小。别人的不理解，让他感觉受到了侮辱，因此，他走到了外面的广大世界。

甲虫的审美世界，是以粪堆为参照的。远离粪堆的世界，他感到落寞，以至于不断地感慨："这儿连一个粪堆都没有。"在甲虫的旅程中，他一直在寻找垃圾堆，那是他心目中的乐园，一个可以带来幸福和温暖的所在。他甚至为自己的旅行赋予了一种所谓的"秘密使命"，只因为他来自皇家的马圈。

这是当代很多脸孔的隐喻。现实生活中，我们看惯了那些狐假虎威的人，那些依附于体制而趾高气扬的人。

一只甲虫，梦想着拥有一双金马掌，这是多么可笑的一件事情。他说："清洁这东西特别使我吃不消。"当清洁成为一个问题，预示着这个世界出了更大的问题。那些不愿同流合污的人，并没有得到应有的尊重，他们踽踽独行，孤单而又落寞。

甲虫到外面的世界转了一圈之后，才发觉，皇帝的马圈仍然是他最温暖的窝。他回归了，而且为自己的回归找到了冠冕堂皇的理由。他说，一个人只有在旅行一番以后，头脑才会变得清醒一些。这个世界仍然不能说是太坏，一个人只需知道怎样应付它就成。

甲虫是如何应付这个世界的呢？他是一个妥协者。他为自己的妥协找到了托词。"这个世界是很美的，因为皇帝的马儿钉上金马掌，而他钉上金马掌完全是因为甲虫要骑他的缘故。"

这是一个"人"所以为的与世界的关系。甲虫对世界的态度，是以自我利益的获取为标准的。他把世界分割成了得到的和得不到的两部分，并且编织了自欺的理由。他是愤世嫉俗的，稍有恩惠，就彻底改变了他的这个态度。这是一个靠不住的人。不变的世界，在他的眼中是不断变换的。当一只甲虫与一匹马之间产生了竞争，这个世界一定是在观念上出了问题。

依附于这个既有的社会，如何做一个清醒者，对自身处境，以及身边的事物，有一个相对客观的认知，这是一个正常人最起码应该做到的。

甲虫也做到了，他以自我为中心，以腿为半径，画了一个圈，然后说这就是整个的世界。在这个世界里，他按照自己的逻辑，看待万物，解释万物。

从甲虫的出走到回归，我看到了他从抗争到妥协的整个过程。他的心里和眼里，只有自己的欲望。他是为欲望而生存的。他按照自己的逻辑来界定整个世界。他无法容忍世界的整洁。他希望整个世界成为垃圾的乐园。

人群中，我看到太多的"甲虫"。他们背负着所谓的"金马掌"，幸福地蠕动着，令这个世界变得臃肿。他们是垃圾的制造者，也是垃圾的组成者；他们参与垃圾的制造，并且成为垃圾的一部分。

卡夫卡笔下的甲虫，是关于人类异化的象征。安徒生笔下的甲虫，更像是这个时代的真实写照。他道出了人的内心世界和现实逻辑遭遇。梦想之所以是梦想，也许就在于它与现实之间不可弥合的差距吧。当梦想果真在现实中得到了实现，我们还会心安还会期待还会幸福吗？这个现实，是一个值得我们信赖，让我们心安的现实吗？

这些想法，是紧靠着此刻的。他们离此刻很近，更真实也更可靠。他们从此刻出发，向着远方绽放无限的可能性，以及可能的可能性。

向阳光致意

拇指姑娘乘坐一片叶子顺流而下。这片小小的不知将要去往何方的叶子，载着拇指姑娘的命运。

"她完全像一个人——她是多么丑啊！"这是动物的视角，是动物眼中的"人"的形象。我一直以为，石头与石头之间也是有交流的，只是它们说着我们听不懂的语言。人类的自以为是，令他们忽略了这些。在拇指姑娘的遭遇中，我看到了她对自然万物的体恤与友善，她眼中的大自然，精美而丰富。一个人的心里装着什么，就会更多地看到什么。拇指姑娘的心里，充满了善良与爱。

在鼹鼠用来散步的地道里，拇指姑娘邂逅了一只冻死的燕子。善良的拇指姑娘，用草编成了一张宽大的毯子，给死去的燕子盖好，想让他在阳光照不到的地下感受到一丝温暖。

这只燕子"复活"了。他原本并没有死去，只是被寒冷冻僵了身体。因为翅膀被多刺的灌木林擦伤了，他不能像其他燕子那样飞到温暖的国度，最后掉落下来，被雪花覆盖。在阳光照不到的地方，拇指姑娘给他送上了最珍贵的温暖。

那只令人生厌的鼹鼠，向拇指姑娘求婚了。这意味着，拇指姑娘将要永远地告别阳光。她是多么向往阳光，珍爱阳光，这在大多数人那里，是一种少有的情怀。拥有阳光，并不是一件天经地义的事情。不经历黑暗的人，是很难真正珍惜阳光的。与其说是燕子翻飞的羽翼拯救了拇指姑娘，不如说是拇指姑娘的善良成全了她自己。这样一个善良的人，理应有一个完美的结局。拇指姑娘最终找到了心仪的王子，所有的坎坷遭遇，都得到了一个完美结局。

给善良的人一个善良的结局，大自然遵循了最起码的规则。而人类，常常以所谓创造的名义，破坏规则，突破底线。

阳光成为一种被用心体味的事物，这真让人感动。

成就阳光的，是黑暗。是黑暗让阳光成为阳光，具有了意义。珍惜曾经的遭遇，珍藏所有的坎坷和磨难，这是命运的赐予，是生命意义的不可或缺的一部分。不管天气是否晴朗，燕子的羽翼在天空下翻飞，它们永远向着阳光，向着温暖飞翔。拇指姑娘无法主宰自己的命运，但它始终保持了纯真和善良。是善良，让她饱受磨难；也是善良，让她获得了最终的幸福。善良永远都不是错。错的是那些对于善良的误解和利用。

那个冬天有着很好的暖气，可我依然感觉到了彻骨的寒意。在那个漫长的冬夜里，我像一只鹌鹑那样瑟缩发抖。那时我热爱抽烟，我掏出一支烟，放到嘴上，并不急着点燃。我擦燃火柴的时候，感觉夜色稍稍变得舒缓了，不再那么紧张。这个时候，我总会更加地意识到自己的疲惫。究竟为什么会如此疲惫？我为之操劳的究竟是一些什么样的事情？它们有意义吗？它们值得我这样去全力以赴吗？我无法回答自己，不能给自己一个明确的答案。我无法说服自己。我连自己都说服不了，然而我总想去说服别人，让别人欣赏你的付出，相信你的价值。

这般精神困境，是别人很难理解的，其实也从未期望别人的理解。街上行人熙来攘往，脸上大多写满了欲望或焦灼。走在人群中，寻找一张平和从容的脸，已是一件何其困难的事情。我说不清楚，自己究竟是已经生活在别处，还是正在向往着生活到别处。自成一个世界，这曾经是我所期待的最理想的生存状态。

那是一段曾经的岁月。一个不甘心在夜里睡去的人，一个怀揣牵挂与梦想的人，他在台灯下生活。人就像一粒尘埃，因其渺小，也注定了其存在的若干可能性。随便有个地方，就可安放自己的身心。拇指姑娘是渺小的，然而她有着自主的追求，即使是一粒尘埃，她也要寻找并落定在属于自己的位置上。她相信，人生是不能敷衍的。就像活着，不该忽略为什么活着一样。

我记住了拇指姑娘随同燕子的羽翼，向着太阳飞翔的情景。不管是在暗夜，还是在风雨中，心里珍藏着一缕阳光，这是美好而又艰难的事情。在异乡的天空下，阳光是我们彼此相认的信物。

"这个时代什么时候成熟起来呢"

"我们每个人都是一具弦乐器。"

"但是谁在弹这些弦？谁使它们颤震和搏动？精神——不可察觉的，神圣的精神——通过这些弦把它的动作和感情表露出来。"

在童话《新世纪的女神》的开篇，安徒生就提出这样一个问题："在这样一个忙碌的时代里，我们为什么要问这么多的话呢？"

是因为想活得明白，必须活得明白。人到世上走一遭，是应该明白因何而来、为何而去的。这是一些不该被放弃被遮蔽的问题。

面对这样的问题，我们是否还有最起码的诗意和探求欲望？

谈论诗，似乎是不合时宜的。诗歌是微弱的，也是顽强的。她几乎是在以"多余者"的身份，显示整个时代的伟大或是脆弱。

新世纪的女神预示着一种希望吗？她具备诗的品质，同时拥有一颗女人的心。她包容一切，包括被三棱镜所反射出的所有色彩。色彩是对时代最鲜明的解释，每个时代都有它所特有的色彩。因为，色彩是可以吸引并迷惑眼睛的。

我们赋予了色彩太多的含义。

我们赋予了自身行为太多的所谓意义。

"这位新女神的计划是什么呢？她究竟想做些什么？"我们这个时代的聪明政治家问。政治的功利性，以及新世纪女神的诗性，决定了矛盾的必然存在。

"你还不如问一问她究竟不打算做些什么吧！"这是一句素朴的话。我敬佩安徒生的伟大，他通常用这样看似不经意的话，说出我们永远无法解脱的困境和矛盾。我们习惯了"做什么"的语境。"不做什么？"这是对力量和理性的双重考验。

太多的事情原本是不该去做的。相信后来的人，给后人留下足够的空间，这是一种德行。当下的很多"作品"，譬如城市开发，譬如填海工程，正是缺少了这样的一种德行的表现。那天我随同一个浩浩荡荡的党政考察团，沿着海边城市观摩，所到之处，都在实施浩大的填海工程，尘土飞扬，海变成一个模糊的存在。

谁是浮躁世风的最大推手？新世纪女神的诗性与母性会带来新的气象吗？

岁月是一条河，奔流不息。所谓伟大的和卑微的事物，所有曾经发生和将要发生的一切，都不过是岁月这条河上的转瞬即逝的泡沫。我们从泡沫中虚构了美丽的幻影。

"这个时代什么时候能成熟起来呢？"安徒生在不经意间，说出了一个被遮蔽的问题。我们可以理解一个时代的不成熟，但无法原谅一个时代的自以为是的成熟；我们可以宽容一些人的理性局限，却不能容忍他们以理性方式实施的冷酷欺骗。生态环境的被破坏，将会成为地球和人心之间的一道永远难以愈合的伤口。

这是一代人的痛。

这是被代表了的一代人的痛。

不该忽略的细节

一只哈巴狗的死去，被嵌进了成人的故事之中。小镇上的那位前来处理制革厂几份股子的太太，把文件交出去以后，就把她的哈巴狗抱在了怀里。这是整个故事开始时的情节，在安徒生眼中，这一部分是可以删掉的。

接下来的情节是，哈巴狗死掉了。

哈巴狗是如何死掉的，这是一个未解之谜。小镇上的那位太太把文件交了出去，然后把哈巴狗抱在怀里，这样一个莫名其妙的情节，何以成为整个故事的重要组成部分？我们是否可以猜测，哈巴狗的死与制革厂有关系。

"我们的窗子面对着制革厂的院子。院子用木栅栏隔做两部分。一部分里面挂着许多皮革——生皮和制好了的皮。这儿一切制革的必需器具都有，而且是属于这个寡妇的。哈巴狗在早晨死去了，被埋葬在这个院子里。"

然而孩子们并不理会也不理解这一切，他们围着哈巴狗的坟跳舞。其中一个最大的孩子提议，开一个哈巴狗坟墓的展览会，门票价是一个裤子扣。

活着的哈巴狗，还有死去的哈巴狗，都成为一条利益生产链条上的"结"。大人和孩子分别以自己的方式，占据了它。

这只小小的哈巴狗像一面镜子，照出了人的灵魂深处的一些东西。

感谢那个衣衫褴褛的小女孩。她贫穷得连一个扣子也没有，她站在制革厂外面紧靠入口的地方，一句话也不说。"每次那扇门一打开的时候，她就朝着里面怅然地望很久。她没有一个扣子——这点她知道得清清楚楚，因此她就悲哀地待在外面，一直等到别的孩子们都参观了坟墓离去为止。然后她就坐下来，用她那双棕色的小手蒙住自己的眼睛，大哭一场；只有她一个人没有看过哈巴狗的坟墓。"

　　这样的情景令人动容。也许作为成人的我们，不屑于留意这样一件微不足道的事情，更无法理解它何以成为一个孩子心中难以放下的伤心事。那个为之伤心的小女孩，让我们看到了人性中残存的美好，也获得了久违的感动。

被主宰的世界

　　一个用锡做的兵士。
　　一个用一条腿支撑军人威严的兵士。
　　一个始终把毛瑟枪扛在肩上的兵士。
　　这样的一份庄重感与庄严感，被置于孩童的游戏世界之中。或者说，锡兵的命运，一直被操控在孩童手中，是作为孩童的玩偶而出现和消失的。他对意义的固守，于是具有了别样的意味。
　　锡兵以一个小孩子的生日礼物的身份出场。因为原料不够用，最后被铸造出来的那个锡兵只能有一条腿，这种先天残缺，既让他从众多锡兵中显现出来，也让他格外留意同样以一条腿站立的那位舞蹈家。锡兵对舞蹈艺术的陌生，并没有影响他对舞蹈家的爱恋，他从舞蹈家独脚站立的表演中生出了同病相怜的感觉。
　　桌面。窗台。水沟。下水道。运河。鱼腹。厨房……这些原本没有关联的地方，经由孩子们的手的推动，成为锡兵命运的驿站。他被动地一路走了过来，从桌面到窗台，到沿着水沟漂流，然后进入下水道，进入运河，进入鱼腹，进入市场，进入厨房，一直到被女仆从鱼腹剖出，把他放回桌子上。锡兵意外地发现，自己居然又回到从前的那个房间。他看到从前的那些小孩，看到桌子上从前的那些玩具，还看到那座纸做的美丽宫殿和那位娇小的舞蹈家。她仍然用一条腿站着，另一条腿仍然是高高地翘在空中。他望着她，她也望着他，他们没有说一句话。
　　所有的一切都不曾改变。所有的一切都已改变。回到原点，锡兵将与同伴们面对接下来的共同命运。谁也不曾发觉，他在此前究竟遭遇了一些什么。

这个用一只脚站立的锡兵，他走过一段别人不曾走过的路。

生命是由若干偶然组成的。若干的偶然组成了所谓的必然。在这个转换过程中，锡兵始终紧紧地扛着毛瑟枪，他以庄严的姿态，见证了戏剧的发生。

仍然是经由孩子的手，锡兵走向最终的命运。他被随手丢进火炉里。他开始熔化。他仍然扛着枪，坚定地立着不动——这是他对世界、对命运的态度。同样被丢进火中的，还有他深爱的那位用纸做成的舞蹈家。

读安徒生的这则童话时，我一直在思考，"孩童"究竟是一个什么角色？他们代表的，究竟是无知还是无畏？是不经意还是不在意？

他们是一群尚未成熟的人。一群心智尚未成熟的人，共同地组成了这个世界，主宰了这个世界。在这样的一个充满游戏意味的世界中，锡兵固守的意义，实质上是毫无意义的。甚至，他所追求的爱情，也轻易地化为灰烬，只留下被烧得像黑炭一样的装饰品。

锡兵的坚守，注定成为一种徒劳。在火中化成一颗小小的锡心，是他对这个巨大世界的唯一回答。

逃离或回归

贴着地面行走的羊群，迎向高空的烟囱，纵横交错成了一个立体的存在。

牧羊女和扫烟囱的人被安放在一起。他们成了一对恋人，因为他们都是用瓷料做成的，具有同样的品质。然而牧羊女的命运被掌握在一个被称为"祖父"的人的手中。她拒绝按照他的要求嫁给那个一身头衔的人，于是对扫烟囱的人说："我恳求你，带着我到外面广大的世界里去。"

他们当然知道，作为一件瓷器，举步即是悬崖。他们别无选择，只有向着外面的广大世界逃离。烟囱成为他们的唯一道路。他们是被迫逃离的，也是主动追求的。从漆黑的烟囱里，他们看见闪亮的星星，并且在星星的指引下走出黑暗，爬到了烟囱口。

他们看到更多的星星，看到布满群星的夜空，还有脚底下的灯火辉煌的城市。这是在高处。他们远远地望去，这世界太广大了。牧羊女向往外面的广大世界，但她没有料到世界会是如此广大，这让她心生恐惧。她开始怀念原来那方小小的栖身之地。

他们选择了回归。从逃离到回归，他们走过一段不为人知的路。"你看，在外面白白地兜了一个大圈子，"扫烟囱的人说，"我们大可不必找这许多的麻烦！"

人有追求梦想的权利，也有拒绝梦醒的自由。那个广大的世界，与"我"何干？牧羊女甘愿重新回到镜子下面的那张桌子上去，过一种属于瓷器应有的生活。我时常在想，牧羊女对广大世界的态度，以及由此而生的选择，究竟应该算是懦弱还是睿智？

我理解并尊重牧羊女的选择，这与所谓的积极或消极无关。每个人都有自己的生活，都需要在广大的世界中找准属于自己的位置。我年少时生活在乡下，一直向往着外面的世界。当我一步步地走出乡村，终于在城里定居下来，内心却有一种说不出的失落。冰冷的楼房，穿梭的车流，总让我感到窒息，我无法融入这样的生活，然而又缺少重回乡下的勇气。"我"成了一个悬空的人，在这个广大的世界，并没有一方小小的栖居身心之地。当我在安徒生的童话中，读到牧羊女回归原地的选择时，我想，这样一份逆流而上的选择，其实也是一份超越了广大世界的选择；这份被动的态度，源自一种主动的面对。对牧羊女来说，她选择了属于自己的命运，而不是相反。

那件被称为"祖父"的瓷器，在追赶牧羊女和扫烟囱的人时，不小心跌成碎片。后来，主人设法把他的背粘好，在他的断颈上钉进一个结实的钉子，于是他又像新的一样，只是再也不能点头，没有了对于世事的态度。

这样一个结实的钉子，其实同样地存在于牧羊女和扫烟囱的人的颈部。作为读者的我们，又何尝不是如此？

减法人生

这是一个"我"小时候听来的故事。经过这么多的年月，我也如故事中的"老头子"一样渐渐变老。岁月改变了太多东西，也赋予这个故事更多的新奇感。

他们是贫穷的人，然而他们并不在意失去。老头子在接连不断的失去中获得了快乐。他的失去是自主的。他对失去的态度，得到了妻子的赞赏。别人不解的目光，让这份赞赏成为一种最朴素也最高贵的理解。这对卑微的夫妇之间，有着高贵的"爱情"——尽管"爱情"这样的字眼，在他们那里是羞于说出口的。哪怕一贫如洗，只要理解和信任尚在，生活就是还值得去过的。

我并不奢望太多这样的不设栏杆的信任。这种在简单心理生长出的"欲望"，这种随遇而安的心态，这种直面人与事的宽容，正是我们今天所稀缺的。

老头子不管做什么，从一匹马到一头牛，到一只羊、一只鹅、一只鸡，直到最后的一袋烂苹果，他的心里总在考虑妻子的需要。他的一路上不可思议的选择，并非出于自私，也不是因为一己的痛快或糊涂，他的心里一直记挂着自己的妻子。

是岁月给了他们这份通透和理解。在他们看来，生活其实很简单，因简单而自足，因自足而快乐，没有什么"真理"可讲，也没有什么得失值得算计，人生更像一次长途旅行，不止是在得到和失去之间的徘徊。快乐是老头子手中最重要的砝码，他因此而轻易地维系了人生天平的平衡。他在缩减之中实施着自己的加法，主宰着自己的选择。他其实是自我命运的真正掌控者。没有什么蒙骗，没有所谓无奈，他完全是情愿的，在这样的一场遭遇中，他同时拥有演员和导演的双重身份。他与两个英国人之间的意见分歧，成为他们打赌的原因，结果对方甘愿认输，齐声说："老是走下坡路，却老是快乐。这件事本身就值钱。"这个结局看似达成某种一致，其实分歧是在根本上的，英国人用"值钱"来评价快乐，老头子则用快乐作为选择的唯一参照，双方拥有完全不同的价值系统。

我愿意以为，马、牛、羊、鹅、鸡和烂苹果，分别隐喻了老头子在人生不同阶段的拥有。它们显然不是增值的，也不是等值的。减法是它们之间的换算方式。它们在被时光消减之前，老头子主动进行了删减，在失去之中占据主动，也获得快乐。想起西西弗斯永无休止地推石上山，然后快乐地下山，在重复的徒劳中拥有一份自主的意义，它是悲哀的，也是悲壮的。

"给我一个支点，我就可以撬动整个地球。"这是阿基米德说过的一句人尽皆知的话。他还说过一句话，并不为大多数人知道。他说："即使把我放进一个核桃里，我也要做自己拥有无限空间的国王。"我更喜欢这句话，因为这里面有着更大的自信和从容。

在贫穷的日常生活里，老头子与妻子拥有属于自己的无限空间。这空间处在世俗之中，却是世俗眼光无法抵达与理解的。在一个并不简单的现实世界里,他们共同向我们呈现了一个简单的、自足和知足的心灵世界。

儿童节时,我陪女儿去大剧院观看木偶剧《白雪公主和七个小矮人》。我提前两个月就预订了票,票价很高,而且需从我居住的开发区赶很远的路,到市中心订票。六月一日那天的大剧院,成了儿童的乐园。节目开演半个多小时以后,我看到一个白发老人,至少有八十岁的样子,他颤颤巍巍地走到我右前方的座位。他是一个迟到者。他不是陪同小朋友来的。他是自己来的,是一个并不协调的"闯入者"。剧院的工作人员搀扶老人找好了座位后,他吃力地坐下,坐在了一群孩子中间,观看舞台上正在表演的《白雪公主和七个小矮人》。大剧院里人满为患,没有人留意这样的一个老人。我坐在老人的身后,看着他的苍老背影,心中充满了感动。老人坐在那里,很快就打起了微鼾。他睡着了。一个八十多岁的老人,在儿童节这天独自来到大剧院,与孩子们一起观看木偶剧。漫漫人生长路,他已经走得太累了,剧院成为他的最美好的梦乡。

这个拥有童心的老人,让我看到了岁月的静好。我们早已习惯用长度来衡量道路,却忽略了宽度的存在。太多的追寻,最终注定不过是虚无。被忽略的道路宽度里,其实蕴藏着行走的意义和快乐。

在一个无法主宰自我命运的现实世界,老头子和妻子以减法的方式主宰自己的命运。他们主动地舍弃,快乐地放弃,在日渐缩减的人生里,他们成为自己的主人。

"我将向谁走去呢"

很多人从《海的女儿》里读到了爱。唯美的,孤绝的,义无反顾的爱。

我读到了声音。小人鱼在追求梦想的途中获得巫婆的所谓帮助,是以失去声音为代价的。按照巫婆的说法,小人鱼凭借轻盈步子和富于表情的眼睛,就完全可以征服男人的心。她失去了发声的可能。当表达成为一个问题的时候,更多的问题随之而生。

"在海的远处,水是那么蓝,像最美丽的矢车菊花瓣;同时又是那么清,像最明亮的玻璃。然而海很深很深,深得任何铁锚都达不到底。要想从海底一直达到水面,必须有许多许多教堂尖塔一个接着一个地连起来才成。"《海的女儿》的开篇即呈现了这样一种关系：人类可以在既蓝又清的海面上航行，却无力抵达海底世界；海底的人要想浮出水面，则是需要以信仰为动力的。"教堂的尖塔"所拼接起来的一条路，我愿视之为信仰之路。

大海的最深处是海王宫殿，在宫殿外面的花园里，每一位海公主都有自己的一小块地方可以随意栽种，她们把这方私密领地分别布置成了鲸鱼、小人鱼的样子。在大多数海公主心中，对梦想的想象，不管是强大的、被尊重的鲸鱼，还是美好的、被宠爱的小人鱼，都没有离开"鱼"这样的形象。而那个最美丽的小人鱼不是这样，她把花坛布置得像一轮太阳，在里面只种植像太阳一样红的花朵。从海面升起，然后从海面沉落，这是太阳的轨迹，也是小人鱼的宿命。

关于小人鱼对于海面的梦想，安徒生做了如此动情的描述："不知有多少个夜晚，她站在开着的窗子旁边，透过深蓝色的水朝上面凝望，凝望着鱼儿摆动着尾巴和翅。她还看到月亮和星星——当然，它们射出的光比较弱，但是透过一层水，它们显得比我们人眼看到的要大得多。假如有一块类似黑云的东西在它们下面浮过去的话，她便知道这如果不是一条鲸鱼在她上面游过，便是一条装载着许多旅客的船在航行。可是这些旅客们再也想象不到，他们下面有一位美丽的小人鱼，在朝着他们船的龙骨伸出一双洁白的手。"

小人鱼的五个姐姐都在热切的向往中浮出了海面，外面的世界很新奇，她们最终还是选择了回归。正如她们所感慨的那样："究竟还是住在海里好——家里是多么舒服啊！"她们的梦想，仍然是属于鱼类的并不需要追寻的梦想。她们将在守望中度过作为鱼的一生。

小人鱼第一次浮出海面见到王子的时候，焰火是他们的背景。美丽的、绚烂的焰火。短暂的焰火。在风暴之夜，小人鱼从沉没的航船中解救了王子。天明时分，当风暴已经平息，她把他交还给海岸，交还给岸上的人群，然后怀揣一个无法言说的秘密，返回了海底世界。

小人鱼向往有灵魂的生命。生命的短长已不是什么问题，成为问题的，是灵魂的有无。她说："为什么我们得不到一个不灭的灵魂呢？""只要我能够变成人，可以进入天上的世界，哪怕在那儿只活一天，我都愿意放弃我在这儿所能活的几百岁的生命。"

"你决不能有这种想法，比起上面的人类来，我们在这儿的生活要幸福和美好得多！"老太太劝告小人鱼说。

在小人鱼看来，生活的幸福和生命的美好，在于灵魂。"我要牺牲一切来争取他和一个不灭的灵魂。"

小人鱼追求爱与灵魂的路，是一条尖刀上的路。从鱼尾向双腿的转变，巫婆向小人鱼索取声音作为酬劳。小人鱼获得所谓灵魂的前提，是甘愿被割去舌头，失去了曾经为她赢得掌声的美好声音，从此成为一个哑巴。再也不能歌唱，无法说话，表达成为一个问题。小人鱼向往成为一个人，却没有意识到自由的表达对人类有多么重要。

一个不能发声的灵魂，跳舞成为唯一的表达。小人鱼不停地舞着，双脚触到地面，就像在刀尖上的行走。她的心，在流血。王子并不知道，在那个暴雨之夜，是小人鱼挽救了他的生命。他把邻国国王的女儿错认成了救命恩人，他要去寻找她。

小人鱼追求爱的旅程，与王子追求爱的旅程，平行，但不相交。在那艘驶向邻国的豪华船上，海成为他们共同的背景和话题。

"你不害怕海吗，我的哑巴孤儿？"王子问。这样一句看似关切的话，其实隐藏着更深更痛的伤害。因为陌生。因为不被理解。因为王子对她的一无所知。

他谈论着海。海是他们的唯一话题。然而小人鱼是向往陆地生活的，她从海底来，理应带来另一个世界的消息。为了和王子在一起，她永远牺牲了自己的声音。她所牺牲和忍受的，王子并不知晓。王子对救命恩人的错认，是对小人鱼的双重伤害。爱情尚未开始，就已匆匆结束。

小人鱼选择了离去，并在离去前送出祝福。这是最后一夜，因为爱，她放弃了爱。

"我将向谁走去呢？"她回到了苍茫大海。

"我想我还是走到广大的世界上去好"

从丑小鸭到白天鹅，我们习惯于放大励志层面的意义。问题是，并不是所有的丑小鸭都有机会变成白天鹅。有些时候，人更需要固守属于自己的命运。

当刚孵出蛋壳的小鸭子在绿叶下感慨这个世界真够大的时候,鸭妈妈教导它们说:"你们以为这就是整个世界,这地方伸展到花园的另一边,一直延伸到牧师的田里去,才远呢!连我自己都没有去过。"

在鸭妈妈心目中,从池塘到牧师田地的距离,才是整个世界。她把这个关于世界的概念传输给了刚出生的小鸭子。

它们总喜欢谈论世界。当鸭妈妈带着小鸭子们来到另一个"广大的世界"——养鸡场,看到两个家族正在争夺一个鳝鱼头,结果却让猫给抢走了。她感慨:"你们瞧,世界就是这个样子!"她一边鼓励小鸭子们拿出参与竞争的勇气,同时又告诫它们如果遇到那只老母鸭,就得赶紧把头低下来,因为她是这个世界最有声望的人物。认知的局限,对所谓权威的盲目妥协,注定了作为鸭子一生的平庸。

丑小鸭以"丑"而区别于它的同类。因为丑,它到处挨打,被诽谤,被讥笑。不仅在鸭群中是这样,连在鸡群里也是这样。它的处境越来越糟糕,最终只好飞过篱笆逃走了。离开"它们",是它并不情愿的唯一选择。

我愿意将"丑"理解成为一种独特的表征,它拒绝传统思维习惯的合谋,带着注定不被理解的孤独,一次次选择了离去。而前路,正是在这样的离去中日渐延伸,一直把它送到"它们"不曾抵达的地方。沿途的遭遇,成就了它,使它在"丑"的外表之下,实现与同类本质上的分离。

逃出沼泽地,丑小鸭来到一个简陋的农家小屋。这里之所以成为它的短暂的栖身之所,是因为主人对鸭蛋的期待。在农家小屋,它与主人的猫和母鸡相处,它们一开口就是高谈阔论"我们和这世界"。丑小鸭是一个闯入者,也是一个异见持有者,它的异端看法遭到了它们的攻击——

"你能够生蛋吗?"母鸡问。

"不能。"

"那么就请你不要发表意见。"

"你能拱起背,发出咪咪的叫声和迸出火花吗?"猫问。

"不能。"

"那么,当有理智的人在讲话的时候,你就没有发表意见的必要!"

这是母鸡和猫反驳丑小鸭的逻辑。如果说"丑"是它遭受拒绝的外在原因,那么自私狭隘则是外界对它实施伤害的内在根源。在有的人心目中,自己与世界之间是可以画等号的，根本无视也无法容忍别人的存在。学习生蛋，或者咪咪地叫，或者迸出火花，唯有做出这种符合它们本性的行为，才可能被认同，被宽宥。

"我想我还是走到广大的世界上去好。"丑小鸭回答说。

我喜欢这个平静的回答，这里面有一份不必言说的坚定。丑小鸭知道，在自我之外，在"它们"之外，还有一个更为广大的世界。它是被它的同类排挤而走的。它是被世俗偏见驱走的。排挤和驱逐，最终成就了它。丑小鸭第一次见到那群漂亮天鹅的时候，就被深深震撼了。它再也无法忘记那些美丽的大鸟，虽然它并不知晓它们的名字。

历尽整个严冬，当春天来临，丑小鸭从水的倒影中看到全新的自己。它得到了人们的宠爱。它的所有的痛苦遭遇，成为一笔谁也拿不走的财富。

"当我还是一只丑小鸭的时候，我做梦也没有想到会有这么多的幸福。"后来那只"美天鹅"的如是感慨，让我有一种说不清的滋味。丑小鸭向美天鹅的"成长历程"，曾经感动和激励了那么多的童心，然而我总觉得这里面是缺少一点什么的。

小鸭子逃避了猫和鸡的实用标准，又陷入人的美丑圈套。阐释小鸭子不同遭遇的，难道仅仅是丑或美，以及由此而生的那些磨砺和幸福？小鸭子最终的所谓幸福，同样没有脱离外在的赋予。被讥笑和被迫害是痛苦的，被赞美则是幸福的，果真如此简单吗？我更愿意以为，幸福是一种内在体验，不必兼容那些外在的目光和言说。

美与丑，有能力概括这个复杂的现实世界，有力量阐释难以言说的心灵世界吗？

这是一个问题。

这个问题，应该交还给向孩童讲述这个童话故事的大人们。

看不见的风景

一周，七个故事。我曾认真地探求这七天之间的内在逻辑，觉得每一天、每一个故事都不该是孤立的，它们一定有着某种潜在的关联。

我的这种努力是徒劳的。

七个故事分别讲述了什么,似乎并不重要。七个故事由谁来讲述,这才是真正值得关注和深思的。

如果说人的一生是一个圆圈,那么每个周则是这个圆圈中的若干小圆圈,它们是独立有序的,偶尔也有重叠。它们共同构成了生命年轮的质地。

梦想之所以是梦想,或许正在于它的不可实现性。倘若对梦想施以现实的标准和尺度,且以务实的眼光来打量,那么这样的梦想还值得向往吗?——挂在墙上的曾祖父的画像发出一声叹息。他永远无法理解孩子心中的那些奇思异想,无法理解为什么星星是可以摘下来擦亮的。

一个叫作奥列·路却埃的人。

一个叫作哈尔马的孩子。

一个讲述者。

一个倾听者。

他们共同组成一个梦,并且参与了关于梦的解释。

一幅风景画镶嵌在墙上,哈尔马把双脚伸进画中,于是他走进了画里的世界。草。树枝。阳光。湖。小船。帆。银色的光。天鹅。森林。鱼。蚊蚋。小金虫……画中的一切都是灵动的,哈尔马在它们的簇拥陪伴下,继续扬帆远航。他穿过森林,通过大厅,经过一个城市的中心,最终来到他的保姆所在的那个城市——"保姆"是一个隐喻,收藏着童年以及那些最蒙昧的记忆和气息。他走了那么久,走过那么繁华的路途,最终又回到童年,回到最初出发的地方。这个梦,试图告诉我们一些什么?

另一段旅程。一条船,驶过好几条街道,绕过教堂,开始进入一片汪洋大海。当再也看不到陆地的时候,它们看到了一群鹳鸟。这些鸟儿也是离家出走的,它们的翅膀载着对温暖国度的向往。最后一只疲倦不堪的鸟,坠落在船的甲板上,被人随手放进鸡屋里。

鸡屋于是热闹起来。母鸡、鸭子、吐绶鸡,对这只从天而降的鸟,极尽讽刺挖苦之能事。鹳鸟试图告诉它们一些关于外面世界的故事,这立即引起它们的更多更强烈的讥讽。这时哈尔马走了过来,把鸡屋的门打开,把鹳鸟唤到甲板上。它展开双翼,怀着对哈尔马的谢意,重新向温暖的国度飞去。同样的一片天空,对母鸡和鸭子和吐绶鸡,意味着不可能;同乘一条船,很多所谓同行的人,其实并不是要与你共同抵达最终目标的人。

"明天我将把你们拿来烧汤吃。"哈尔马在梦醒前的这句话,是对这个梦的最好的解释。

所有的不可能都是可能的。哈尔马去参加了小耗子的婚礼,他坐着顶针,让自己的身材变得只有指头那么大,穿过一条长长的地下通道,抵达了自家食物储藏室的地下。在小耗子的婚礼现场,他亲眼目睹一个小耗子在一粒豌豆上面啃出了这对新婚夫妇的名字。这是多么有趣的一件事情。

小耗子的爱情,淡化了它们窃取人类粮食的事实。哈尔马的妹妹与玩偶的婚礼,拒绝收受任何食物,他们打算以爱情为食量而生存下去。蜜月里,是到乡下还是去国外旅行?这成为一个问题。燕子和老母鸡,站在各自的立场分别做出了解答。经常旅行的燕子,知道外面世界的好。这显然是老母鸡所不能理解和接受的,她满意和满足于乡下的生活,是因为那儿生长油菜,还有一个可以玩土的沙坑。并且,老母鸡由此得出这样的两个结论:"人们可以习惯于这种天气的。""谁不承认我们的国家最美丽,谁就是一个恶棍——那么他就不配住在此地了。"老母鸡对旅行的不接受不认同,缘于她曾经坐在一个鸡笼里走过一百五十里路的经历。同样是旅行,燕子与老母鸡的差异在于,燕子有着自由翻飞的羽翼,而老母鸡却是被关在鸡笼里的。老母鸡对旅行的不认同,得到了身为新郎的玩偶的认同。所谓旅行,在他看来无非就是爬上去随后又爬下来罢了。而燕子,执着地向着温暖飞翔,在南来北往中亲历了更多的风景。

老母鸡与玩偶的相仿之处,在于它们缺少对自由和对更多可能性的向往。拥有新郎身份的玩偶对远方的拒绝态度,以及对门外沙坑和油菜的选择,预示着爱情作为日常食粮的不可能。

高处的恋情

这是一则爱情寓言。

主角是陀螺和球。陀螺的旋转,是一种在原地的徘徊。而球总是试图挣扎原地对自己的束缚,它努力地远离,每次都回到了原地。它们的共同之处,都是离不开外来的力,需要借助外力完成自我表达。

不管鞭子怎样抽打,陀螺始终固守着自己的命运。它旋转着,优雅,从容,友善，这其中包含着对命运的理解与宽容。

球之所以对燕子产生爱恋，是因为它错把自己在外力作用下的跳高当成了飞翔。它没有翅膀，但它有一颗好高骛远的心。它把每一次作用于自己身上的外力，都当成了摆脱现有处境的机遇。它没有明确的方向，没有对方向的自主性。它也并不在意方向，只希望脱离"此在"。

球是用鞣皮缝制的，像一个时髦小姐一样，对自己的身世很骄傲，因为它的爸爸和妈妈曾经是一双鞣皮拖鞋。显然，拖鞋是与长路和远行无缘的，它只适宜于方寸之地的徘徊。

而球从未停止与命运的抗争，它对高处有一种热烈的向往，一次次地挣脱地面。终于有一天，它跳离主人的视线，失踪了。

陀螺陷入无休无止的思念。它相信球终于落到燕子的窠里，它们一定结婚了。

五年过去了。有一天，陀螺全身被涂上颜色，变成一个金陀螺。它载歌载舞，得意忘形，结果一下子跳进垃圾桶里。在垃圾桶里，金陀螺邂逅它的旧恋——曾经骄傲得不可一世的球。它在屋顶上的水笕里躺了整整五年，被水浸泡得早已面目全非。陀螺这么多年来的思念，顿时被它自己否定了。被变换的地点，与漫长的时间合谋，扼杀和结束了它的原本脆弱的爱。

接下来，金陀螺被倒垃圾的小丫头偶然发现，重新回到屋子里。但我相信，这只是暂时的，依赖外力的人生，最终结局既是不可预知的，也是早已注定的。透过时光，我看到金陀螺锈迹斑斑的茫然容颜。

(原载《散文》2012年第1期、第3期，《文学界》2013年第12期、《百花洲》2013年第6期转载)

然后

街是不规则的,时窄时宽。整个村庄像一个空壳,一切都是散漫的。鸡在路边的垃圾堆里刨食。老黄牛的影子有些落寞,牛粪气息既新鲜,又像是沉积了若干年月……

这是记忆中的望庄。这个村子早在多年前就不存在了,它以碎片的方式留存在我的记忆里。那天,我陪着一个外地朋友去看了那片轰隆隆的工厂,告诉他这里曾是我在《影子》中写到的望庄,然后我们又去了一个新建的安置小区,参观望庄的另一种存在形态。朋友满脸茫然,是那种拒绝任何解释的茫然,我们只是走着,看着,沉默着。望庄拆迁后,我时常来到这个安置小区,把车停在某个角落,然后一个人在小区里转悠,看老百姓晒太阳,拉家常,有一种久违的亲切感。有时候,我会看到车队浩浩荡荡地进了小区,接着下来一帮人,他们西装革履,一边走路一边交谈,同时配以手势和点头等动作,扛着摄像机的记者忙碌不停。这是一份被展览的生活,住在安置小区里的农民,既是主人公,也是局外人。我只是一个闯入者。

拆迁之前的望庄,村风并不好,这在镇上是人尽皆知的。据说望庄曾有一任村主任,整天把村里的公章拴在腰带上,醉醺醺地对人说:"我请你泡妞吧,不用花钱,盖个章就可以了。"他一边说着,一边从腰上拽下公章,仰头,挺胸,睁一只眼闭一只眼,朝着天上的太阳一本正经地比画一个盖章的动作。我不知道这是真实发生的事情,还是大家玩笑演绎的结果,但这个村主任后来锒铛入狱,却是千真万确的事实。曾经有段时期,望庄时常发生火灾,村人对此表现出了不可理喻的宽容和麻木,如果谁去救火,接下来必定轮到谁家的草垛着火。后来镇上的派出所介入，总算查了个水落石出。纵火者是一个老实木讷的人，村人几乎遗忘了还有这样的一个人存在，不知道他的名字，只记得他在家里排行第三，于是都叫他老三。村人无论如何也想不明白，村里持续多年的火灾居然与他有关。派出所审问他为什么要放火，他说没有为什么，就是心里不痛快。

老三不仅放火，还偷鸡摸狗。他过得清苦，日子实在支撑不下去了，就把张家的狗或李家的鸡，偷偷变成饭桌上的口粮。望庄拆迁以后，村人都搬进安置楼房，阳台统一安装了防盗网。他们开始了新的生活。没有鸡狗可供偷窃，也没有草垛用来点火，老三不知去了哪里，再也没有关于他任何的消息。逢年过节我回乡下老家，偶尔有人向我打听望庄的一些事情，他们是从电视上知道望庄的，因为半信半疑，于是向我求证。他们感慨着，脸上有几分羡慕与向往，还有一些说不出的茫然。在我的故乡，一年四季除了耕种时节，年轻人大多都在城里打工。每次回乡，我总会听到一些与他们相关的消息，比如谁在建筑工地干了一年，最后一分工钱没有拿到；比如谁在城里的工厂上班，一只胳膊让机器给搅得粉碎，城里待不下去，庄稼活也没法干了。我曾在街上遇见这个人，那只空空的衣袖随风飘荡，他的神情木然，脸上已经看不出丝毫的痛。

在安置小区，我与几个老人站在楼底下闲聊。物业公司正在维修漏水的阳台，一个小伙子像蜘蛛一样挂在半空中，不停地向漏水的楼墙里灌注水泥浆。老人仰着脸问，刚盖好的楼房不该漏雨啊？不远处的广场上正在杀驴，有吆喝声不时地传了过来。望庄整体搬迁到这个安置小区以后，有个老农把毛驴牵上了楼，结果遭到楼上楼下的强烈反对。后来这头驴被物业公司低价收购，冲抵了主人的水电费和物业费。那天我亲眼见到杀驴的场面：一头驴被破了膛，另一头驴站在旁边潸然落泪；围观的农民正在兴致勃勃地谈论着与驴肉相关的事情，完全忽略了身边另一头驴的存在。

望庄拆迁后，村里的会计下岗了。下了岗的村会计曾经多次向我描述过，那个冬日他在机关大院里"工作"的情景。自从搬进安置小区，望庄的老百姓不再种地，主要是依靠政府发放的补贴过日子，脑瓜活络的人，很快就经营起了别的生意。下岗的村会计说服几家亲戚，合伙购置一辆旧铲车，开始干起了工程。他在建筑工地上忙碌一年，工钱被包工头一直拖欠着。他曾去机关大楼上访，在门口被保安盘问几句，就胆怯地离开了。后来有一天下了多年不见的大雪，有人通知他到机关大院里铲雪。他开着铲车，雄赳赳气昂昂地跑在公路上，路上积满厚厚的白雪，一溜小轿车自觉地跟在他的铲车屁股后面，始终没有一个超车的。他们把他的铲车当成了开路车。他从后视镜里看到身后排着长长的车队，联想到村支书的儿子结婚时很是气派的车队，以及村人充满羡慕的眼光。在这个没有太阳的早晨，他开着铲车行进在落满积雪的公路上，他故意减速，缓慢地奔跑，速度再慢也没有人愿意超车，他觉得自己是率领车队的总指挥，很享受这种慢的感觉。到了机关大院，他开始工作，开着铲车轰隆隆地铲雪。陆续上班的人，见了他，远远地就开始躲避。这让他有一种被尊重的感觉，这种感觉在建筑工地上是从来不曾有过的。他一直梦想着走进这个机关大院，没想到一场大雪成全了自己。他甚至突发奇想，真想用铲车在机关大院里掘地三尺，看一看地下究竟埋藏了一些什么。他知道自己的任务是铲雪，他来机关大院也只可以铲雪。即使他不来铲雪，也会安排别人来铲雪，即使不安排别人铲雪，等太阳出来以后这里的雪也会渐渐融化。他这样想着，恍然发觉自己的劳动其实是可有可无的。他看到雪又开始下了，大地白茫茫一片真干净。

　　下了岗的村会计向我讲述的时候，脸上洋溢着难以掩饰的自豪感。其实我曾亲眼见过那辆铲车，它轰隆隆地出现在机关大院里，像一个很不协调的音符，又像一个说不清的隐喻。那个雪后的早晨，我站在机关大楼的某个窗口，俯视地面上忙碌的铲车，它显得那么渺小，不断重复的铲雪动作，宛若一片雪花在风雪中飘摇。融化，将是它的唯一结局。

　　下雪是美的，化雪则意味着泥泞，意味着给人带来尴尬和不便。机关大院里的雪，总会在融化之前被环卫工人运走。就在那个雪后的早晨，我从窗口看到铲雪和运雪的整个过程，也看到一个邮递员骑着自行车送信的情景。绿色的身影在雪地里缓慢移动，这个在我童年记忆中反复出现的形象，让我突然有了彻骨的难过。一晃三十年过去了，这幕场景依旧不曾改变。我看着邮递员从自行车后面的绿色邮袋里拿出报纸和信件，然后弯腰顶着风雪向机关大楼走来。三十年了，这个世界已经变得面目全非，邮递员依然保留了我的童年记忆中的样子。以一场大雪为背景，轰隆隆的铲车和单薄的自行车，同时定格在我的心里。那个绿色身影携着远方的消息，从风雪深处一步步走来。我们生活在自己的房间里，其实一直在等候来自远方的消息。雪从遥远的地方启程，带来了远方的消息，雪还没有来得及开口说出它们，已被我们像对待垃圾一样铲除了。这样想象的时候，我觉得有些东西被一只看不见的手从心里抽走了，内心变得空空荡荡；当我鼓足勇气直面这份空空荡荡，内心突然又变得格外狭窄和拥挤。我不知道这是怎么了，不知道为什么会出现这样的状况。或许，是因为以前的日子过于安逸，像一潭静水。现在这潭水因为雪的介入和融化，开始有了皱纹。

　　已是多年的积习了，只要走进这栋大楼，我总会有意无意地用脚步测量距离。比如从门口到楼梯多少步，从楼梯口到办公室多少步，从办公室到厕所多少步，我每天都会丈量若干遍，每天都会在心里念叨若干遍。我至今没有记住确切的距离，只记住了行走的方式，从大门口到楼梯的那段路，我会踩着右侧的黑色地砖走；从楼梯口到办公室的那段路，我会踩着左侧的灰色地砖走；从办公室到厕所，我会一只脚踩着黑色地砖，一只脚踩着灰色地砖，偶尔也会脚踩黑色和灰色的分界线，呈线状笔直地走过去。每天只要进了这栋大楼，我必定会按照这种方式走路。我不知道是谁让我这样的，也不知道是从什么时候开始这样的，我只知道这样一种刻板的行走方式，一定是在表达一些什么，自我提醒一些什么，或者企望抵达一些什么。日复一日、年复一年地这样走着，转眼十多年就过去了。在这个机械式的行走过程中，发生了一个细微的变化：三年前的某个早晨，我走到楼梯口拐弯的地方，用手轻轻扶了一下木质的楼梯栏杆。我不记得当时的这个动作究竟是因为疲惫还是因为无聊，只记得从那时开始，每天走到楼梯的拐弯处，我总会摸一下楼梯栏杆，渐渐地这个动作居然成了一个习惯。固定的位置，同样的动作，日复一日，年复一年，我像践行某个约定一样。当然，这个约定是不为人知的，是我和楼梯之间的秘密。终于有一天，我发现楼梯栏杆有一块巴掌大的地方，因为我每天的触摸，油漆已经完全脱落了，看上去像是一个陈旧的伤痕。后来，那块伤痕被物业管理人员重新粉刷了油漆，倘若仔细地端量，会发觉补过油漆的巴掌大的地方，从一个陈旧伤痕变成了新鲜的伤口。

　　那个周末我喝了很多的酒，一个人待在办公室。醉眼蒙眬中，突然发现地面有个蠕动的污点，我低头一看，原来是一只蛐蛐。它是怎么跑到十楼来的？清冷空荡的办公室里，突然增添了这样一只来自乡下来自童年记忆的蛐蛐，这真让我茫然失措。我不会伤害它，当然也不可能把它留在这个房间。我卷起一叠废旧报纸对着蛐蛐扇动，想把它一点点地驱逐到门外。这只小小的蛐蛐好像并不甘心，它被我驱逐一段距离之后，就会艰难地挺住，然后拼力向屋里挪动一小段距离，企图尽可能地靠近我。我很矛盾。我猛烈地挥舞手中的废旧报纸，一口气把它驱赶到了门外的走廊上。这只出现在我办公室的蛐蛐，已经抵达一个公共场所，这意味着，它已经与我无关了。我满怀歉疚地看着它，它在长长的走廊里显得更加无助，我迅速地关上门，如释重负。耳边响起了童年夏夜里蛐蛐的叫声，很动听也很让人伤怀。此刻，坐在这间办公室里，我怀念童年的蛐蛐，却无力面对一只现实中的蛐蛐。我无法解释自己。

　　一个同事退休了。他离开办公室之前，打电话约我过去话别，聊了一些与工作无关的事，然后他说从明天开始就不来上班了，办公室的钥匙拜托我交给相关部门。他站起身的瞬间，我觉察到了他的迟缓——与庄重无关的迟缓，与沉稳无关的迟缓。他的这个迟缓的动作，散发着一种苍老气息。他把剩余的半杯水仰头喝尽，然后弯腰从抽屉里掏出一个白色塑料袋，把喝完了水的杯子装进去，接下来一起装进去的，还有梳头用的梳子，半盒名片，一些平时吃的药片。然后他把卫生间的灯关掉，把空调关掉，把饮水机关掉，把门锁上。他锁门的手有些颤抖，钥匙好几次都没有插进门锁里。我说我来锁吧，他说还是自己来吧，态度很坚定，像是必须要亲手尘封一段岁月，又像是要试图证明一点什么。门终于锁好了，他把钥匙交给我，然后转身离去。我送他走到楼梯口，电梯的门很快就开了，他走进去，门很快又关闭了。我站在原地，目送电梯下楼，十楼，九楼……电梯畅通无阻，很快就到了最底层。我的心也随着一直落到了地面上。我抬起头，然后迈步向着自己的办公室走去。从那一天起，我再也没有扶过楼梯拐弯处的栏杆，那个巴掌大的新鲜伤口很快就愈合了。

　　那年夏天，我是在果园里度过的。那些快乐无忌的日子，成了我的童年记忆中最难忘的一段时光。后来，这份记忆很快就被切换成了另外的一幕：

村支书开始频繁地光顾我家，说服我的父母交出那片果园，因为他想在那里开办一个石子加工厂。在二十世纪八十年代初期的乡下，这是一个很大胆的设想。村支书之所以相中我家的果园，大约是因为它位于村头的公路边，地势平坦，交通便利。老实巴交的父亲表现出了从未有过的倔强，执意不肯让出果园。我清楚地记得，那段时间全家人都陷入了惊恐和不安之中。最后是母亲让步了，她说："人家是村干部，我们终究扛不过去的，就认命吧。"一片沃土就这样拱手让了出去，所有的果树一夜之间全被砍伐了。村支书开出的条件是父亲交出果园后，农闲季节可以去他的石子厂上班。在同样的一片土地上，我的老实巴交的父亲从果园的主人变成了石子厂的劳工，那时年幼的我并不懂得这个身份转换意味着什么。每天上学和放学路经那里，我都会看到父亲站在高高的石堆上，弓着腰，反复地抡动手中的铁锤，把踩在脚下的石块砸碎，然后经由粉碎工序，加工成了建筑施工用的石子。父亲的劳动报酬，是按照加工石子的数量来计算的。曾经瓜果飘香的一方土地，开始整天弥漫着浓重的石子粉尘。父亲越来越寡言少语，腰渐渐地弯了。每逢喝点酒，他就会变得异常暴怒，破口大骂村支书。后来我才理解，那时父亲每天用铁锤击碎的，不仅仅是坚硬的石块，更是他的脆弱的梦想，以及对好日子的向往。生活变成了一件艰难和黯淡的事情。直到我和弟弟都参加了工作，在远离家乡的城市定居下来，父亲才真正平静下来，能够坦然地回忆和谈论他的果园了。每次回老家，走到村头我都会停下来多看几眼那片曾经的果园。事实上，那个石子厂经营几年光景就倒闭了，他们在原地盖起几栋房子，圈了很大的一片院子。如今，房屋有些颓败，院落杂草丛生，一派荒芜的景象。我无法将眼前看到的这个场景，与童年记忆中的美好果园联系起来。隔着遥邈岁月，这个变迁过程中究竟发生了一些什么？这是我的父亲永远都不会明白和甘心的，也是我永远不该忘却的。倘若当年守住那片土地，保护好那片果园，也许生活会是另一种模样。土地，可以繁衍一切生长一切的土地，在成全一些人的梦想的同时，也让另一些人的梦想永远破碎。若干年后的今天，我看到同一个版本的故事，在不同的地方同时发生。

  当然也有别的故事。机关大院里摆满了小车，秩序井然，在阳光下闪着耀眼的光。我的一个同事下班后开车出了机关大院，然后把车停在一家超市门前，结果让人砸碎车窗玻璃，将放在副驾驶座位上的皮包偷走了，里面装有身份证和驾驶证，还有两万多块钱的购物卡。他打电话报警，不停地追问警察："怎么在闹市会发生这么粗暴的事情呢？"那天我碰巧路过现场，于是也成了一个围观者。几个似曾相识的人，正在超市门前捡拾被丢弃到垃圾箱里的烂白菜，我恍然记起，他们住在安置小区，是曾经杀驴的人。

镇上的集市也要搬迁了。这是一个百年大集，距离望庄约有五里的路，城市化的浪潮，眨眼间就蔓延到这里。最先拆除的，是集市旁边的一栋古人私宅。这位古人在人类文化史上的地位，是目前学界正在热烈讨论的一个话题。有关方面和有关的人，显然没有耐性关心和等待那个讨论结果，很快就将古宅拆掉，在原地盖起一栋高层住宅，就像把一柄冷漠的剑，别有用心地插在百年大集的面前。我喜欢独自一人去到那里，绕过那栋高楼，汇入赶集的人流之中，走走停停，偶尔弯腰翻看那些带有露珠的蔬菜。小贩的叫卖声，朴拙、真实；驳杂的烟火气息，传递着正常人的体温。百年大集就像一个舞台，村风民俗是舞台的背景，那些最卑微的人同时登台，不是要表演，是要把手中的劳动成果兑换成生活。没有遭到城管的驱逐，一只看不见的手将他们拆散，然后又规范到一个叫作农贸市场的巨大建筑里。农贸市场建在发电厂的旁边，与新建的安置小区比邻而居。发电厂两只高达百米的烟囱，笔直，茁壮，每天不知疲倦地吐着比黑夜更黑的浓烟。农贸市场造型美观，功能分区也很明确，人还是那些人，货物也许还是那些货物，但在既定的规范秩序中，人与人之间有了一种距离感，被割裂的距离感，任何事物都无法填充和消弭的距离感。走在农贸市场里，我察觉到了这样的距离感，这让我备感孤单。

听到他离婚的消息，我觉得很意外。我们是大学同学。他结婚还不到一年，那时他的女朋友正读研究生，他在县城经营着一家小型加工企业。他们通了八年的信，每周一封，几百封信件被整整齐齐地装在一个红色盒子里，让每一位参加婚礼的人感动和感慨。谁也不曾想到，等到他的妻子研究生毕业的时候，他们的感情也随之结束。她爱上了班里的一个男生，毕业后发誓要跟随他浪迹天涯。他们闪电一样办理了离婚手续。那些仍然带着余温的书信，成为一个尴尬的存在。所有的感情，所有的文字，所有的承诺与惦念，原来如此脆弱。大学时他曾经说过，将来要把两人的通信印成一本书，作为爱情的见证送给每一位亲朋好友。书没有印成，那些书信物归原主，他销毁了它们，没有留下只言片语。他拒绝面对那些亲手写下的记载了爱情岁月的文字。他知道在他的生命中，最大的败笔不是婚姻的失败，而是他销毁了那些通向婚姻的书信，销毁了那段他和她共同走过的岁月。距离与距离感是不同的。热切通信的八年间，距离并不是一个问题，距离让彼此的惦念更加浓烈和深长。执子之手，距离消失了，距离感随之出现了。

因为工作关系，我时常陪同客人去一家汽车厂参观。走在车间的空中走廊，脚底下是井然有序的生产流水线，零星可见的技术工人在各自岗位上忙碌着，他们彼此之间隔着一段很远的距离，他们与作为参观者的我也隔着很远的距离，我甚至看不清楚他们的脸。这个宽阔生产车间里的唯一表情，就是金属的表情，一种没有温度的表情。冰冷的距离，意味着对话与交流的不可能。也许他们会发出自己的声音，但那声音刚一出口，就被巨大的机器轰鸣声吞噬了。每次参观结束后，我总是很久难以平静，汽车给了我们速度，速度让我们忽略和舍弃了很多的东西。比如距离感，因为距离的迅疾消失，原本短暂的美感成为一个更为短暂的事物。而且，缩短某些人的距离感，往往是通过扩大另一些人的距离感来实现的。这是生产流水线上的事实，是大家习以为常的事实。我看到了这个事实。

上班的途中有一家茶室，茶室的门前经常晒着一辆宝马车。偶尔，宝马车的主人也会在门前晒一只乌龟。据他自己讲，那只乌龟已有三十多年了。有一天路过那里，我又遇到了他和乌龟，我忍不住问他："时间久了，这龟该认识你吧？"他没有正面回答，只说它是很有灵性的。有些时候，茶室门前也会晒着一个女子，她的并不年轻的脸上写满秘密，像一页书，在时光中渐渐褪掉了颜色。

在写作本文的过程中，我在稿纸上不断地写下"然后"两个字。然后会出现什么？然后应该怎么办？然后我们还有什么？然后我们何去何从？……我无法给自己一个明确的答案，也没有人能够给我一个明确的答案。在问题的源头，我们错过了这样的对于"然后"的追问。

在我无法回答自己的时候，一条鱼从鱼缸里跳了出来。鱼缸摆在书桌的一角，从鱼缸里跳出来的那条鱼，落在桌面的稿纸上。一条鱼，要想脱离必需的生存环境，需要一种怎样的勇气？它选择了自绝。它不满足于鱼缸里的小小自由，它向往大海，向往大江大河，向往所有波涛汹涌的地方，那是作为一条鱼的不可割舍的梦想。它是在通往自由的路上死去的。那天当我回到家里,看到在书桌上死去的鱼,我没有悲伤。我对这样的一条鱼充满了敬意,它从鱼缸里跳出来,然后落在了我的稿纸上。难道它想通过这种决绝的方式,告诉我一些什么吗?静夜灯光下,当我独自面对稿纸的时候,我不敢轻易写下一个字。我的稿纸上爬满了一条鱼的影子,我所写下的每一个字,都要对得起这条死去的鱼。在我的心里,有一条永远活着的鱼,它充满了对大海和风浪的向往。

(原载《散文》2011年第9期)

何处是归程

那时的北方县城盛行街头卡拉OK。乡下年轻人到县城工厂就了业，一边被按捺不住的激情驱动，一边警觉地打量这个陌生的世界，有些茫然，分不清哪是梦想哪是现实，不知该怎样融入眼前的生活。卡拉OK摊点沿着县城街头延伸下去，宛若或明或暗的篝火，歌声此起彼伏，饱含对命运转机的欣悦，道路和远方构成了一支嘈杂的大合唱。夜色中，他们歇斯底里地唱，不是表演，是表达，像一棵走过严冬的树，开始舒展枝叶，扬眉吐气。

这是一九九三年的北方县城。我总算走出乡村，成为县城郊区一家工厂的职工。外面的世界都是陌生的。我对这个陌生的世界充满了热爱。白天在工厂车间上班，下了班就到厂区前面的马路上散步，从一个卡拉OK摊点走向另一个，在喧嚣中保持沉默。散步成为我品味新生活的一种方式。在很长的一段时间里，我无法接受散步这个概念，觉得这对一个乡下人来说是矫情造作的。当我日渐习惯县城生活，偶尔在故乡小路上漫无目的地走一走，仍能察觉到村人异样的眼神。我理解他们。他们把积攒的所有力气都用在应付生活上，劳作与劳累才是过日子的常态。这让我想到那些以散步姿态游走乡间的所谓文人，他们以审美眼光看待乡村物事，忽略了更为真实的汗水和泪水。二十世纪九十年代初期，当我开始在县城郊区学习散步的时候，我并没有意识到一条更为艰辛的路已从脚下铺向远方。不同的青春，共同的异乡，街头卡拉OK随处可见，《小芳》《潇洒走一回》《谢谢你的爱》《来生缘》《我想有个家》……唱得声嘶力竭、南腔北调。在异乡的夜晚，除了这般发泄，还有什么方式更能契合乡下年轻人对城市生活的向往与表达？

一个女孩在唱《潇洒走一回》，她每天晚饭后都在邻厂门口的那个卡拉OK摊点唱这首歌。我每天都去听。我看不清她的脸。她高高瘦瘦的，有着飘逸的长发。她的歌声并不优美，但她唱得投入、动情，深深地打动了我。我们同在一家工厂，她是另一个车间的缝纫工。我并不知道她的名字，但我莫名地相信，她与我心目中最美好的事物相关。她几乎每天晚上都去同样的地方唱同样的一首歌，她不曾察觉，人群中有一个人沉浸在她的歌声里怅然若失。我始终没有勇气主动跟她说一句话。后来，有一天中午，走在厂区，我上班，她下班，我们迎面相遇了。同事告诉我，这就是那个唱《潇洒走一回》的女孩。阳光下，我们擦肩而过，我只是迎面看了她一眼，长久以来的美好念想就被击碎了。那是一张怎样空洞的脸啊，浓妆艳抹，表情夸张，很难与那些夜晚的沉郁歌声联系到一起。她不是一个素朴的人。我觉得自己看错了整个世界。那次相遇，让我对朦胧事物从此有了一种本能的质疑。一段假想中的情感，水一样漫过心头，很快就了无痕迹。

我对陌生的县城生活过于专注，可是我仍然看不清它。看不清这个世界的，还有那些从乡下进入县城的同龄人，他们兴奋又苦闷，有些慌乱，有些不适，被生活裹挟着，跟跟跄跄，走了很久，也走出很远，才突然明白身后的事物。到那家工厂上班不久，我就被工人罢工的历史吸引和感动了。

那家工厂在县城东郊，厂房覆盖一片黄色琉璃瓦，透着既古典又现代的气息，在二十世纪九十年代初期的北方县城，应该说是难得一见的花园式工厂。它还有一个特殊身份，是小县城第一家中日合资企业。工厂产销两旺，效益却连年亏损，根源终于被挖掘出来，因为日方代表的暗箱操作：原料的价格被抬高，产品出口时价格被压低，工厂生产形势越好，亏损的窟窿就越大。"病灶"一揭开，迅速引燃罢工事件。在一九九二年，中日合资企业大罢工，是一件逆流而上的事情。职工们不吵，不闹，不游行，只是集体静坐在工厂办公楼前，要求有关方面给个说法。罢工持续了三天，工厂经营的真相一点点浮出水面，日方投资者灰溜溜地逃走了。作为县城的第一家中日合资企业，在罢工抗争中获得新生，屋顶的黄色琉璃瓦被一场大雨冲洗得清亮洁净。我不曾亲历那场声势浩大的罢工事件，后来当我动手写作工厂创业史的时候，特意采访了很多当年罢工的亲历者，他们以革命者的姿态，深情地回顾了当时的情景。有个细节印象尤深，工厂旁边村子的老百姓得知工人在罢工维权，把家里的猪宰杀了,猪肉从院墙直接抛进厂区,以这种方式声援工人的正义壮举。那是一个理想主义的年代,大家有着共同的情感,共同的底线和愿景。

刚进工厂的时候,我在羊毛衫车间当维修工。我们八个学徒工,跟着同一个师傅学艺,别人很快就出徒了,唯独我始终不具备独立作业的能力。在机械维修方面,我是一个不开窍的人,师傅手把手地教,我都学不会,更别说什么触类旁通举一反三了。我不敢独自值班,数百名纺织女工,每人一台设备,每时每刻都可能出现故障,我怕因为自己维修技术的不过关,耽误了别人的工作。让我感动的是,工友们给了我最大限度的宽容和包容,每逢我值班,机器设备倘若遇到故障,她们都是自己动手维修,不让我为难和尴尬。在她们看来,一个写诗的人不会维修机器是正常的。她们以最素朴的方式鼓励支持了我。上班时我独自躲到车间的某个角落,伏在一条长凳上写诗,工友们从不轻易打扰我,偶尔过来聊几句,也是一副小心翼翼的神态。我把写下的诗文与她们分享,有人很快就能通篇背诵下来。那时我疯狂地迷恋写诗,每天都沉浸在诗歌里,有时睡梦中被一句诗触动,随手摸过枕头底下特意备好的纸片,并不睁开眼睛,在黑暗中梦游般记下那些诗句,然后塞到枕头底下。宿舍里住着十六个工人,荷尔蒙气息、臭脚丫气味,混杂成了一种说不出的氛围。舍友知道我的枕头底下总有纸片,早晨时常把手探到我的枕头底下,顺手把诗稿拿走当作了手纸。有几次,我把写了诗句的纸片攥在手心,他们就从枕边的书上撕走几页。我哭笑不得。他们不以为意。后来,宿舍调换了,八个人全是搞技术和跑业务的,他们从未动用我枕头底下的诗稿,也不撕书,他们每天晚上都打麻将,宿舍里烟雾缭绕,麻将声永不疲倦。我坐在上铺,读书,写诗。那段时间,锻造了我在嘈杂环境里不受干扰安心写作的能力。再后来,我调离生产车间,到工厂办公室从事文秘工作,办公室的套间成为我的单身宿舍,总算拥有了一个人的独立空间,诗稿可以随意放置,床头的书也可以摞得老高,再也不必担心别人伤害它们。那些独处的夜晚,真让人珍惜和怀念。有时读书写作熬到下半夜,我也会像夜班工人那样,拿着饭盒去食堂打一份加班餐,吃份热乎乎的馄饨。那些清水里的馄饨,有着百般滋味。从宿舍到食堂大约五百米的距离,夜辽阔,满路都是馄饨的味道,还有野草拔节的声息。

放下手中的管钳,拥有一张书桌,这是我在县城工厂时的梦想。我的梦想很快就实现了。一张书桌，意味着生存方式的改变，意味着从此拥有了一方可耕耘的领地。夜里，我独自坐在宽大的办公桌前，觉得自己是一个坐拥世界的人，常常忍不住就淌下了眼泪。

我渐渐地爱上了散步。从工厂往北走大约二三里的路，有一座桥。站在桥头回望来时的路，一片模糊。抬头向前看，县城的灯火隐约闪现，仍然是一片模糊。我不知道，是否该以散步的姿态继续走下去，向着那片隐约的灯火，以及比灯火更远的前方。每次，都是一番犹豫之后，我又循着原路回到工厂。这样的散步几乎是每天都在重复的，有时候在一天之内会重复好多次。我记不清究竟徘徊了多少个来回，只记得在工厂与桥头之间，我走来，又走去，反反复复。我说不清楚散步对我来说意味着什么，我每天都被散步折腾得筋疲力尽。这种疲惫让我保持了内心的宁静。一种我所向往的有秩序的生活，恰恰是以无序和不可把握的状态渐次呈现的。我是亲历者，也是旁观者。生活像一面破碎的镜子，每一粒碎片中都有一个完整的自我。

那时最开心的事情是食堂里杀羊。掌管工厂食堂的，是一位姓胡的师傅，矮矮的，胖胖的，据说是特级厨师，大家都称呼他胡总。胡总是不轻易下厨的，除非厂里来了特殊客人。到了冬天，胡总隔三岔五就招呼我们几个相熟的年轻人去喝羊汤。羊是胡总亲自动手杀的，羊汤也是胡总亲自熬的，从一只羊到一锅羊汤的整个过程，胡总全是一个人操持，不放心任何人插手代劳。他从乡下把羊买来，并不马上宰杀，拴在食堂的门口喂养一段时日，这只被展览的羊很快就成为话题，熟识的人见了胡总，总要催问什么时候动手，胡总眯着双眼，并不作答，只是意味深长地笑。一天又一天过去了，不同的人都在重复着对羊的关心，甚至，那只拴在食堂门口的羊，也渐渐失去了继续等待的耐心，不愿再容忍这份拖沓和煎熬。在某个早晨，胡总操刀上阵了。他的杀羊动作据说很专业，我不曾亲见。我只记得常常是在某个寒冷的中午，我们会被胡总招呼到食堂的简陋雅间，围着一大盆热气腾腾的羊杂汤坐定，很快，房间内就响起了一片喝汤声音。一只羊，经由胡总的手，被制造出了万种风情。喝完羊汤，抹一抹嘴，有人慨叹："羊味很足，不愧是特级厨师。"众人随声附和，半是玩笑，半是认真。羊汤喝光了，盆底显露出来，有人一声惊叫，发现了盆底沉淀的一层羊屎，像一粒粒珠子，光滑，饱满。怪不得羊味这么足呢，有人一语道破天机。

工厂里还有一位师傅，是从上海聘请的印染专家，姓谷。从背影看，谷师傅与食堂的胡师傅有些相仿，也是矮矮的，胖胖的。不同的是，谷师傅有一张白净的脸，脸上看不出丝毫的烟火气息。他住在厂区的贵宾楼里，每天黄昏总是一个人背着手，在楼前的小花园里走走停停，像在想什么，又像什么也没有想。偶尔，会看到他在街头卡拉OK那里唱同一首歌："男人不是仙，难免有杂念。"我记住了这句歌词，记住了谷师傅唱这首歌时的表情，蹙眉，低首，呈忏悔状。那年夏天，他的女朋友从上海来看他，黄昏时分在小花园里散步的就变成了两个人，他们手挽着手，相依相偎，旁若无人，成为厂区的一道风景。谷师傅的女友并不漂亮，但她有一种让人说不出的气质。她来自上海，带着大都市的陌生气息。那时不用说大上海与小县城之间，即便县城与乡镇之间，也是有着巨大反差的。户口是差异的标签，标示着一个人的命运，农家孩子读书考学，大多是为了把户口迁到城市。

宿舍在办公楼的一楼，距离工厂传达室仅有一百米的距离。在午夜，我坐在桌前读书，传达室时常传来女工的笑声。一个门卫，还不满十六岁，身材魁梧，长着一张俊朗的脸。据说他初中还没毕业，就跟着镇上的某位高人习练武术，然后到这个工厂当起了门卫。他的名字与唐朝大诗人杜甫谐音，究竟姓什么谁也不曾问过，厂里的人都喊他"杜甫"。"杜甫"不会写诗，但是他懂感情，会恋爱。我留意到，传达室几乎每天晚上都有女工的说笑声，而且主角时常变换。有人做过统计，在这家接近千人的纺织工厂，年龄最小的"杜甫"是谈恋爱最多的人，在一年的时间里，他谈了十多个女朋友，平均不到一个月就换一个。没有文化的"杜甫"，并不成熟的"杜甫"，何以深得女工爱慕？若干年后我才明白，原因很简单，"杜甫"是习武之人，他能够给人安全感，那个年代的年轻人从乡下到了县城，置身一个陌生的现实环境，内心最需要的，不是文化认同，是最起码的人身安全感。

办公楼走廊的尽头，在临近洗手间的地方，是大学生专用宿舍。四个纺织专业的大学生，毕业后分配到了县城的这家工厂。他们上班下班，独来独往，像孤独的鸵鸟。工厂尊重知识分子，没有安排大学生住到职工宿舍楼，在办公楼单独腾出了一间屋子，给他们提供一个便于学习的清静环境。自从大学生住进办公楼，洗手间变得脏乱不堪，下水道时常就堵了，整个走廊里飘着一股烂白菜味。终于有一天，有人循着异味走进大学生宿舍，四个人的居住空间，惨不忍睹。他们心怀天下，不屑于清扫和打理一间房屋，这让我想不明白，工厂的很多人都想不明白。然而大丛是不以为意的。大丛是一所名牌大学的毕业生，学的是纺织专业。他姓丛，身材并不高大，反而有点弱不禁风的样子，不知何因被喊作"大丛"。大丛一般不与别人说话，自从分配到了这家工厂，他按时上班，准时下班，满脸的漠然。相互熟悉了，我才知道，他无法容忍自己从农村考上名牌大学，毕业后竟然回了老家县城。他觉得自己流落到这里，是个滑稽的错误，而且，这个错误必须纠正，现实必须向他道歉。他在县城工厂忍辱负重地工作，为的是等待现实向他道歉的那一天，他已经做好了原谅和接受命运的纠错之举。他不知道是谁造就了这个错误，应该怨恨谁，时常对着天空咬牙切齿，一双愤怒的眼睛似乎要把天空盯出一个洞。他对着天空自言自语，我没有听清他究竟说了些什么。他对着天空自言自语时的严肃表情，让我对他有了几分理解。曾经，我特意尝试着与他交流沟通，最终却没有找到共同的语言。我们两个人的心思都在别处，住在同一层楼房里，各自孤单着，不愿走向彼此。我在现实面前节节败退，渐渐学会向现实妥协，习惯了与困难和解。大丛与我的最大区别，是他不屑于自己之外的任何事物，他的心中有一把尺子，他固执地相信和执行自己的尺度，丝毫不理会别人的眼光。每个周末，他都会到我的办公室给女朋友打长途电话。他的女朋友家在烟台，他每次给女朋友打电话的时候总会表现出一种罕见的温柔和拖沓。后来他的女朋友来过工厂一次，很清秀的一个女孩，并不漂亮，有一种柔弱的美。大丛找到我，吞吞吐吐大半天，我好不容易才听懂他的意思，他想借我的单身宿舍用几天。我犹豫片刻，答应了。我住到大丛脏兮兮的宿舍，原本属于我的空间，暂时成为大丛和女友的二人世界。我有些难过，想到了很多。在县城工厂的两年，我始终没有恋爱，那时心比天高，总是渴望远行，渴望一个人去流浪。我庆幸自己终于成为县城工厂的一名职工，但是我也知道，我的心在别处，在更远的远方，一个未知之地。事实上，那几天大丛更难过，他的女朋友来工厂看他，是一次为了道别的相聚——她的父母不同意他们的爱情，因为大丛的农村出身，也因为他目前在小县城的工作。他们无力改变现实，无法扭转父母的固执态度。我记得大丛的女朋友离开工厂时两眼红肿，几乎哭成了大白兔的眼睛。从那以后大丛几乎完全变了一个人，更少与人说话，甚至不用眼睛正视别人。每天的午夜，他端坐在宿舍门口，抱着一把吉他放肆地弹奏，他的弹奏有时紧凑，有时舒缓，更多的时候是杂乱无序的。他坐在长长的走廊尽头。好几次我去洗手间从他身边经过，他旁若无人地拨弄着吉他，我看到他的脸上淌着两行清泪。那一刻，我觉得自己真正理解了大丛，理解了这个一腔热血的青年。大丛很快就辞职了。他离开工厂前找到了我，他说只与我一个人告别，对借用单身宿舍的事情仍然念念不忘。我没有惋惜也没有挽留，我觉得他是该走了。他是一个有梦想的人。一个有梦想的人应该永远在路上，拒绝归宿，归宿只会是一种伤害。若干年后，当我从县城来到这座滨海城市，几经跳槽，去公安局办理落户手续的时候，居然邂逅了大丛。他也在办理户籍手续，是从这个城市迁往另一个城市，他仍然没有结婚，一个人在打拼。当年他从故乡县城追寻到了这个城市，最终也没有挽回他与女友之间的爱情。我们没有叙旧，匆匆地客套几句，就匆匆地作别。或许，彼此都不想碰触往事，对那些看似尘封的往事都有一种特别的小心翼翼，怕多说一句话就惊扰了那些早已落定的尘埃。

与大学生的处境形成对照的，是一个目不识丁的兔毛贩子。据说他刚开始贩兔毛时瘦得像一根麻秆，骑着自行车穿街走巷南腔北调地吆喝收购兔毛，然后倒卖给工厂赚取差价。时日久了，他的生意像滚雪球一样越做越大，与工厂的合作关系也越来越牢固。后来他就不再亲自去吆喝了，雇佣几个人，穿街走巷去做他以前做过的事情。再后来，他只需待在县城里，乡下不同渠道的兔毛贩子就源源不断地把兔毛汇聚到他的手中。他俨然成了兔毛收购领域的领军人物，只要咳嗽一声，全县的兔毛贩子都会患上感冒。几年的光景，他已大腹便便，开始用鼻音说话，完全变成了另一个人。

工厂门口的小商铺是不能忘记的。那时我抽烟厉害，工资常常维持不到月底就花光了。小商铺老板个头不高，精明干练，敢于赊欠货物给我们，特别是烟。那时工厂的男职工大多把抽烟当作一种时尚，一块一毛钱的"宏图"，一块五毛钱的"双马"，是普遍抽的香烟牌子。下了班，经常见到有人老远就朝着小商铺喊："老板，来盒双马。"老板就会迅速地抽出一盒烟，远远地抛了过去。那人接住烟，然后回一句："记我账上，月底一起算。""一块五！"老板一边大声重复着，一边低头在一张硬纸板上记了下来。这些密密麻麻的记录不清的账目，常常需要我们用大半个月的工资去消除。也有消除不掉的账目，有的工人赊欠了一大笔钱，辞职后偷偷地溜走，从此杳无音讯。小商铺老板的情绪会低沉好几天，再抛烟给我们的时候先咕哝一句："账该结一下了。"我们并不理会，他也不介意，兀自咕哝一声，仍然是记账。他当然知道，对于我们这帮子人，如果不赊账，他的货就难以卖得动，做生意，总是要有风险的。"人不能因为可能摔跤就不走路。"有一天我问他那么多呆死账为什么还敢赊账的时候，他这样说。我永远记住了这句话，这个经营小本买卖的人，说出了人世间一个最朴素的道理。一个人，不能因为可能摔跤就拒绝走路。其实摔跤也是走路的一部分，只是我们人为地把这一部分剔除了，并且缺少正视的勇气。这个朴素的道理，我在以后的行走中，一直记在心里。

那个年代盛行报告文学，我在一本杂志封面见过工厂旁边村子的村支书的风采照，是当时非常流行的姿势：坐在锃亮的老板台前，一手擎着大哥大，一手夹着香烟，一副正在联系业务的深沉样子。那个时候县城周边的村子，因为土地被征用，有点一夜暴富的味道。有的村子不肯坐吃山空，卖了地，搞起了村办企业，最后的经营结局都一塌糊涂。那个工厂所在的村子，村支书脸膛红润，时常穿一身绿军装，看上去有些威严。村支书很少说话，开口说话的时候，字是逐个地从嘴里往外蹦的，经常蹦出了这一个字，下一个字不知需要间隔多长时间才肯蹦出来，耐性不够的听众，简直会在他蹦出来的两个字之间窒息。性格急躁的，甚至会萌生一个念头，用手指探进村支书的嘴巴，把他含在咽喉迟迟没有说出口的那个字，直接抠出来才肯罢休。村支书每天上午九点都会准时出现在工厂大院里，好像是工厂的特聘人员，又仿佛是因为工厂占用了他们村的土地，他无法改变每天都要沿着村子转悠一圈的旧习。他在工厂大院里转悠一圈，然后就到工厂办公室坐定。他基本不开口说话，偶尔干咳几声，或者从嘴里蹦出几个字，抽烟，喝茶，然后再抽烟，再喝茶，一直到中午。工厂里不管来了什么客人，他都跟着去陪客，他戏称自己是专职"三陪"。酒桌上一直是坐在固定的边陪位置。如果工厂哪天没有客人，村支书就会做东请客，张罗着我们一起去捧场。他酒量并不好，据说每天必须要喝一点，否则会很难受。中午他喝了酒，下午就不见了踪影，究竟去了哪里，谁也不知道。

巨变似乎是发生在一夜之间。工厂并没有给职工们梦想中的"铁饭碗"，当初进厂工作时，他们以为从此可以将一辈子的生存问题寄托在这里了，一个人所能做的和应该做的，就是埋头劳动。他们并没有意识到，这是一个迅疾变化的年代，如何应对和适应这个每时每刻都在变化的现实环境，并且在这个现实环境里谋求生存和发展，委实是一个问题。那些与县城保持了同样品性与节律的人，甚至还没有反应过来是怎么一回事，巨变就发生了——企业改制，过去同吃同住同工的人，一夜之间有了身份差异，有的成了承包者、企业家，有的成了雇佣者、下岗者。原本相仿的生活，差距突然拉大，并且越拉越大。而在这种巨变发生之前，大约有五六年的时间吧，我已经成为县城工厂的"逃离者"——后来我才明白，那段看上去还算安静的青春岁月，其实是在积蓄某种力量的，直到有一天这种力量突然涌动起来，让我无从选择无力招架，于是青春被改变了。接下来的事实是，一九九五年的九月，我在县城工厂参加工作刚满两年的时候，毅然辞职外出求学。当我几经辗转在一座滨海城市定居以后，曾经回过几次县城工厂，见到当年熟识的人，有一种说不出的陌生感和距离感。相聚，喝酒，回忆过去在工厂里共同经历的事情，却很少有人愿意谈论具体的细节，这些"成功"的时代弄潮儿，都在忙着向前走向钱看，感情不咸也不淡，疏于回忆和言说。无论现实怎样变幻，他们都懂得营造属于自己的风调雨顺的小天地、小气候，丝毫没有了当年从乡下刚到县城时的茫然和青涩。他们看透了生活，深谙现实的"软肋"，具备一种越来越娴熟的掌握生活和现实的能力。而更多当年工厂里的职工，在为柴米油盐奔波，用全部的心力招架生活。这些卑微的生命，像一株株昙花，绽放与凋落都在不经意的瞬间，彼此偶尔想起和谈起，谁都不曾真正在意。所有的悲欢离合喜怒哀乐，都涌动在县城平静的表情之下，不管情感怎样冰冷和凝滞，生活终将继续。

去年回乡，路经县城的那家工厂，我特意进去转了一圈。工厂早已破产了，整个厂区一派荒芜。当年这里属于城郊，因为县城的不断开发与膨胀，现在已经变成一个繁华地段，据说有开发商盯上了这块地皮，准备大兴土木。我在工厂院子里下了车，内心酸楚。这是我曾经熟悉的工厂吗？这是曾经收留我的青春梦想的工厂吗？我蹲下身，想辨认我曾经留下的足迹，一层细细的尘埃覆在地面。宿舍楼前的花圃里稀稀疏疏地种了几棵玉米，干瘪的玉米棒子了无生机。我举起相机拍照，年幼的女儿有些不解地看看那些玉米，再看看我，她不明白我为什么要拍那些并不美丽的景色。办公楼被改造成了简易旅馆，曾经的办公室和宿舍的窗玻璃上贴满"特价房""钟点房"之类的广告语，字并不齐整，这让我的心里更加缭乱。工厂门前的路被拓宽了，车辆如梭。我不知道这条路是通往哪里的，我曾经在上面散步，遥望万家灯火，徘徊又徘徊。我知道，我和这家工厂彼此都已不敢相认，我们无法接受彼此的改变，我们在试图改变什么的过程中，却被一种看不见的力量彻底改变了。无力把握自身的命运，这是我们的共同遭遇。

一晃二十年过去了。

那些县城工厂的往事，那些最初出发的地方，那些沿途的驿站，我一直不忍去碰触它们。我把它们安放在内心的某个角落，人情冷暖，世态炎凉，我越来越没有了打开它们、面对它们的勇气。我珍视时代变迁中的个人遭遇，一些温情的细节被还原为最珍贵的青春记忆。然而我又是矛盾和纠结的，作为一个拥有怀旧情结的人，我的怀旧很少涉及具体情节，那些过往的物事大多幻化成为一种气息，在内心弥漫着，我感觉到了它们的存在，却说不出它们。曾经，我以为一九九三年的县城工厂生活是一段不曾融入的生活。当我走过了一些路，经历了一些事，渐渐变得安静下来的时候，我才终于明白那段岁月是真正用心度过的，它本身就是一种血肉相连的生活，并不需要所谓的"融入"。后来，则是另一些岁月了。我们拥挤在疾驶的时代列车上，不愿中途下车，又想伸手抓住沿途的一点什么，时刻保持了一种融入生活的姿态，其实仅仅是从生活的表层轰隆隆地走过。

我们都是过客，匆匆过客，两手空空的过客。

这并不是我想要的生活，然而我接受它，并且满足于它。我时常想象，若干年后当我日渐苍老，会回到生养过我的乡下老家，回到最初出发的那个地方，过一种不被别人赋予这样或那样意义的日子，简单，心安。日出而作，日落而息，与大自然保持同样的节律。在异乡的天空下，我才知道故乡的好。

列车疾驰。暮色苍茫。城市和原野都变得遥远，一盏向后飞奔的灯让我备感孤单。慢下来，成为一个艰难的梦想。我已听不到道路和远方共同构成的激越嘈杂的大合唱。

（原载《散文》2013年第4期）

点灯的人

　　那座灯塔已经废弃很多年了。塔楼还在，若是隔着一段距离看渔村，稍微抬一下头，就会看到北边老龙山上的那个塔楼；倘若距离再远一些，视域中的塔楼则悬到了渔村上方，跟渔村浑然一体。我站在海边，时常凝望那里，总觉得那里残留了一丝光亮，它不同于渔村灯火，也迥异于遥远的星辰，是一种难以言传的光亮。后来我才明白，那种光亮，与我静夜写作时桌面的台灯发出的光有些相仿，是幽微的，也是透彻的，它在穿越夜色之前，已经直抵某个人的心灵。这个发现让我愕然，让我坐在书桌前有了置身汹涌波涛之上的错觉。

　　当年在老龙山上修建灯塔，是颇受争议的。老龙山传说是龙住过的地方，龙头之上怎么好弄一盏灯呢？后来，渔村的人在海上出事太多了，在山顶弄个"照头"成为一件刻不容缓的事，争议总算平息下来。山上有一处破旧的岗楼，大约是以前打仗时修筑的防御设施。村里要建灯塔了，更确切地说，是要把老龙山上遗留的岗楼利用起来，改造成灯塔。山上没有路，村人用面袋子装了海滩的沙子，一袋一袋扛到山顶；选用的砖，一块足有八斤重，当时算是最好最结实的了。

　　建一个灯塔，为出海的人，也为等候出海归来的人。

　　灯塔建好了，渔村专门物色了一个点灯的人。那人叫刘少章，六十五岁，已从船队退了下来，是个出了名的老实人。每天日落时分，他就拄着拐杖往山上走去了，等天色暗下来，灯塔就亮了起来。

　　一个退休的老渔民在为那些回家的渔船点灯守灯。他们老远看见山顶的一灼白光，就知道老龙山到了，家就在不远的地方，船该在哪里停泊才是安全的。在黑咕隆咚的海上，这一丝微弱的灯光，让他们辨明了家的方向。在没有灯塔之前，若是遇到坏天气，船一不小心就偏离了方向，漂到一些没有"海口"的地方，船无法靠岸，一个浪打来，就可能造成沉船事故。

屋外下起了雨。哗啦啦的雨声中，我在听老船长讲述半个多世纪以前的事。他的讲述是缓慢的，就像窗外断断续续的雨；历史是断续的，也像这雨，既断且续。

那个点灯人是在九十六岁那年去世的，是当时村里年寿最高的人。

那盏灯，经历了太多变迁。最初用的是煤油灯，外面有一个玻璃灯罩。后来改为汽灯，通宵地亮着。再后来，换成了信号灯，几秒钟就闪烁一下子。遥想那些有风有雨的日子，渔民在海上望着灯塔，家人在村里也望着灯塔，在这世间，也许唯有这灯光是他们同时看得到的东西。这样的一盏灯，在我看来是一个关乎渔民生活和命运的大事，而在他们心目中，这盏灯解决的只是他们在海上的具体困境，对于改变他们的命运并没什么根本作用。若干年过去了，现在依然可以看到当年的灯塔，只是灯早已不在了，点灯的人也不在了。而点灯的地方还在，远远看去，那青灰色的灯塔很轻易就可以从山上的树木中被分辨出来。我和朋友商定，在准备离开渔村的时候再去到那个灯塔跟前看一看。我说不清，为什么并不急于去看望灯塔，以及，为什么会做出这样的一个决定。

老船长正在讲述关于灯塔的往事，一个老人走进屋里。他们是牌友，每天凑在一起打几圈麻将。他问道，刘少章点灯是哪年的事？老人说，可能是1980年吧。他说不对，应该是1971年，也可能是1968年，或者是1969年，当时已经入社了，肯定是1958年以后的事……两个老人的记忆出了偏差，你一言我一语地说了好长时间也无法吻合。他们亲历的往事，已经记不清了。作为后来的我们，将依循一些被考证的史实，来看待和谈论那段历史。越是有矛盾和出入，我越是感觉到了这种探究和书写的必要。我曾想继续寻访点灯人刘少章的后人，想要沿着这条线索，去寻找和呈现更多真实发生过的往事。后来，我又犹豫了，终于没有去做。当年点灯的人，渔村没有几个人还记得，他们本身已经不在意这件事情了，纵然采访到他们的后人又有什么意义？隔了这么多的年月，我究竟想要理清一些什么？我也说不清，我甚至无法理解自己的所思与所为。那盏灯，曾经就那样地亮在渔村北面的老龙山上，还需要我的所谓追溯吗？我对灯塔的所谓寻访，不过是想了解一些历史故事，来确认某种现实，抑或与我所期待的现实形成印证。可是，关于灯塔的记忆，却出现了太多的矛盾和出入，那些老船长似乎并不在意那个灯塔。灯塔在他们眼里，仅仅是灯塔，是回家的一个参照。我这才意识到自己其实是先入为主了，在潜意识里赋予了灯塔一些象征的意味。这是所谓知识分子通常的思维习惯，这样的思维习惯在渔民身上是无效的。在当年的渔村，灯塔仅仅是灯塔，这不是象征，也不是细节，这是关涉海上航行的生命，关涉到渔民能否安全回家的一件很具体很紧要的事。我需要做的，是努力从象征的思维中跳出来，回到真实的现实，回到事件的现场。

村人对灯塔的记忆，大多淡漠了。甚至几个与灯塔有些关联的老船长，也只是记住了大概情节。时光带走了太多东西。我对灯塔往事的追问，在他们看来也是有些不解的。我试图用我的方式来看待这个渔村，与这个渔村的现在和历史对话。但是事实证明，我与渔村的对话，是不对称的，也是无效的。关于灯塔，在渔村有不同的说法，每个说法都来自亲身的经历。是否需要统一这些说法，这是一个问题。我曾想，把这些问题以分歧的状态留下，留待后人鉴别和评判。太多的历史史实不都是这样交付给了更为漫长的时光？可是，脱离了特定语境，所谓的鉴别，所谓的评判，所谓的看到和理解，又在多大程度上符合当时的真实状况？

老船长说，他1992年退休的时候，灯塔还在用着。在他身后的墙上，是一张山东地图和世界地图，那是他时常要看的。如今，在地图之上，在巨大的"寿"字两边，挂起了一幅对联，那是他八十岁大寿的时候，亲戚送他的贺礼："福如东海长流水，寿比南山不老松。"大红的对联盖住了墙上的那张旧地图。老船长坐在这样的"背景"之下，讲述关于灯塔的故事。

他一直记着在五岁那年的一个秋天傍晚跟随爷爷去山上点灯的情景。天下着雨，他们披着蓑衣，沿着曲曲弯弯的小路向山顶走去。夜色越来越浓，爷爷手中的那盏灯在风雨里或明或暗，发出不服输的光。他跟在爷爷的身后，提着一桶油，那是汽灯备用的油。沿着山路缓慢地挪动了大约有一个小时，才到达山顶，爷爷点上汽灯，遥望海面，长长地叹一口气。下雨天看不清海上，只看到黑乎乎的一片。船头即使悬挂了小汽灯，在山顶也是看不到的。爷孙俩需要在山上住一晚上。小屋里漏雨，根本就无法入睡，他看着那盏汽灯，一直亮着，那个时候，他幼小的心灵中并不知道这盏灯对于海上航行的村人意味着什么，若干年后他当了渔民，当了船长，时常会想起五岁那年跟随爷爷在山顶守灯的雨夜，他似乎更深地理解了那盏灯的意义。再后来，大约是到了二十世纪七十年代，山顶拉上了电灯，不再需要有人每天上山点灯了，在渔村的房屋里，就可通过电闸遥控山顶的那盏灯。那盏灯，也像其他地方的灯一样，在山顶闪烁。老渔民根据灯的闪烁频率，判断自己到了哪里。灯光作为一种语言，穿越夜色和风雨，被理解和被接受。在海上，两船相遇，也是通过灯来传递信号的，"左红右绿当中白"。他补充说，这是二十世纪七十年代的国际航海规定。

五岁那年陪爷爷上山点灯的他，如今已经六十多岁了。半个多世纪的风风雨雨就这样走过。不管走在哪里，他的心中始终有一盏灯在亮着。我知道，当我写下这个句子，它瞬间被赋予了象征意义。然而对于眼前的这个老船长，一盏灯，是现实中的灯，微弱的光里，有着切肤的迷茫与希望。

"老辈人出海，太苦了，村里很多人都是死在海里的。过去只要遇到了风，技术好的渔民能回来，但有的船就顺风漂到了别的地方，最终船翻人亡。"村里新建的房屋，门顶大多贴有"一帆风顺"四个字。这个词语，在我们的惯常使用中，是有隐喻意味的，而在这个渔村，这是最具体的祈愿，不是形而上的，是现实中的正在经历和即将经历的事。后来，每个船上都买了"半导体"，渔民感到很好奇，他们不明白一个小小的机器怎么会说话，而且可以预知天气的好坏。他们把它称为"话匣子"，他们在海上拿着那个小小的机器，反复地端量，觉得这真是一件神奇的事。他们经年累月地在海上打鱼，经历了太多的事，再神奇的事都可以在他们或清晰或模糊，或犹疑或坚定的"理论"里得到解释，而现在这个小小的"话匣子"却让他们无论如何也想不通了。这是他们对于科技的最初的态度和记忆。时光转眼到了今天，船上完全是机械化了，先进的仪器、导航、探鱼器，他们都习以为常。是科技减少了海上的危险。祖祖辈辈出海打鱼的渔民，靠运气和经验在海上作业的渔民，如今可以凭借高科技做出精准判断，实施精准捕捞，海里的资源却越来越少。

他说，小时候提着篓子到海边就可以捡到被海浪打上岸的一种被当地人称作"离水烂"的鱼，很快就会捡满篓子。他和小伙伴们把这种鱼捡回家，用来喂猪。而如今，所有的鱼都明显"瘦"了。有的渔民在网里再套上一层纱网，让网口变得越发小了，再小的鱼也休想"漏网"，甚至连产卵期的鲅鱼，都被他们捕走了。在休渔期，有人仍在偷偷出海，连鱼苗都捞了上来。我们习惯了说"海阔凭鱼跃"，其实在浩瀚的大海里，鱼类也是讲究"水土"的，哪种鱼在哪种地方产卵生长，都是有规可循的。比如，有一种大青虾，每年都会到渤海湾里产卵，它们钻在海底的沙里，一边产卵一边吃沙。虾籽粘在沙上。春天的鱼，大多是带籽的。这种时节，人是不该打搅它们的，更不该捕获和食用它们。前几年，有外地人把定置工具插在渔村附近海域，那是一种"断子绝孙"式的捕鱼方式，再小的鱼苗也不放过。村里的渔民试图制止他们，却遭到了殴打。周边几个村的渔民自发组织起来，驾着自家的船，足有上百艘，浩浩荡荡地涌向外地人占据的海域讨要说法，直到有关部门出面，这事才算平息下来。

眼前的这位海木匠已经九十四岁了。他回忆小时候，渔村家家都有小船，家家都有捕虾的网。他的父亲当时在海会工作，每年开始捕虾之前都会组织渔民抓阄，所有渔船按照抓阄的位置在海上有序排列，互不侵扰。渔船出海归来，橹都统一放在龙王庙以东的小棚里，由专人看护。海木匠目前所住的这栋房子，是四十四年前盖的，当时房子东面市场处是海，从平房上即可甩竿钓鱼，外面有坝，坝高不足一米，平时海潮一般不会超越，风大的时候，海浪翻过堤坝，撞到墙上，浪花径直溅进了院里。每天晚上，他都是枕着海的声音入睡的。他说，以前渔灯节送灯是在晚饭后，现在改成了白天；以前每到正月十三这天，渔村海面灯火闪烁，真好看。现在放灯，常常就被船和海上养殖挡住了，根本就放不出去。

这个渔村的"农转非"是在2008年12月28日，海木匠记得特别清楚，他说他的新生活是从那一天开始的。他曾在长春打工时做过木匠，回村后出了几年海，1962年秋天到了渔村船厂工作，成为一名海木匠，主要任务就是造渔船。造渔船又称排渔船，由专门的海木匠施工，开工之日，先铺船底三块板，名为"铺志"，要放鞭炮，念喜歌，宴请工匠；渔船造到船面，举行仪式，称"比量口"，用红布包裹铜钱放入渔船底盘中间；最后的仪式是"上梁面"，安梁时，在船上做一个小洞，内放铜钱，用红布覆盖，再用面梁压住。村里在老龙山上修建灯塔，灯座是由这位海木匠亲手安装的，他和村里的瓦匠一起忙活了一个周的时间……老人思维清晰，记忆力很好。我想要继续打听关于灯塔的往事，老人却话锋一转，谈到了他的童年。他说小时候的腊月里经常下大雪，雪花飘啊飘，现在再也看不到那么大的雪了，有时候一个冬天也见不到雪花，反而是南方经常下起了大雪。他感慨这个世道的变化。我对这个世界一直是有困惑的，且经常把这种困惑归结为不成熟所致。当我面对这位九十四岁的老人，听他慨叹对世事的困惑，我感到释然。不同的是，老人在困惑之后，更加清楚地知道，唯一的路，就是面对自己的生活。那时候，他过年跟着父亲去邻村赶集，买桃酥，过年拜姥姥和舅舅用。他会赖着父亲买鞭炮，他喜欢放鞭炮。他喜欢过年，因为过年可以收压岁钱。那时的压岁钱是五个小铜板。他喜欢吃糖包，吃甘蔗，那时的甘蔗又长又甜。他喜欢打陀螺。村里的井台底下不小心洒了水，结成冰，男孩就在上面打陀螺，女孩则在屋后荡秋千。秋千是用船上的桅杆架起来的……

听这位九十四岁的老人讲述童年往事，像是在听一个遥远的童话。

他也说到了以前的大海。那时的冬天很冷，海都结冰了，他经常从船上踩着冰走到岸上。寒冬腊月，鱼冻在冰里，他把冰块打碎，把鱼捡了回去。主要是黑鱼和黄鱼，鱼肉很厚。

"而现在出海的人，把小鱼籽都捕回来了，一网打上几千斤小鱼籽，这叫自己害自己。"从海木匠这里，从太多老船长的言谈中，我听到了太多这样的质问。有的渔民觉得，海是大家共有的，你不拉网别人也会拉网。当缺少一个严格的共同的行为规范时，还有什么是可以依靠的？其实这也是当下所有行业共同面临的一个问题。不管外部环境如何，关键是你究竟做了什么？承担了什么？当我看到一些所谓知识分子在大谈特谈宏大问题，而拒绝从个体生命出发承担那些具体事务的时候，我觉得这是可疑的。

眼前这位老人九十四岁了，一日三餐，日常生活，都是自己打理。我问他，作为一个走过了接近一个世纪的老人，独处时经常会想些什么？

老人说，什么也不想。

这个回答过于简单和干脆，完全超出了我的预料，我对此有些隐隐的不满和不解。按照我的惯常理解，作为一个年近百岁的老人，经历了那么多的世事，他一定会在独处的时候，逐一回想，感慨万千。这仅仅是我，一个所谓知识分子的思维方式。而在眼前这位老人眼中，在很多的人那里，并不是这样看待人生和社会的。我的一些所谓思考，不过是一种想象，我一直在想象我和世界和他人之间的关系。其实这是靠不住的。

想到了渔灯。在迷茫的大海上，一个人正当无路可去的时候，眼前突现一盏灯，这是多么让人激动的事。我曾经以为，这是一个关于生存的隐喻。在渔村亲历的那些人和事彻底纠正了我，告诉我这不是隐喻，这是最真实的现实。

伍尔夫的小说《到灯塔去》，讲述了一个很简单的故事：拉姆齐先生全家和朋友们到海滨别墅去度暑假。拉姆齐夫人答应六岁的小儿子詹姆斯，如果翌日天晴，可乘船去游览矗立在海中岩礁上的灯塔。由于天气不佳，詹姆斯到灯塔去的愿望在那年夏天始终没有实现。第一次世界大战结束后，拉姆齐先生和子女重游故地，詹姆斯终于如愿以偿，和父亲、姊妹驾了一叶轻舟到灯塔去。但是岁月流逝，物是人非，拉姆齐夫人早已与世长辞。

在这部小说中，伍尔夫一定有太多想要表达的东西，却无法完整和准确地表达出来。她选择了意识流。

正如此刻，我想写下对于灯塔的印记，却感到力不从心。

在离开渔村的前一天傍晚，我登上老龙山。我想，是该去看一看那个矗立在老龙山顶的灯塔了，不管现实中的灯塔是什么样子，我心目中的那个灯塔都已经无法被改变。通往灯塔的山路有些漫长，渔村安排了专人陪我上山。隐在草木间的灯塔，有些荒凉。此前，我一直是远远地看灯塔，想象灯塔。现在我来到了灯塔跟前，站在灯塔下看海，看海边的那个渔村，我想起了站在海边遥望灯塔的那些夜晚，心中涌起别样感慨。拍照留念。我知道我可能再也不会这么近距离地与灯塔相处了。这样的灯塔，在我看来更适合远望。远远地望着它，就足够了。

眼前一片荒芜，找不到下山的路。我想象若干年前，渔村的人在山上寻找一条路，只为了点亮灯塔，给迷路的渔船指明回家的路。

回家的路如此漫长。

下了山，这次漫长的寻访可以结束了。在渔村的每一个日子里，我都会遥望那座灯塔，却刻意不走到近前。我更想寻找的，是灯塔在渔民心目中的位置，抑或藏在心底渔民的灯塔究竟是什么样子。此刻，这座废弃的灯塔渐渐变得清晰和明朗了。

（原载《散文》2019 年第 9 期）

怀念烨园老师

一

得知烨园老师病重的消息,是在 5 月 18 日早晨,那时他已住院二十天了。此前,朋友王小鲁来电,说已经好久联系不上烨园老师,电话一直打不通。我开始在不同的时间段往他的家里打电话,接连几天,都没人接。一种不祥感在心头闪过。我直接拨打了烨园老师的爱人陈老师的手机,她说他们正在外地,一切很好,不要挂念。第三天,就从朋友处传来消息,烨园老师病重住院。

朋友们在济南火车站聚合,房广星兄开车接我们一起去到齐鲁医院。烨园老师躺在病床上,消瘦了很多,目光依然是坚定的。他微笑着,竖起左手,等待我们轮流上前握手。不是通常的那种握手,是击掌式一握,有力,伤感,不需要任何语言。

烨园老师是 4 月 29 日住院的,他叮嘱陈老师不要告诉任何人,等到生命的最后时刻再告诉朋友们。我们去的当天下午,他心衰厉害,医生说随时都有生命危险。朋友们陆续赶来,有的约好了来济南探望的时间。烨园老师想到自己随时会走,怕来不及,开始给朋友们在纸上留言,嘱我代为转交,还有一些关于朋友们的事,也都一一做了交代。那天傍晚五点半,又是一阵急性心衰,急救之后,因为憋气厉害,不能躺身,他在病床上坐了整整一宿。事后他说,那种疼痛,一分钟都不想多活了,想用斧头劈开胸腔。

在烨园老师的告别仪式现场,他的嫂子辛教授转给我们几个朋友一份视频留作纪念。视频是刚入院时录的，是说给医生的话，他说不希望接受过度治疗，如果有一天昏迷了，一定不要抢救。他说他对自己的此生是满意和满足的，已经没有遗憾。他说这些话的时候，脸上满是从容和笑意。

他希望自己早点走，后来却"妥协"了。他以超人的意志，坦然坚持到了生命的最后一刻。从入院到6月30日去世，他在医院里住了两个月的时间。我亲见了他与陈老师说话时的那种深情的眼神，亲见了他听楚岸谈论国际形势时的那种欣慰的眼神，亲见了他与朋友们在病房里相聚时的那种关切的眼神。这些年来他深居简出，几乎处于一种隐居状态，在他住院期间，朋友们来来往往，交流了很多。只要稍有体力，只要还能忍受疼痛，他开口说话，谈论最多的依然是文学。他是聚集了所有心力来谈文学的。最后的那段日子，朋友们相互约定，再去医院探望的时候不要再谈文学，因为一谈文学，烨园老师就来了激情，这对他的体力无疑是一种消耗，他已经虚弱到了极点，经不起任何的消耗了。

在死亡面前，他对文学的态度依然如故。他把文学理想贯彻到了生命的最后一刻。

我们的朋友房广星建了一个微信群，以"领地"命名。那是烨园老师的一本书的名字。十几个人聚在群里，抱团取暖。济南的房广星、东紫、荣哲、白峰四位朋友几乎每天都去医院探望，把烨园老师每天的情况发到群里。大家有一种在场感。

医院专家到病房会诊，提出了新的治疗方案，第二天，家人想就其中的细节做进一步的咨询。烨园老师说，这个医院的专家每天接诊数量是定额的，我们过去咨询，就会占用其他患者的时间，这对别人不公平。楚岸安慰他说，已经提前预约好了，选在那位专家相对空闲的时间段。

护工王师傅谈到烨园老师的病时，好几次都是眼里含泪。烨园老师和家人从来没有把他当作一个医院护工看待，以至于同病房的人，都以为他是亲属。烨园老师叮嘱家人，他走了以后，要多给王师傅一些钱，他太辛苦了。数次心衰抢救，当他从昏迷中醒过来，第一句话是关照医生或护工，让他们在旁边的凳子上坐一坐，说这么折腾，让你们辛苦了。

住院期间，烨园老师的老母亲从广西柳州来济南看他。老人已经八十六岁了。他曾经交待过，等他走了以后，再打电话告诉他的母亲。可是老母亲得知了消息，执意要来医院看他。朋友们都觉得这次母子相见，可能会是一个"坎"，因为他的体质已经弱到了极点，经不起这种情绪波动。那两天烨园老师很少说话，他在积蓄力气迎接自己的母亲。老人来医院之前，他让陈老师特意熬了米粥，放在病床前的柜子上，其实那时他已经不能吃下任何食物了，只靠打针维持。他的粥，是摆给老母亲看的。陈老师相机行事，看他有些支撑不住又要开始难受了，就暗示护士以探视时间到了为由，劝老人离开病房，不让老人看到他遭罪的样子。

对于死亡，每个人都会有恐惧感的。在朋友们的眼中，并没有看到烨园老师对于死亡的恐惧。他总是笑着跟我们说话，常常是他来安慰我们。他把对于死亡的复杂感受，独自埋在了心底。他说剩下的日子，就是安心体验死亡的到来。

告别的时刻，他伸出手，等待我们过去一一握手。心率骤然升高。依然是有力的手。依然是坚定的表情。

网上广为流传的那封《告别信》，是烨园老师在病情相对稳定的某个上午口述，陈老师记录下来的。信中，写下了他对生命的理解，对这个世界的深情告白——

我累了。灵魂告诉我，我将在一处听得见水声的山道拐弯处，靠在一根倒塌的百年枯树根部，躺下，休憩——仅此而已，与死亡无关，与所谓的仪式们无关。

…………

我感谢你们让我相遇、相识、相认，感谢你们没有嫌弃，让我这个弱点满身的同伴拖拉在队伍的最后，感受着你们思想和艺术的清寂和纯粹，负疲地相随相伴了这么久。

…………

我感谢巴乌托夫斯基，年轻时在他的著作里我读到这样的细节，在古老、荒凉的海滩，在月光与海水的光影里，立着一块斑驳的石碑，上面刻着：纪念那些未能从海上归来的人们。这个句子凝聚着多么复杂的深远思绪，蕴含着命运与时间、苍凉与终极、风暴与搏斗、悲壮与微笑等等鲜活的场景，信使死了，信息长存。有些句子是能够复活一切的，有些句子要有尽有。
…………

烨园老师住院期间，我们见过四次。我们的最后一次见面，是在他去世的前一天，那时他已经陷入昏迷了。楚岸说，父亲最后一次开口说话是在6月25日晚上10点左右，他叮嘱不让孙子到医院探望，对孩子能隐瞒多久就隐瞒多久。他以前也这样说过，不要让孩子在十岁之前接触这种本质性的悲伤，怕在心里留下阴影。烨园老师已经昏迷了，我想守在他的身边，陪伴他走过最后的日子。陈老师劝我先回去，一定不要待在济南。我去车站买了中午的票，回到烟台已是日暮时分。

第二天早晨，接到楚岸短信："父亲走了，6点57分。"

二

我与烨园老师最初的交往，是在1994年。那时我在海阳县城的一家企业上班，单位资助我的写作，打算出一本书，我打电话请烨园老师写序。他直接泼了冷水。他说你现在出书是没有什么意义的，就像往大火里扔了几页纸，连灰烬都留不下。既然单位愿意资助，你应该去上学读书。

若干年后，我才体会到了他的这个建议对当时的我来说有多么重要。那时，我满足于自己的稳定工作，满足于县城的安逸生活。烨园老师的话，让我看到了另一种可能。很快，我就辞职了，去到烟台读书，对于这一步的选择，周边的人都不理解。两年后，读书生活结束了，我顺利地留在烟台工作，当初那些不理解我的人终于明白了我的选择。重新踏上工作岗位，我的心却再也难以沉静下来，经常会有一种浪迹天涯的冲动。烨园老师每次来信都叮嘱我要"先生存，后发展"，先把工作做好，把生活安顿下来，写作是一辈子的事，不怕慢，就怕站。"你写作的事，就这样慢慢读，慢慢写就行，不要焦急，焦急是写不好作品的。写作心态很重要。宁可一年只写一两篇好作品，也比一年写十篇一般化的文章要强上百倍。"

他是第一个鼓励我从海阳县城走出来的人。

他是后来坚定地支持我从冗务中抽出身来专心写作的人。

他是师长，是无话不谈的朋友。他一直跟我说，你的命里是有文学的，要听从命运的召唤。

他来烟台，市里接待给安排好了住处，他坚持退房，要到我家里来住。那天已是午夜时分了，我和爱人在开发区的路边等候烨园老师。当时我租住单位的房子，家里很简陋，他说比他们安排的宾馆舒服多了。吃饭也很简单，他不允许浪费，做两个菜，喝一点酒。有时候他也会下厨做菜。我在烟台定居后，烨园老师来过四次，每次能住十天左右。我们彻夜长谈，有两次竟然一直聊到天亮。如今想，当时的谈话，如果能详细记录下来，该是一本多么有意义的书。

我结婚的时候，烨园老师写来了贺信，主持人在婚礼上念了，在场的亲朋好友为之动容。2002年，我出版第一本散文集，他写了序言，就是那篇《一个记挂着的文学兄弟》。后来我才知道，那篇1800余字的序言，他写了整整一个周，在写的过程中数次落泪。他为我这些年走过的路而欣慰。2009年的某一天，我打电话告诉他，我的爱人小金正式考进了事业单位，他在电话里不停地说：太好了，太好了……他竟然一时找不到更好的词来表达他的那份高兴，一口气说了七八个"太好了"，他说好心人终于有了好结果。这些年来，他一直在惦念着我的生活，他知道我的难处，他希望我生活无忧，过得好，希望我可以把心思和精力更多地用到写作上来。他经常说，如果身体状况允可出远门，他是最愿意到我这里来的。在《中年的地址》扉页，他写了这样一句话："此处是家——写于月鹏浩程家中。"他最后一次来烟台，我从朋友那里临时借了一套大房子给他住，他走进去，看了看，说不住这样的房子，只需要一间屋子就可以了。我只好又给他换了一个住处。那天，当地的朋友接待，我喝多了酒，特别难受。我坐在沙发上，醉眼蒙眬中看到烨园老师很认真地埋头泡制醒酒茶，然后端给我喝，像喂一个孩子那样喂我喝茶。那天晚上我们两人一直聊到凌晨五点，全是文学话题。我跟他说了我的写作计划，说到了一些素材和构思，他格外兴奋，觉得我手头是积攒了一个创作富矿。他说我这些年来的工作阅历和思考，都可以在今后的写作中得到转化。从那以后，每次电话，他都提醒我一定要收心，先把已经积累好了的东西写出来；也是从那以后，他坚定地支持我从冗务中尽可能解脱出来，集中精力创作。他对我的写作是有长远规划和期待的。他知道我在写什么，他希望早日看到我完成那些作品。但他从来没有催过我，反而一直叮嘱我要扎扎实实地写，不考虑外界的任何因素，按照自己的方式去写。他怕我心态一旦急躁，会把手头的素材写废了。就在他临终前的几天，他还跟房广星谈到不能看着我的创作规划执行到底了。这是他的遗憾，也是让我最感心痛的。我从此觉得我所致力的写作即使再微渺，再不足道，也包含了烨园老师的一份期待，是一个人怀念另一个人的方式。

2016年，我的长篇《拆迁笔记》在《当代·长篇小说选刊》发表了，烨园老师在回信中写道："月鹏好。雨天收到你的书，默默地，不期而然涌起一阵光阴的感触，整个下午，都是那些旧事的背影……转瞬就是二十多年了，遥遥地，我终于能看到你从生存的他道，走回文学的山路，且渐入生命的自在之境了。为你高兴，也为自己这些年的关注，而润几缕欣慰之泪——看来，我真是老了，但愿还有向往沧海一声笑的豪意。烨园。"

今年3月6日，我到济南参加省作协的全委会，给烨园老师打电话，他说头晕得厉害，这次就不要见了。以往每次去济南，我们几乎都会约着见个面，说说话。从济南回来的第二天，我又给烨园老师去了电话，我们聊了一个多小时，他叮嘱我一定要把手头的《烟台传》写好，写成一本可以伴随烟台这座城市一起流传下去的书。记得那天我说到了父亲的去世以及家族历史，他也谈到了对生死的理解。那是我们最后一次通电话。

烨园老师去世的第二天，在他家的客厅，我曾久久注视着电话旁边的那个沙发。我们无数次的长谈，他都是坐在那里接听电话的。那天我看着那个地方，恍惚中耳边响起了熟悉的声音。

三

烨园老师的精神力量，是很多人都敬重的。作为他身边最亲密的朋友之一，除了精神层面，我从日常生活中也看到了同一个值得敬重的人。在我的心目中，他更是一个日常化的、生活化的人。二十五年的交往，我们之间的理解和默契，甚至不需要多说一句话。我的优点，以及缺点，他都清清楚楚；我的不成熟的想法，我的局限，甚至我的错误和问题，在他的面前都不需要掩饰。烨园老师去世后，我回想我们二十五年来的交往突然发现，他从来没有批评过我，对我做的每一件事，走的每一步，总是给予理解和鼓励。唯一的一次"批评"，是《怀着怕和爱》出版后，某刊主编写了一篇评论文章发表在《文学报》上，我读后有点沾沾自喜，把样报照片贴到了博客上。很快，烨园老师的电话就打了过来，他说看了我的博客，感觉很不舒服。他的苦心，我一下子就明白了，我说您放心，以后再也不会这样。

他是认真的。认真对待朋友，认真对待每一天的生活，认真对待生活里的每一件事。如果约好了哪天见人，他就会认真地等待。我以前在机关里做事，见人是日常工作中的必要，每天要见很多的人，大多都是不可能走进彼此内心的。而烨园老师不会这样。他决定要见一个人，就会认真地去见；如果不想见，他会毫不客气地拒绝，不留情面。这些年他深居简出，很少与外界打交道。他对交往的人，是有要求也有选择的。就像他对写下的每一篇文章，都有常人难以想象的严苛，往往一天写下很多，到了收工的时候，大多数文字却被他删掉了，用他自己的话来说，"一天可得二百字"。这是炼金一样的写作，拒绝杂质和水分。有时候写得满意了，他也会犒劳一下自己，独饮一小杯酒。

我留意到了烨园老师2004年前后的邮件，大多是在凌晨两点以后发来的。他曾说过，他习惯在晚上十点到凌晨两点之间写作，这样写了二十多年，最终熬坏了身体。2004年写完《在苍凉》以后，他几乎就停止写作了。他经常提醒我不要吃他的亏，到了出作品的年纪，身体却写不动了，一定要有养生的意识，首先把身体调理好。他陆续发给我若干的养生偏方，还特意教我一套锻炼颈椎和腰椎的保健操，他说长期伏案写作，要格外注意腰椎、颈椎。我有高兴的事，或者不高兴的事，都愿意跟他说。他每次都认真地听，认真地为我释疑解惑。我们时常通电话，谈的最多的是文学，他一直叮嘱我不要参与太多的文学活动，把精力用在写作上，靠作品说话。

他不用手机。他的内心自成一个世界。他对外部的世界始终保持了一份热忱和冷静，从未放弃观察与思考。朋友们感慨，假如他的职业是在大学里教书，将会影响和改变多少人啊！即使他选择了深居简出的生活，他的身边也围绕着一批作家学者，都是深受他的精神影响的人，甚至是被他改变了命运的人。

住宅小区院墙的那片凌霄，是他亲手种下的。他时常提着水桶，爬到高处给凌霄花浇水。他去世后，朋友们站在他家的阳台上，看窗外爬满院墙的绿植，心生无限感慨。

四

烨园老师去世的当天，陈老师把那封后来在朋友圈刷屏的《告别信》发给了我，我按照烨园老师生前的嘱托，转发给了文学界的朋友。

烨园老师走了，我开始从头回忆我们的交往，更深地思考他对于我的意义。在我的写作起步阶段，他为我打下了一个精神底子，并且在后来的二十五年里以他特有的方式一点点地提升和强化这个"精神"，通过这个"精神"的被提升和被强化，直接改变了我的现实人生。当年他关注和关心的那个县城文学青年，如今已步入中年。在工作岗位上，在社会中，在文学圈，我认识和交往了很多的人，经历了很多的事。这让我更加确定，在我的成长历程中，他是不可替代的。他以二十五年的持续之力，坚定了我的文学信念，改变了我的人生命运。我的所有的重要抉择，都会征求他的意见。没有他，我也许要走更多的弯路；没有他，我不会像今天这样坚定地固守文学理想。

他坚信文学最终是公正的。泡沫终将消散，一些真正有质地的文字会留下来。

虽然他的人生因为生病和早逝而留有缺憾，但是他的人生因为有文学贯穿始终，并且从来没有犹疑和动摇过，这是另一种意义上的完整，甚至可以说是罕见的完整。这也是他在那封《告别信》的结尾所说的"在自己的命运里完成自己"。他固守了自己的命运。他超越了自己的命运。他倾注巨大心血去写一部注定写不完的书，他知道即使是写出来了也不可能发表。他相信文学的终极意义。他把这部未完成的心血之作交付给时间。拥有时间，是他对文学的最高追求。

有些人，看似完成了自我追求，但是有一天他们恍然发现追求到手的那个东西，其实是一个有违初衷的错误。这无疑是人生的大悲哀。烨园老师的"未完成"，不是悲哀，是悲壮。他至死都在谈论和坚持他的文学理想。我想说的是，他倾注毕生心血，让朋友们深感遗憾的那部长篇作品，即使交由身体健康的人来写，在当下也注定是"未完成"的。从这个角度来看，他做好了自己能做的那一部分。即便是断片和残章，也是有意义的，它们把他跟那些八面玲珑宾至如归的同时代作家区别开了。他写于1989年的《自己的夜晚》，三十年过去了，如今读来仍然撼人心魄。而同时期的那些散文作品，又有多少值得重读呢？

烨园老师去世后，我请书法家朋友写了一副挽联，用的是法常禅师《楞严一笑》中的句子："梅花雪月交光处，迥然银汉横天宇。"

日前，我读到王小鲁写的纪念文章《无尽的闪回——再访隐者刘烨园先生》，想起烨园老师谈到小鲁时的那种欣赏和赞许的表情。这些年来，我和小鲁是跟他走得最近、说话最多的人，也是他最偏爱最信任的人。他时常说到我和小鲁无论是为人处世，还是性格品质，都有很多相似的地方，他总是担心我们受到伤害和干扰。6月6日晚上，烨园老师在病房里跟每天都去探望的房广星说，他走后最放心不下的是小鲁和月鹏。然后他流泪了。广星与烨园老师交往三十年，这是他第一次看到烨园老师落泪。当晚我从电话里听到这个消息，一个人在海边待到了午夜，心中汹涌的难过，大海也不会懂得。

在这篇文章中，我想写下烨园老师生命最后一程的状态，写下他对我和朋友们的关心与影响。他的作品，他的精神，不同的人会有不同的理解。我将在以后的系列研究文章中，写下我的理解。烨园老师生前特意交待，把他的电脑里的所有文稿资料，包括他的未完成的作品，让我完整地留存一份。他以这种方式，与一个被他关心爱护了二十五年的晚辈朋友做最后的告别。那天，在他的病床前，握着他的干枯的手，我们都流泪了。也是在那天，我们说了很多的话，我视之为我与烨园老师的生死之约。因为这份约定，我们永远在一起。

未来的日子里，无论我做了什么，无论我走向哪里，我相信烨园老师都在高处看着我。就像往常一样，他一直在看着我，眼神中有关切，有牵挂，也有欣慰。而我所能做的，就是像他曾经叮嘱过的那样，认真对待文学，把该做的事做好，"在自己的命运里完成自己"。

(原载《百家评论》2019年第6期)

编选后记

为深入贯彻落实《中共山东省委关于繁荣发展社会主义文艺的实施意见》，全面实施"文学鲁军提升工程"，进一步培养推介优秀青年作家，推动我省文学事业繁荣发展，在省委宣传部指导支持下，山东省作家协会启动了《山东青年文学名家文库》（以下简称《文库》）的编选工作，集中推介10位近年来创作成绩突出的优秀青年作家的作品精选集。

省委宣传部领导对《文库》的编选工作非常重视。省委宣传部主持日常工作的副部长王红勇和省委宣传部副部长程守田多次对编辑出版《文库》提出指导性意见，给予了大力支持。

为确保编选工作的质量和权威性，省作协组建了由有关领导、专家组成的编委会。编委会对入选青年作家的人员构成、文学导向的宏观把握、题材和体裁的合理布局、风格形式的丰富多样以及总体设计的协调统一等方面，进行了认真研究，确定了编选方案。

入选作家的基本标准，一是发表、出版作品数量多、质量高；二是作品格调健康、积极向上；三是年龄45岁左右，特别优秀者可适当放宽，但不得超过50岁（1967年1月1日以后出生）；四是在全国文学界有一定的影响力和知名度，获得过省级以上重要文学奖项。

编选工作正式启动后，先是下发通知，请各市、大企业、行业系统文联（作协）和省作协各文学专业委员会推荐候选人；为避免遗漏，又请省作协主席团成员和省作协签约文学评论家每人推荐10人。在汇总两次推荐意见的基础上，确定了提交评审专家讨论的候选人选。中国作协党组成员、书记处书记、中国作家出版集团管委会主任吴义勤，中国作协办公厅主任李一鸣，中国作协创联部主任彭学明，《文艺报》总编辑梁鸿鹰，《人民文学》主编施战军，中国当代文学研究会会长白烨，中国报告文学学会常务副会长李炳银，中国当代文学研究会副会长贺绍俊等领导和专家参加了在北京召开的评审会，在充分酝酿讨论的基础上，投票评选出10位入选作家。

入选的10位作家是我省近年来创作成绩突出的青年作家的优秀代表。其中，小说作家7人，诗歌作家2人，散文作家1人。《文库》收入的是能够代表其最高水平的、已经在正式报刊上公开发表的作品的精选集。需要特别说明的是，近年来我省文坛涌现出的创作成绩突出的文学新人较多，遗珠之憾肯定在所难免。

省作协领导高度重视这项工作。省作协党组书记姬德君、省作协主席黄发有牵头统筹《文库》各项工作。党组成员、副主席李军、葛长伟指导协调《文库》编选工作。省作协副主席、创联部主任陈文东带领创联部同志承担了《文库》从征集到评审、出版的各项具体工作。张学军、丛新强、贾振勇、刘照如、陈夫龙、李纪钊、李春风、刘青、赵月斌等专家学者和省作协有关业务单位负责同志参加了《文库》入选作家的补选优化论证会，提出了许多建设性意见和建议。省作协办公室为《文库》评审、出版做了许多保障性工作。山东文艺出版社对《文库》的出版工作给予了大力支持和帮助。在此，谨向所有为《文库》编选出版工作给予大力支持和付出辛勤努力的单位和个人，表示诚挚的感谢！

编者
2019年12月